児童文学の教科書

—— 改訂新版 ——

川端有子

玉川大学出版部

はじめに

この本は、児童文学を学ぶおとなのための入門書である。「児童文学が大好きで、いまでもずっと読んでいる」という人もいれば、「幼稚園や小学校の先生になるために勉強しなければならないはめに陥った」という人もいるだろう。さまざまなかたちで読書ボランティアに関わる人が「子どもの本のことをもっとよく知りたい」という場合もあるかもしれない。

児童文学とは、読んで字のごとく〝子どもが読む本〟のことである。しかし、「児童文学とはなにか」という問題を含め、児童文学の周辺をとりまく用語――たとえば「絵本」「童話」「ファンタジー」などがきちんと正しく理解されているかというと、そうとも限らない。混乱していて、まちがった理解が横行していることがけっこうある。その理由としては、①日常的に使われている用語が、きちんとした定義に合っていない（それどころか、そもそも用語としての定義があまり確立していない）、②内容を知ることのない人が無自覚に使いがちである、③児童文学というもの自体が歴史と文化のたまものであり、時代によってそのかたちや受容範囲を変えている――といったことがあげられる。

そこで、この本は三部構成をとって、第一部では児童文学の成り立ちと発展の過程、またその過程でどんなジャンルが出てきたかということを説明し、第二部では児童文学が扱うさまざまなテーマや主題に沿って、各論を展開する。そして第三部では、現在重要ないくつかのトピックに焦点をあて、主に関連書を紹介する。それぞれの章には、ぜひ読んでほしい児童文学のおすすめリストとともに、もっと深く研究してみたい人のための研究書のリストも付け加える。この本を手がかりに、子どもの本のもつ深さと、どんな年齢層にもアピールする魅力の一端にでも触れていただければ幸いである。

改訂新版にあたって

初版が出てから一〇年以上が経ち、子どもの本をとりまく状況にもさまざまに変化が訪れた。また、この本を授業で使ってきた経験から、いくつかの変更を加えたい点が出てきた。そのため、このたび改訂をおこない、第二版を出す運びになった。

新しい版では、ブックリストを中心に新たな作品をとり入れ、一部、本文に引用する作品も新しいものに差しかえた。また、よりわかりやすくするために、第一部第2章の内容の一部を第二部第4章に入れこむよう、構成を組みかえ、日々変化する世界情勢を反映すべく第三部第12章を書きかえたのが、主な変更点である。

コラムについても、内容や表現を一部見直したうえ、新たに図書館に関するコラムを一本加えた。

時代の変化は加速し、子どもと本のかかわりも新たな局面を迎えている。だが物語の力自体は、時代を超えて生き続けているると信じているし、そうである限り、児童文学の存在意義は確かなものだと主張し続けたい。

児童文学の教科書　改訂新版●目次

■第二部　ジャンル編

〈コラム〉

序　章　児童文学理解の基本

児童文学とはなにか――よくある誤解の修正

児童文学とは、子どもが読むために書かれた本のことをいう。これが、児童文学のもっとも簡単な定義である。ところが、どの定義もそうであるように、定義したとたんに例外がどんどん現れてくる。そもそもはおとなが読むために書かれたものだったのに、いまではすっかり子どもが読んで楽しんでいる本もあれば、逆に、子どもが読むために書かれたのに、おとなの手にわたってしまったものもある。子どもの本であるかのように装って書かれたおとなの本という作品も、けっして珍しくはない。

そのうえに、児童文学の内容や現状をよく知らない人ほど、児童文学について、事実にそぐわない、自分本位のイメージを抱いていることが多い。そんなよくある誤解というものを検証してみるために、次の1～16の文章に対する○×の二択問題をやってみてほしい。これは、著者が長年、大学で児童文学を講義してきた経験上、児童文学のことをあまり知らない人が陥りやすい誤解の集大成である。ここから、「よくある誤解」をひとつひとつ訂正し、先入観に基づいた「イメージ」を捨てて、児童文学をとらえ直すところから出発していこう。

1　児童文学とは、絵本のことである。

2　昔話は児童文学である。

3　一七～一八歳向けの児童文学というものは、ありえない。
4　どんな国にも児童文学はある。
5　歴史が始まって以来ずっと、児童文学は存在した。
6　『不思議の国のアリス』を書いたのは男性である。
7　「くまのプーさん」は、もともとディズニーのつくったキャラクターである。
8　ジョナサン・スウィフト作『ガリバー旅行記』は、児童文学として書かれた作品ではない。
9　オールコット作『若草物語』は、イギリスの物語である。
10　「三匹の子ブタ」は、日本の昔話である。
11　桐生操の『本当は恐ろしいグリム童話』は、グリムが書いたほんとうの話である。
12　グリムとアンデルセンは、同じような仕事をした。
13　宮沢賢治の『銀河鉄道の夜』とボームの『オズの魔法使い』では、後者のほうが新しい。
14　「あかずきん」の結末では、狩人がおばあさんとあかずきんをオオカミから救ってくれる。
15　児童文学には、家族の崩壊や登場人物の死、性の話題はタブーである。
16　子どもの本は、子どもを楽しませるためだけに書かれたものである。

正解は
1　×
2　×
3　×
4　×
5　×

6	7	8	9	10	11	12	13	14	15	16
○	×	○	×	×	×	×	×	○ or ×	×	×

何題、正解できただろうか。これらの問いは、種類やレベルこそちがえ、一般によくある児童文学のイメージについての誤解を反映したものである。ひとつひとつ解明してみよう。

1　児童文学というと、すぐに絵本を思い浮かべる人が多い。しかし、絵本は児童文学総体のなかではほんの一部にすぎないし、また、絵本のなかにはおとな向けのものもある。児童文学には、挿絵入りのものが多いが、挿絵の入った本と絵本とは、明らかに別物である。そのことについては、あとで詳しく記述する。

2　昔話の多くは、児童文学のなかに子ども向けの再話としてとり入れられているが、そもそも伝承文芸であった昔話は、おとな・子どもの区別なく、すべての人びとに「語られる」ものであったので、子ども向けとは限らない。再話については、あとでまた記述する。

3 日本では、法的には一八歳までが「児童」に含まれる。[1] この年齢になれば、当然おとな向けの本も読みこなすことができるから、彼らのための本は児童文学ではないと考えられるかもしれない。しかし、ちょうど人生のスタート地点に立った彼らに特有の悩みや問題、課題を扱った優れた児童文学は存在する。これは「ヤングアダルト（ＹＡ）」文学[2]とも呼ばれ、図書館などでは児童文学とは別置されていることもあるが、広義に児童文学をとらえた場合、ＹＡ文学というカテゴリーは無視できない。

4 児童文学は、子どもが子ども独自の〝時代〟をもち、その時代独自の読みものを必要としていると考える文化のなかからしか生まれない。だから、世界を見わたすと、「子ども文化」などという贅沢なものが生まれる余地のないところもある。「一九世紀に植民地をもつくらいに大きな国力を有する国々でなければ、児童文学は育たなかった」といわれるくらい、経済力と文化的余裕のたまものなのである。

5 問いの4の解説で述べたように、そもそも児童文学は、歴史上、人間の一生に「子ども時代」という独立した時期があると考えるようになる時代――西洋では一七世紀――までは興りようがなかった。[3] 興味深いことに、文学のなかでも比較的新しいジャンルである「近代小説」と児童文学は、ほぼ同時に誕生している。[4]

6 現在、『不思議の国のアリス』は、多くの人にディズニー映画のかたちでまず受容されており、そのかわいらしさから、これを女性が書いた物語だと信じている人が多い。ルイスは男性の名前だが、キャロルは女性名にも使われるせいかもしれない。だがこの作品は、数学と論理学の教授だったチャールズ・ドジソンという男性がペンネームで書いたものである。この誤解が示唆しているのは、児童文学＝かわいらしい＝女性という現代人の勝手な思いこみであろう。

7 くまのプーさんだけではない、ピーター・パンもバンビもアリスも、ディズニー映画のキャラクターとしてしか認識していない人が非常に多い。それぞれの物語が書かれた背景や文化的な事情が、おしなべて二〇世紀なかごろのアメリカ的価値観のもとで一元化され、理解されているのは、非常に残念である。

8 ジョナサン・スウィフトが書いた『ガリバー旅行記』は、「小人の国」「巨人の国」「飛ぶ島」「馬の国」の四部からなる物語である。この作品は、風刺作家であり稀代の毒舌家として有名だった作者の痛烈な政治批判の書であって、けっして子ども向けの話ではなかった。しかし、とりわけ前半の「小人の国」「巨人の国」への空想旅行の物語は、出版当時からダイジェスト版が出まわり、まったく毒抜きされた簡略版の奇想天外な冒険性が子どもたちの心をとらえて、児童文学として受容されてきた歴史をもつ。

9 『若草物語』の背景には南北戦争があり、作品のあらゆるところにアメリカ的な家族観が見られる。つんとりすましたイギリス人の階級意識が皮肉にあてこすられているエピソードがあるにもかかわらず、細部を見落とした読者は、なんとなく古めかしい話なのでイギリスの物語だと思いこんでいることがある。児童文学にも歴史的背景や文化史的背景があることを、しっかりと認識してほしい。

10 そもそも、日本の昔話にはなにがあるかと聞いて、いくつの話があがってくるであろうか。せいぜいが「桃太郎」で、「瓜子姫」「舌切り雀」の名があがるかどうかは、かなりあやしい。ディズニー映画でのみ、「白雪姫」「シンデレラ」を知っている人たちが、これらが昔話であるという認識すらないのも問題であるが、昔話は各国・各地域に根ざしたお話だということにいたっては、さらにあやふやなようだ。「三匹の子ブタ」は、ジョーゼフ・ジェイコブズが再話したイギリスの昔話のなかに含まれており、しかも最後に残った一匹の子ブタがオオカミと知恵比べをする後日談があることは、ほとんど知られていない。

11 桐生操の『本当は恐ろしいグリム童話』はずいぶん評判をとった本だった。その前書きを読めば、これが昔話の精神分析的解釈やその他の「解釈」から逆生成された、おとな向けのパロディであることは明らかだ。ところが、前書きを読まずに「じつは非常に残酷なところのある」本物のグリムの童話だとかんちがいしている人が多い。グリム童話を読まないまま「グリムの昔話は残酷だ」と吹聴するのが好きな人は、けっこう多い。

12 日本では、グリム童話とアンデルセン童話とを同じ「童話」と呼ぶ慣習ができてしまっているのでやっかいなのだが、グリムの作品とアンデルセンの作品はまったく別種のものである。グリムは、ドイツの昔話を採集し、再話して書きとめ、『子どもと家庭のためのメルヘン』として出版したのであり、グリム童話とは、昔話の再話である。であるから、作者は不詳、グリムは厳密には「作者」とはいえない。一方、アンデルセンは、昔話を題材にすることや、その形式を借りることはあっても、あくまで自分で創作した物語を発表した。したがって、彼の作品は「アンデルセン作」である。

13 ボームの『オズの魔法使い』は、一九〇〇年に出版された、アメリカで最初のファンタジー児童文学である。この作品は、イギリスの『不思議の国のアリス』（原著一八六五）の向こうをはったアメリカ独特のファンタジーだと大いに宣伝された。『アリス』から四〇年ほどあとのことである。宮沢賢治もまた、『アリス』には影響を受けた作家であるが、彼の作品は、ほぼ一九三〇年代に出版されている。世界の児童文学作品を歴史的に見る視点は、意外な事実に気づかせてくれる。

14 「あかずきん」には、大きく分けてフランスのペローによる再話（一七世紀末）のものと、ドイツのグリムによる再話（一九世紀初頭）のものがある。前者は、少女がオオカミに食べられてしまったところで終わりとなる。一方、狩人が出てきて、オオカミのおなかを割《さ》いて少女とおばあさんを救うのが、グリムによるバージョンである。ハッピーエンドを求めたがる心情からか、現在流通している「あかずきん」絵本はほぼグリムのバージョンを採用しているが、なかにはあえてペロー版を使っているものもある。というわけで、この問いの答えは○でも×でもある。

15 ドイツのケストナーが『ふたりのロッテ』で両親の離婚問題を扱って世の非難をあび、「離婚によって直接に影響を受けるのは子どもなのに、それを児童文学で扱ってどこが悪いのか」と反論したのは、一九四九年のことである。家族の崩壊や性など、それまで児童文学にはタブーとされてきたテーマがおおっぴらに扱われるようになるのは、おおまかにいって一九六〇年代からであり、盛んに描かれるようになったのは七〇年代に入ってからである。一方、登場人物の「死」についていえば、児童文学が発生してからこのテーマが描かれなかった時代などなかったといっていい。このこともまたのちに詳述するが、一般に「児童文学にこんなことを書いていいのか」と首をかしげる人は、じつは児童文学をほんとうに読んだことがなく、「なんとなく」自分なりのイメージを抱いているにすぎないのである。

16 児童文学は、おとなが子どもに「教え」かつ「楽しませる」ために書いてきたものである。教える内容は、文字・ことば、事象から宗教観、道徳、反戦主義まで、さまざまなかたちをとり、「教訓」といえる場合もあれば、「メッセージ」といえる場合もある。「オモシロクテタメニナル」というのは、常に児童文学を支える二つの柱である。

以上、これらのよくある誤解から、逆に「児童文学とはなにか」という問題を解き明かすならば、児童文学には次のような特徴があるといっていいだろう。

①原則としておとなが、子どもになにかを教え、また楽しませる目的で出版したものである。
②その「子ども」というのは、〇歳から一八歳にまで広げて考えられる。
③「子ども時代」が尊重される社会における、文化のたまものである。
④絵本、昔話の再話、小説まで幅広いかたちがある。
⑤作品が書かれた時代やそのときの文化に、かなりの影響を受けている。
⑥内容上の制約は書かれた時代によって異なり、現代では原則的にないといっていい。

しかし、これだけではまだ児童文学の形式や構造、諸ジャンルの特性を解き明かしたことにはならない。よって、以下本書では、いくつかの側面から、子どもの本の分類を考えていこう。

■註

（1）「児童の権利に関する条約」「児童福祉法」における「児童」とは、年齢が「満一八歳に満たない者」を指す。一方、「学校教育法」においては、小学校の課程、特別支援学校の小学部の課程に在籍して初等教育を受けている者、すなわち「六歳から一二歳まで」が「児童」であり、就学前教育を受けている者は「幼児」、中学校・高等学校の課程などに在籍して中等教育などを受けている者は「生徒」、大学（短期大学および大学院を含む）、高等専門学校に在籍している者は「学生」と呼ぶことになっている。本書では、前者の「児童＝満一八歳に満たない者」という定義を使うことにする。

（2）いっとき、日本においては、現在「ライトノベル」と総称されている小説類を「ヤングアダルト・ノベル」と呼んでいた時期もあったが、ここではそういった「ライトノベル」は除外して考えることにする。「ライトノベル」については、コラムを参照のこと。

（3）フィリップ・アリエス『〈子供〉の誕生　アンシァン・レジーム期の子供と家族生活』（杉山光信、杉山恵美子訳　みすず書房　一九八〇）参照。

（4）近代小説が現れるまで、西洋文学の主流は詩と戯曲であった。

第一部

歴史編

第1章 子どもの本の分類

1 形式別――絵本と挿絵入りの本

下の図は、「児童文学」と「絵本」との関係を示したものである。

児童文学には、物語の本、ノンフィクションの本などたくさんの形式がある。そのなかには当然、「絵本」も含まれるのだが、図を見るとわかるように、子ども向けではない絵本もまた存在しているのだ(1)。

児童文学と聞いてすぐに絵本を連想する人が多いのは、おそらく子どもの本にはほとんど例外なく「挿絵」が入っており、それがかなり強い印象を与えているためであろう。また、ごく幼い読者が手にする児童文学はほとんどすべてといっていいくらいに絵本であることから、そういう誤解が出てくるのかもしれない。

しかし、すでに述べたように絵本には、赤ちゃん絵本から高学年向け、はてはおとな向けのものまでさまざまなも

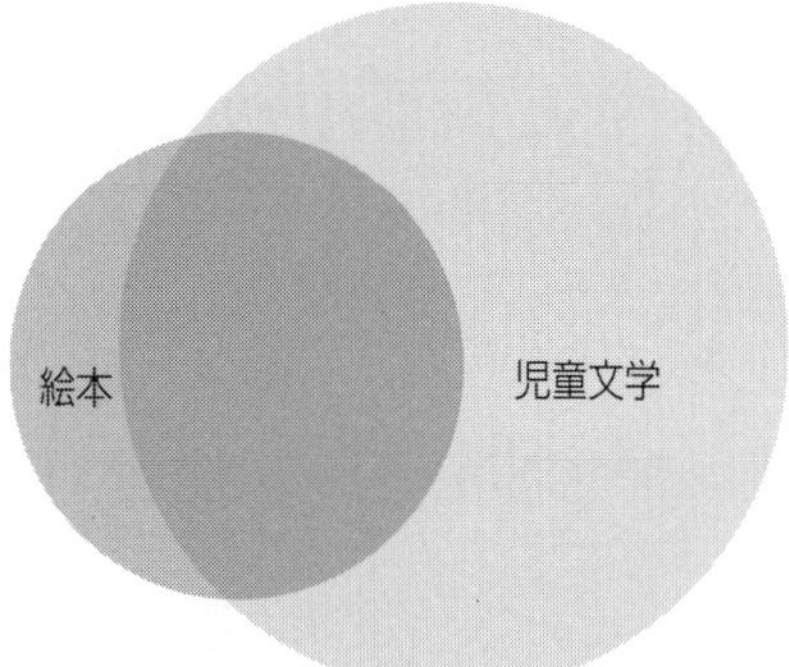

「児童文学」と「絵本」との関係

のがある。「絵本」というのは、本の一形式なのである。
では、挿絵入りの本と絵本とのちがいはどこにあるのだろうか。簡単にまとめると、以下のようになる。

挿絵入りの本　文章が主で、子ども読者がイメージをもちやすくするために、説明や例示をする絵が入っている。

絵本　絵とことばが同じくらいの重要性をもち、お互いに補強しあったり、対立したり、強調したりすることで、総合的な意味を生み出している。

絵本では、絵が見開きに描かれていたり、片ページずつに描かれていたりするが、基本的に、それぞれの絵が連続性をもっている。

ことばが横書きの絵本であれば、ページは左開きになり、読者の視線は左から右へと動いていく。よって、主人公の前進の動きは左から右へと移動していくのが自然なかたちになる。この主人公の動きを妨害するようなものは、右から左へ動いて、主人公を阻止することが多い。

見開きの右ページの端には、次のページの絵を思わず見たくなってしまうようなきっかけになるものが描かれていることがあり、これを「ページ・ターナー」と呼んでいる。

ことばが縦書きの絵本では、ページは右開きになるから、これらの動きや「ページ・ターナー」の位置は逆になる。

また、形式的には絵本はおおむね、ほかの本より薄く、大型であることが多い。(2) もちろん、絵本か、そうでないか、判別しがたいような本もあるにはあるが、基本的にこのちがいははっきり認識しておいてほしい。

次に、絵本の各部分の名称を下に図示しておく。絵本にはページ数が記されていない場合が多いので、見開き1、見開き2、見開き1の左ページ……などと呼ぶことが多い。

2　対象年齢別

児童文学に、赤ちゃんのための字のない絵本からティーンエイジャーのためのYA文学までを含めれば、当然、対象年齢別の区別も生じてくる。絵を見せながらおとなが読み聞かせ、ことばや文字、あるいはおふろや食事、おやすみといった習慣を教えたり、擬音語、擬声語を楽しんだりする「赤ちゃん絵本」。幼児のための物語やことばあそび、歌、動物や虫などの絵本。もう少し年長になれば、絵本ではなく、挿絵が大きくたくさん入った「読んでもらうなら幼稚園から、自分で読むなら小学校低学年から」と記されているような「幼年文学」がある。

小学生のためには、おおまかに「低学年向け」「中学年向け」「高学年向け」といった分類がされていることが多いが、それはあくまでも〝目安〟であり、図書館や書店が分類するための表示である。子どもといっても一個人である以上、読みたい本がちがえば、読書力にも差がある。この分類にしたがわなければならな

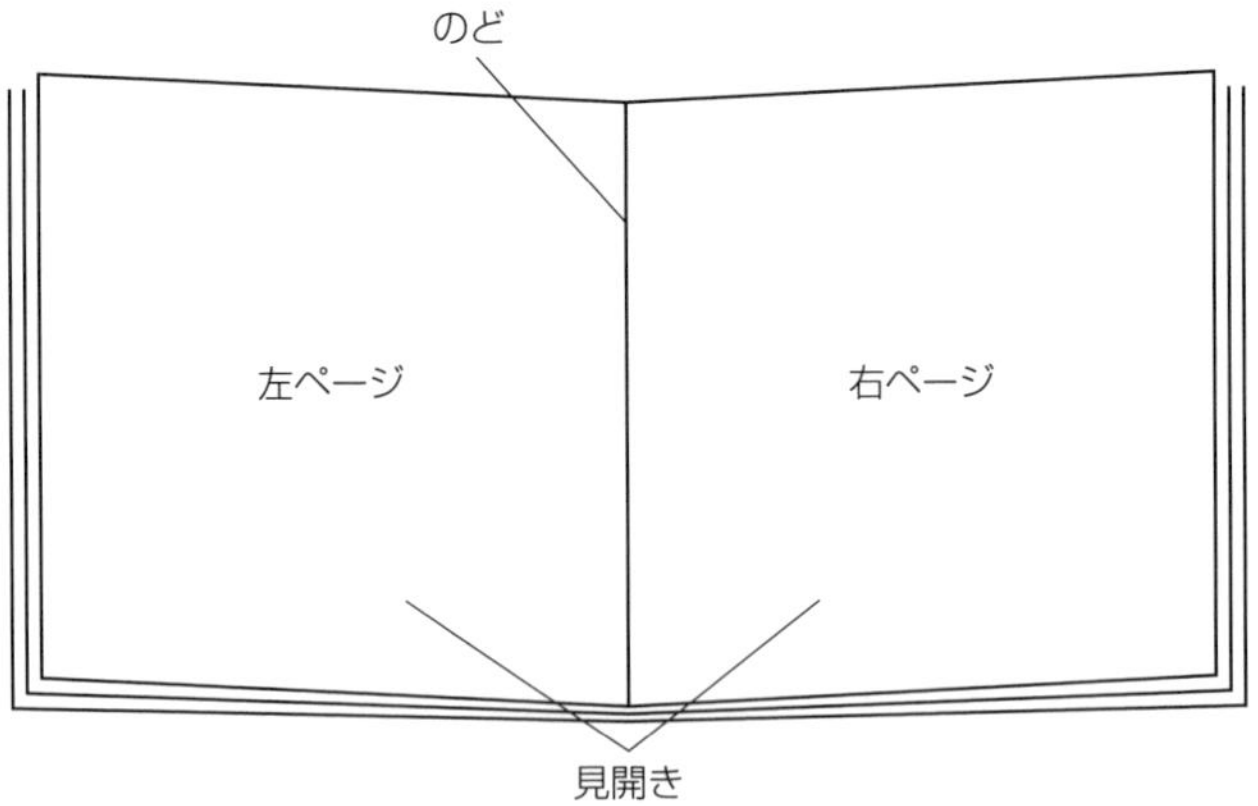

い理由はまったくない。ただ、概して子どもたちは、自分と同じ年齢か、少し年上の主人公が出てくる話を好むといわれている。もっとも、低学年向けの児童文学の主人公がおばあさんであるという場合がないわけではない。

YA文学というのは、前述したように一〇代の少年少女から青年までを対象とした本であり、ときにはおとなの文学との境界線引きがむずかしいこともある。主な特徴としては、思春期前期から後期にかけて、人生や恋愛についての問題、個人と社会との葛藤、親からの自立、自らのセクシュアリティやジェンダーに悩む若者を主人公に、それらの問題をテーマとしていることがあげられる。

くり返すが、年齢による分類はあくまで〝目安〟であり、どの年齢でどの本を読むかは、読者によって個人差が大きい。高学年になったから幼年文学を読んでいてはいけないとか、そろそろ絵本は卒業すべきだとか、まだこの本を読んではいけないというような〝指導〟は、避けたほうがいいと思われる。児童文学の作家のなかには、「七歳から七〇歳までの子ども読者」に向けて書いていると明言する人もある。しかし、どんな児童文学であれ、それが児童文学である限りは、「子ども読者」に真摯に向きあう作品であらねばならないだろう。そうしてはじめて、その本は「七〇歳の子ども」にも魅力をもつのである。

3　ジャンル別

児童文学には、さまざまなジャンルがある。昔話の再話、昔話のかたちを借りて作者が創作した「創作昔話」、現実にはありえないことが起こったり異世界が描かれたりする「ファンタジー」物語[3]、子どもの現実に忠実な世界を描く「リアリズム」物語、ことばあそびや奇妙な筋立てで常識の裏をかく「ナンセンス」、実際の歴史上の出来事をもとに描かれる「歴史物語」、さらに「ノンフィクション」「詩」

などである。物語ではなく、「事実」を書くことになっているノンフィクションのなかには、子ども向けの図鑑や写真集、科学の本、歴史の本なども含まれる(4)。

当然のことながら、これらのジャンルは、それぞれが絵本の形式をとる場合もあれば、ふつうの本の形式をとる場合もあるし、また、それぞれを年齢別に区分することもできる。

形式別分類にも年齢別分類にもいえることであるが、これらのジャンルは、すべてがいっぺんに出現したわけではない。どんなものにも歴史があり、児童文学についてもそれは例外ではない。あるジャンルがどういう経緯で生まれ、発展してきたかという歴史認識は、時代が子どもになにを期待し、子どもをどうとらえてきたかということと関連するため、おとなが児童文学を理解し、勉強し、研究するときにけっして見逃してはならないことなのである。

これらのジャンルを説明するために、次章から子どもの本の歴史を概観することにしたい。

■註

(1) たとえば安野光雅『野の花と小人たち』(岩崎書店　一九七六)など。
(2) もっとも、ビアトリクス・ポターの〈ピーターラビットの絵本〉シリーズは、「子どもの小さな手にふさわしい判型で」という著者の意向で、ごく小さなサイズで出版されている。
(3) 創作昔話とファンタジーとのあいだには、「象徴童話」とでも呼びたいような、短編を主としたジャンルがある。これについては、第二部第5章で実例とともに詳しく論じる。
(4) 図書館の児童室では、ノンフィクションは学習のための本として別置されている場合が多い。しかし、そこに書かれている「事実」が唯一無比の「真実」であるとはいえない。

第2章 英米の子どもの本の歴史

それぞれの国、それぞれの民族は、おのおのちがった歴史・文化をもっている。それゆえに、児童文学の発生と、その背景にあった「子ども観」についても、固有のかたちがある。すべての国について記述することはできないので、本書ではまず、主にイギリスの児童文学の起源と展開を追う。なぜなら、第二次世界大戦後から現在にいたる日本の児童文学は、かなりの部分でイギリスの児童文学をモデルとし、翻訳を通じて直接的・間接的に多くの要素をとり入れてきたからである（近年は、アメリカの児童文学からも大きな影響を受けている）。日本ほど児童文学市場に翻訳ものが大きな場所を占めている国は珍しい。

1　ヨーロッパにおける「子ども概念」の出現

現在では、「子ども」という存在は、さもあたりまえのように「おとな」と区別されて認識されているが、このような認識はたかだかここ三〇〇～四〇〇年のことであるにすぎない。中世ヨーロッパでは、人間の一生のうちの最初の十数年をその後の成人期と分けて考えることはなかった。「子ども」という概念は、あらかじめ存在したのではなく、一七世紀になってはじめて「発明」されたのである。

その事実を、幼い人を描いた絵画を読み解くことで証明したのは、フランスの歴史家フィリップ・アリエスであった。アリエスは、中世の絵画では子どもは単にミニチュア・サイズであるだけで、おとなと同じ顔かたち、姿で描かれていることに注目したのである。

「子ども」という概念がなぜこの時代に生まれたのか。その背景には、非常に複雑に入り組んだ文化的・経済的・歴史的・社会的な要因が関わっている。詳しくは、序章の註（3）で紹介したアリエスの著書『〈子供〉の誕生』を参照してほしい。ここで強調しておきたいのは、「子ども」という概念は歴史の産物であり、過去においても、現在においても、そして未来においても、社会とともに変化し続ける可能性があるということだ。事実、「子ども時代」は現代に近づけば近づくほど長くなり、いまでは、一七世紀ならもうとうに一人前のおとなと見なされたであろう年齢をも、「思春期の子ども」として包括するようになっている。

「子ども」のいないところに「子どもの文化」が生まれるはずがない。ましてや、わざわざ「子ども」のために書物を書こうなどということもありえない。しかも、文字の読み書きができるのは、ごく限られた特権階級の人びとだけだったのである。「子ども」という概念が生まれ、幼い人たちが特有の文化や娯楽、教育を必要としていることが認められてはじめて、また、そういった特有のものを与えられる余裕がおとなの側に出てきてはじめて、そこに子どものための文化が出現する。

子どものための文学が出現するのは、文字を読むことができる人びとがそれだけ増えてきたということでもある。イギリスにおいては、それは一八世紀半ばになってからであった。

2　イギリスにおける児童文学の出現

一八世紀のイギリスで、商業的な意味での児童文学をはじめて書き、出版したのは、印刷業者のジョン・ニューベリー（一七一三―六七）だといわれている。抜け目のない行商人であったニューベリーは、イギリス各地を行商でまわりながら、識字率が確実に向上している実情と、子ども向けの本がとりたてて存在しないという状況を実感する。そして、いま子どもたち向けに彼らの喜ぶ本を出版すれば、それなりの市場が獲得できると考えた。

自らが書き、印刷し、出版した『ちいさいかわいいポケットブック』(一七四四)は絵入りの美しい本で、値段は六ペンス(換算するのはむずかしいが、現在の三〇〇円から六〇〇円くらいにあたる)。そのほかにも『靴二つさん』(一七六五)など次々に子ども向けの本を出版し、イギリスにおける児童文学の嚆矢《こうし》となった。

お買い得値段とはいえ、貧しい人びとにとって一冊六ペンスは、やはり高価な買いものである。より安価な読みものとしては、呼び売りの行商人が各地を売り歩いた「チャップブック」と呼ばれる本があった。これは、一枚の紙の裏表に木版で印刷した絵入りの物語を、折りたたんで本のかたちにしたもので、一冊が一ペニー(五〇円から一〇〇円くらい)である。一七世紀からイギリス各地に広まっていたが、中身はとりたてて子どものためというものではなく、歴史物語や笑い話、昔話、民謡などが主となった民衆本であった。そしてこれらの本は、家庭のなかで家族がみんないっしょになって読んでいたものである。

一八世紀から一九世紀にかけて、おとなをターゲットとした「チャップブック」は次第に廃れ、もっぱら子ども向けの昔話や教育的な訓話、伝承童謡《ナーサリー・ライム》に絵をつけたものが主流になっていく(1)。また、一八世紀半ばには「トイブック」と総称される子ども向けの簡易なつくりの絵入り本が大量に出版されるようになり、一九世紀に最盛期を迎えた。「チャップブック」と「トイブック」は、絵本の直接の先祖といえるだろう。

一八世紀のイギリスに児童文学の祖が生まれた背景には、子どもに対する関心の高まり、そしてその子どもの教育――とりわけ道徳教育と宗教教育――に対する大きなニーズがあったことを知っておかねばならない。一八世紀から一九世紀にかけて一八〇度転換し、入れ替わったもののしばらくは共存していた、二つの相反する「子ども観」について述べておく。

3　二つの「子ども観」

ニューベリーの本やチャップブックが社会全体に普及するためには、すべての階級の人が字を読むことができるという状況が必要である。公的には、小学校就学を義務づけた法律は一九世紀の末にならなければ施行されなかったが、子どもたちを集めて簡単な読み書きや宗教・道徳教育を施したキリスト教会の「日曜学校」という教育活動が一八世紀に生まれ、全国に広まっていた。

日曜学校普及運動を中心的に担った福音主義の宗教家は、「子どもというものは〝原罪〟(2)を背負って生まれてくるのであり、はやい時期に教育によってその罪を自覚させ、正しいキリスト教徒になるように導き、神の救いを受けさせねばならない」と考えていた。これが「罪深い子ども」というひとつめの子ども観である。

その教育のために、パンフレットや日曜学校用のテキストといったかたちで、宗教的な子ども向けの読みものが大量に出版されることになった。福音主義の児童文学作家たちは、悪い子たちは地獄の業火に焼かれ、よい子たちは神の祝福を受けて天国に召されるといった物語を用いて、子どもたちを生来の罪から救おうとした。

特記すべきなのは、その作家たち——マリア・エッジワース（一七六七—一八四九）、メアリー・マーサ・シャーウッド（一七七五—一八五一）、アンナ・バーボールド（一七四三—一八二五）、セアラ・トリマー（一七四一—一八一〇）など——の多くが女性だったことだ。産業革命の恩恵を受けて力を増していった中・上流階級においては、プロとして子どもの教育に携わる、教養を備えた女性たちが現れてきたということである。

彼女たちが書く物語は、子どもたちにつつましさと従順を説き、勤勉に働くことをすすめ、父を崇め、母を尊ぶことを教えるものであった。悪いことをした子は徹底的に罰を受け、よい子は明らかに報われる。そのうえ、彼女たちは、想像力や空想物語が子どもの心におよぼす影響を徹底的に排除し、ひたすら経験と実際を重んじて、社会に役立つ人間を育てようと、安価なチャップブックで流布する「巨人退治のジャック」などの昔話や、ことばあそびとナンセンスにあふれた伝承童謡の類を、子どもの手からとりあげた。

彼女たちは、フィクションを書いたつもりは毛頭なかった。この時代の敬虔なキリスト教徒にとって、フィクションは「つくり話」であり、子どもたちの頭に「うそ」を教えこむ罪深いものであった。彼らにとって天国と地獄は、真実以外の何物でもなかったのである。

一八世紀の児童文学は、こうして宗教家や教育学者のもとで書かれ、広まっていった。いまから考えると、いかにもおもしろみにかけるような物語に思えるが、作者がよい子と悪い子の対比を際立たせれば際立たせるほど、皮肉なことに「悪い子」のほうが精彩を帯びてきて、リアルな子ども像に近づいてくる。そのあたりに近代のリアリズム児童文学の萌芽が生まれていたのであろうし、また、キリスト教作家による神の祝福を受けた来世の描写は、一九世紀のイギリスに生まれるファンタジー児童文学の源泉ともなっていった。

一方で、一八世紀には新しい教育論も生まれる。ジョン・ロック（一六三二―一七〇四）は、子どもの頭脳の未知の潜在力を「白紙《タブラ・ラーサ》」にたとえ、そこに教育の無限の可能性を見た。彼は、子どもの知性を育てるためには「イソップ物語」などの寓話がいいと推奨し、能力に応じて楽しいものを読ませるのがよい、と考えた。

そしてこの世紀末には、フランスのロマン主義の嚆矢《こうし》ジャン＝ジャック・ルソー（一七一二―七八）

の子どもについての概念が、次の新たな子ども像の誕生を誘発していく。

ルソーは、子どもを自然の「高貴なる野蛮人」と呼び、教育は人間存在の基本に備わった自由、平等、所有の権利などの概念を育てる自然なものでなければならないと考えていた。ゆえにルソーは、子どもに読ませる本は『ロビンソン・クルーソー』（一七一九）だけでよく、あとは必要ないとした。ルソーのこの概念をとり入れたイギリスでも、児童観に大きな変化が生じてくる。

「罪深い子ども」「教育せねばならない子ども」という子ども観に一八〇度の転換が起こるのは一九世紀のはじめ、「ロマン主義」の台頭につれてのことであった。ロマン主義というのは、一八世紀末から一九世紀初頭にかけてヨーロッパ全体に起こった思想的な運動で、それまでの「古典主義[3]」の教条的な狭さに対する反発としてとらえられる。個人の根本的な独自性を重視し、古典主義が軽視してきた神秘主義、夢、空想、個人の感情などを高らかに称揚した。

イギリスにおけるロマン主義は、ウィリアム・ワーズワース（一七七〇―一八五〇）とサミュエル・テイラー・コールリッジ（一七七二―一八三四）による『抒情詩集』（一七九八）から始まるとされているが、このワーズワースこそ、「子どもはおとなの父である」とうたい、神の元からやってきたばかりの子どもは、いまだに栄光の金の雲を引きずっているとして、ロマン主義詩人の「子ども礼賛」の祖となった詩人である。ここで子どもは、「原罪にまみれ、救われねばならない存在」から、「この世でもっとも〝無垢〟な、天使のような心のもち主」と見なされるようになり、この世の「経験」という世知に汚れたおとなの手を引いて、救いをもたらす存在になりかわったのである。

ロマン主義の影響の下で、児童文学も大きく様変わりした。民話や伝承童謡はその空想力を認められ、子どもの無垢な心が大きく天がける助けになると考えられるようになる。そこから昔話のかたちを借りた創作昔話が生まれ、短い象徴的な空想物語が書かれるようになると、ヴィクトリア朝のファンタジー

の誕生と展開もまもないということになる。(4)

一八世紀には「子どものためにならない」として敵対視されていた昔々の伝承文芸が、ロマン主義の興隆とともに見直され、その再話が児童文学の仲間入りを果たしていったのである。伝承文芸の中身については、あらためてジャンル編で詳しく論じる。

ロマン主義が空想と想像力のすばらしさを称揚し、民族主義が自国の昔話を掘り起こして文字化し、文学者がその形態をまねて創作昔話を書くようになってくると、ファンタジーの出現も間近である。前世紀に見られた空想排斥の動きとはうって変わって、一九世紀後半のイギリスには、架空の国との交流や、はるかな国への旅を描く長編ファンタジーが誕生した。いまでは「ファンタジーの国」として名高いイギリスだが、そこにファンタジーが生まれたのは、たかだか二〇〇年ほど前のことにすぎない。

4 黄金期から二〇世紀まで

一九世紀後半末になると、イギリスにファンタジーが生まれるだけの要素がそろった。ロマン主義、昔話、空想力の賞賛である。また、それに加えて、次のような時代背景があった。

ヴィクトリア女王が君臨していた一八三七年から一九〇一年までは「ヴィクトリア朝」時代と呼ばれている。この時代、産業革命の結果、テクノロジーの発達が国力を増大させ、多くの植民地を得た大英帝国は世界最大の国となった。中産階級の経済力が拡大し、学校法の制定で読書人口は格段に増加した。

一方、大きな戦争を体験せずに平和が続いたこの繁栄の時代にあって、人びとはお金では求められない精神的なものへの憧憬をも深めた。そのうえ、チャールズ・ダーウィン(一八〇九―八二)が『種の起源』(一八五九)を発表し、ジクムント・フロイト(一八五六―一九三九)が「無意識」の存在を説く。(5)その時代に、既存のキリスト教への信仰のみでは割り切れないものを抱えた人びとは、想像の世界に慰めを見た。

「ヴィクトリアン・ファンタジー」と呼ばれる作品の代表、チャールズ・キングズリー（一八一九―七五）の『水の子どもたち』（一八六三）、ルイス・キャロル（一八三二―九八）の『不思議の国のアリス』（一八六五）、ジョージ・マクドナルド（一八二四―一九〇五）の『北風のうしろの国』（一八七一）は、どれも既存の宗教にあきたらない聖職者、もしくは聖職者になり損ねた人によって書かれている。彼らは、異世界を描くことで新しいかたちの「救い」を求めたのかもしれない。それと同時に、『不思議の国のアリス』は、既存の児童文学にどうしてもしみついてはなれなかった教訓主義を撤廃したばかりか、パロディによって笑いとばすという快挙をなしとげ、ほんとうに子どもの楽しみのために書かれた児童文学の嚆矢《こうし》となった。

また、帝国主義政策下、遠くへの憧れ、エキゾティシズムといったロマン主義の傾向は、拡大を続ける大英帝国の領域とともに、世界のかなたへの冒険の物語となって、児童文学のなかにもその位置をしっかりと占めるようになった。難破船、孤島でのサバイバル、異人種との遭遇などを含むことの多い冒険小説は、ダニエル・デフォー（一六六〇？―一七三一）の『ロビンソン・クルーソー』(6)（一七一九）を元祖として、それぞれの時代背景の下でバリエーションを展開し、〈ロビンソン変形譚《たん》〉と呼ばれる一連の系譜をかたちづくっている。

男の子たちは、寄宿制のパブリック・スクールでの生活を描く学校物語と冒険物語を享受し、自分たちの現実と未来を重ねあわせた。トーマス・ヒューズ（一八二二―九六）の『トム・ブラウンの学校生活』（一八五七）がその代表的な例である。一方、〝家庭の天使〟として教育される女の子の日常は家庭にあり、未来といっても、それはせいぜい結婚であった。女の子のためのリアルな物語は「家庭小説」と呼ばれる。シャーロット・ヤング（一八二三―一九〇一）の『ひなぎくの首飾り』（一八五六）はその一例で、アメリカのルイザ・メイ・オールコット（一八三二―八八）の『若草物語』（一八六八）にも影響をおよぼした。これらの物語は、いつか妻になり、母になる日のために、女の子にロールモデルを提供した。とはいえここには「おてんば」と呼ばれるジェンダーの障壁に挑戦しようとする少女の姿も生まれつつあった。

また、この時代、「トイブック」と呼ばれた簡素なつくりの絵本は、ウォルター・クレイン（一八四五―一九一五）、ランドルフ・コールデコット（一八四六―八六）、ケイト・グリーナウェイ（一八四六―一九〇一）という三人の画家を得て、芸術の域にまで高められた。彼らの絵は、エドマンド・エヴァンズ（一八二六―一九〇五）という天才彫師によって木版で再生され、量産が可能になった。エヴァンズが用いた木口木版の多色刷りという方法は、硬いツゲの木口（木目と平行にとった板）に、ヴュランと呼ばれる特別な道具で彫りを入れるため、銅版画に負けないくらいの繊細な表現が可能であったうえ、銅版よりはるかに保《も》ちがよかった。

ナーサリー・ライム、昔話、オリジナルの詩などを題材にした絵本がたくさん出版されるこの時代は「絵本の黄金時代」と呼ばれる。二〇世紀のはじめには、ビアトリクス・ポター（一八六六―一九四三）が、はじめて写真製版を使って淡い水彩画の色調を生かし、『ピーターラビットのおはなし』（一九〇二）を皮切りに、子どもの小さな手にちょうどおさまる大きさの絵本を出版して大成功を得た。ここから幼年文学の発展が始まる。

物語の世界では、一九世紀末から二〇世紀にかけて活躍したE・ネズビット（一八五八―一九二四）の存在が欠かせない。彼女は、リアリズムの作品『宝さがしの子どもたち』（一八九九）ではじめて子ども目線の、子どもの語り手を使った日常の物語を描いて、おとなの理想像ではないリアルな子どもの姿を表現した。また、ファンタジーの分野では、日常の世界に突然不思議なものがやってきて騒動を起こすという「エブリデイ・マジック」の方法をとり、別世界ファンタジーとはまた一味ちがったユーモアあふれる楽しい作品、『砂の妖精』（一九〇二）などを誕生させた。二〇世紀の児童文学に与えたその影響は、非常に大きなものがある。

こうしてイギリスでは、二〇世紀初頭までに、ほぼ現在にいたる児童文学全ジャンルの萌芽が出揃ったのである。

大西洋をわたったアメリカでも、イギリスとほぼ同様のかたちで児童文学が発達していったが、ピューリタンがつくった国らしく、ながらくファンタジーは生まれず、一九〇〇年になってはじめて、アメリカらしいファンタジーを書くという意気込みで、ライマン・フランク・ボーム（一八五六―一九一九）が『オズの魔法使い』（一九〇〇）を書いた。むしろそれよりリアルな物語が多く好まれたアメリカでは、階級と歴史のない新世界で、西部開拓の歴史を背景に、貧しい少年の立身出世物語や、マーク・トウェイン（一八三五―一九一〇）の『トム・ソーヤーの冒険』（一八七六）など、ワイルドな自然のなかでの冒険小説、家族が結束して生きていく『若草物語』のような家庭小説が多く生まれた。

イギリスとアメリカのあいだでは文化の行き来も頻繁で、児童文学も大西洋の両岸で共有されたが、一九世紀末から二〇世紀にかけて、イギリス生まれ、アメリカ育ちのフランシス・ホジソン・バーネット（一八四九―一九二四）は、両国を行き来したその立場を最大限に生かして、『小公子』（一八八六）という英米をつなぐような物語を書いた。

二〇世紀前半は、ジェイムズ・マシュー・バリ（一八六〇―一九三七）の『ピーター・パンとウェンディ』（一九一一）、A・A・ミルン（一八八二―一九五六）の『クマのプーさん』（一九二六）、パメラ・L・トラヴァース（一八九九―一九九六）の『風にのってきたメアリー・ポピンズ』（一九三四）など、英米児童文学の古典となった作品が数多く生まれた時代である。

5　二〇世紀後半から現在へ

二つの世界大戦を経験したのち、児童文学の世界は、リアリズムにおいても、ファンタジーにおいても、ノンフィクションにおいても、読者対象、題材、その扱いに、拡大と深化が著しくすすんだ。モラトリアム時代の長期化により、〝ヤングアダルト〟と呼ばれる世代に向けての小説が現れると同時に、その逆端では、幼年期の読書力や認識能力の発達に応じたきめ細やかな配慮が幼年文学を細分化した。また、中流階級の特権であった「読書」は階級的にも広がり、労働者階級出身の作家も現れれば、主人公も現れた。同時に、人種・民族・性差にも配慮がなされるようになる。子どもたちをとりまく環境の複雑化と深刻化にともない、児童文学のテーマも重い現実を生きるリアルな子どもたちを描くようになってくる。ここにはもう、ロマン派が称揚した「美しい子ども」像は存在しない。

ファンタジーの領域においても、イギリスではC・S・ルイス（一八九八―一九六三）の〈ナルニア国ものがたり〉（一九五〇―五六）、J・R・R・トールキン（一八九二―一九七三）の〈指輪物語〉（一九五四―五五）、アメリカでは、アーシュラ・K・ル＝グウィン（一九二九―二〇一八）の〈ゲド戦記〉シリーズ（一九六八―二〇〇一）など、壮大な別世界を描くスケールの大きな架空世界ものが現れると同時に、主人公の心の深部に分け入って子どもの心の闇や影にいたるまでの内面世界を描くキャサリン・ストー（一九一三―二〇〇一）の『マリアンヌの夢』（一九五八）、時を超えた子どもたちの心の交流を描くフィリパ・ピアス（一九二〇―二〇〇六）の『トムは真夜中の庭で』（一九五八）など、さまざまな種類のものが出揃った。また、ダイアナ・ウィン・ジョーンズ（一九三四―二〇一一）の作品のように、別世界ものとも「エブリデイ・マジック」ともいえないようなファンタジーが新たに出現し始めている。

また、現在見逃せないのが、映画やコンピュータゲームなど別メディアとの交流や相互影響のありかたである。詳しくは第二部で具体例をとりあげるが、映画とほぼ同時進行で書かれていったJ・K・ローリング（一九六五―）の〈ハリー・ポッター〉シリーズ（一九九七―二〇〇七）は、映画的想像力なしには考えられないし、神話やファンタジーはことごとく、RPG（ロールプレイングゲーム）などのストーリーの源泉にもなっている。

そんななか、児童文学の一部は、おとなの小説とほぼボーダーレスの状態となってきており、これが「児童文学とはなにか」という定義の問題をさらにわかりにくくしているのかもしれない。

■註

（1）伝承童謡は、日本では「マザー・グースの歌」として知られているが、これをマザー・グースと呼ぶのは主にアメリカで、イギリスでは「ナーサリー・ライム」ということばが用いられることが多い。

（2）アダムとイブが最初に犯したとされる罪。以来、人間は、神の助けや救いなしには罪への傾きを克服しがたい本性をもつようになったという。

（3）ヨーロッパで主に一七世紀に栄えた芸術上の思想で、ギリシア・ローマの古典を理想とし、それを模範としてなるべくそこに近づくことを試みた。均整や調和などを重んじ、ロマン主義のように「個人」や「感情」には重きをおかない。

（4）このあたりは第二部の第5章を参照されたい。

（5）フロイトによる精神分析療法の始まりは、一八八六年にさかのぼる。

（6）ただし、『ロビンソン・クルーソー』は、当初、ジャーナリスト、デフォーによる「ノンフィクション」として出版されており、子ども向けの読みものではなかった。

※なお、第2章に関する研究書は第3章で、本文に出てきた作品は第二部と第三部で紹介している。

児童文学にできること

岡田　淳（おかだ・じゅん）

子どものころ読んだ本で、ひとつの場面だけ覚えている本がありました。それはドリトル先生の本です。ドリトル先生の本はシリーズになっていて、何冊も出ていますが、その場面が、シリーズのなんという題名の本に出てくるのかも覚えていません。その場面だけをよく覚えていて、ぼくにとってドリトル先生といえば、もうその場面がすべてでした。

こんな場面です。少年が雨のなかドリトル先生に出会い、先生の家へ行きます。アヒルやブタやイヌなど動物たちがいっしょに暮らしている家です。台所の大きなストーブで、雨に濡れた服をかわかし、いっしょに肉を食べる――。ぼくはそのページの挿絵も、串に刺した肉の肉汁もはっきり覚えていました。

それを読んだのは、物語に登場する少年と同じ年代です。

それから時間が流れて、その場面だけ覚えている、ということさえ忘れていたある日、ある場所で、

――ここはまるでドリトル先生の台所のような部屋だな。

と、思ったことがあったのです。もうドリトル先生の年代になっていました。記憶の海の底から、なにかのひょうしにアブクが海面に上ってきたという感じです。懐かしくなって、あの場面の出てくる本をもういちど読みたくなりました。さいわいぼくは小学校で図工の先生をしていましたので、図書室に本をさがしに行きました。

すぐに見つかりました。『ドリトル先生航海記』（ヒュー・ロフティング作　井伏鱒二訳　岩波書店）だったのです。

さっそく読みました。問題の場面は、物語が始まってすぐにあらわれました。最後まで読んで、やっぱりその場面がその本でいちばんすてきな場面だなと思いました。けれどおどろいたことがあります。その場面には挿絵がなかったし、串に刺した肉の肉汁なんてひとことも書かれていなかったのです。ソーセージをフライパンでいためていました。

これはいったいどういうことでしょう。「航海記」というぐらいですから、物語の中心的な部分は海に出たあとの冒険です。それはすっかり忘れて、なぜその場面だけを覚えていたのか……、なぜ挿絵と肉汁が入りこんだのか……。

きっと、その場面をとても気に入ったのでしょう。そして、手もとにある本なら何度もそのページを開いたでしょうが、学校か公民館の図書室の本です。記憶をたよりに、何度も何度も思い出したのだと思います。おそらくは日をおいて、すこし記憶が薄れかけたころに思い出す、ということもあったにちがいありません。そうしているうちに、挿絵と肉汁がつけくわえられたのでしょう。記憶の庭のなかで、ひときわ陽当たりのいいところに植えられたドリトル先生の台所はぐんぐん育ち、挿絵と肉汁の花を開かせた……、と。

では、その場面を、何度も思い出すほど気に入った理由はなんだったのか……。

部屋のたたずまい、ではないでしょうか。ある部屋のようすから連想したのですから。博物学者の部屋です。まわりには、たくさんの書物と本棚、そして地球儀、顕微鏡と、科学少年の目を輝かせるあれこれがあったにちがいありません。しかもドリトル先生は動物と話せます。部屋のなかにも何匹もの動物がいます。ぼくは理科図鑑とか天体図鑑、そして動物が、とても好きだったのです。そのうえそこは、とても大きなストーブのある台所という特別な場所です。暖かくて、いい匂いのするところです。あるいは肉を食べるというイメージ。これに魅力を感じたのではないか。なにしろ肉汁までつけくわえている。これはかなり大きなポイントです。

それとも、少年に対するドリトル先生の関わりかたがすてきに思えたのではないか。ドリトル先生は少年を子ども扱いせずに、きちんと応対してくれました。しかも靴屋の息子の少年は、このあとドリトル先生に勉強を教えてもらいながら、先生の助手としていっしょに航海に出るという幸運に恵まれます。その人生の曲がり角ともいうべきシーンに、ドリトル先生は、信頼できるおとな、としてあらわれます。

こうしていろいろ考えていくと、理由をひとつにしぼることはできないようです。どの要素も魅力的です。きっと魅力的な要素が合わさっていたので、特別に気に入ったのでしょう。

こんな場所があるかもしれないよ、こんな時間がすごせるかもしれないよ、こんなひとがいるかもしれないよ……。あこがれていたけれど、少年時代のぼくには絵にもことばにもできなかった場面を、ヒュー・ロフティングが（そして井伏鱒二が）ことばでかたちにしてくれたのです。

ぼくはその場面を気に入って、挿絵や肉汁がもとからあったと自分で思いこむほど何度も何度も思い出しました。それはつまり、その場面を思い出すことで、しあわせな気分を味わい、励まされたり、支えられたりしていたのでしょう。

そのころ我が家の経済状況は芳しくなく、ぼくは進学について不安を抱えていました。そして、世間に不信感がありました。いま思えば、そのこともドリトル先生の台所を何度も思い出していたことに無関係ではないと思います。

その後、ぼくはいろんな経験をしました。さまざまなことを学びました。けれど、そういう経験や学びの土台になっている、「人生は生きるに値する、ひとは信頼できる」という感覚を、かたちにして見せてくれたのは、ドリトル先生のあの場面だったのではないかと思うのです。

あの場面、ドリトル先生の台所は、ぼくが気づかないうちに、ぼくの人生を励ましてくれていた、支えてくれていたのだと思います。

好きな本があるということは、そういうことだと思うのです。まるまる一冊好きでなくても、好きな場面でもいいし、好きな登場人物でも、好きな文章、好きなことばでもいい。好きになるということには、理由があるのです。その理由がことばになっていなくてもかまいません。あなたの好きな本は、きっとあなたの味方になってくれます。あなたを支え、励まし、応援してくれます。好きな本に出会うのは、しあわせなことなのです。

ですから、児童文学にできることは、人生とことばについての肯定的なイメージをつくることだと思うのです。読んだ子どもが、生きていてよかった、人生は生きるに値する、という方向の感じを抱く、あるいはそういう種子を心に播く。それは同時に、ひとところばについての信頼感を育てていくことでもあると思います。

ぼくとドリトル先生の台所のことを思うと、そう思えるのです。

でも、ぼくが物語を書いているとき、そういうメッセージを伝えようと考えて、書いているのではありません。広い意味ではそういうことになるのかもしれませんが、ぼくが物語を書いているときに考えていることは、物語がいかに自立するか、どうすればおもしろくなるか、どうすれば納得できるか、そういったことです。

ヒュー・ロフティングは、博物学者の部屋にあこがれ、不安と不信を心に抱く少年を元気づけようと思って、台所の場面を書いたのではないでしょう。どうすればおもしろい場面になるか、どうすればすてきな場面になるかと考えて、書いたのだと思います。

ぼくも、どうすればすてきな物語になるかと考えて、書いています。そして、それがいつかどこかで、だれかを、支えたり、励ましたりすることがあればいいなあと、思っているのです。

（児童文学作家）

第3章 日本の子どもの本の歴史

1 明治以前

日本でも、わざわざ「子どものため」に書かれた文学が登場するのは、近代になってからである。当然のことながら、それ以前の子どもたちはそれほどおとなと区別されることもなかった。彼らの楽しみ、また共同体の知恵を学ぶためには、伝承文芸から発展してきた昔話や、わらべうたなどがあった。

室町時代あたりから、手書きの冊子本（奈良絵本）が量産されるようになり、さらに木版印刷が発達して、「御伽草紙」が子どものための文学を普及させていく。

江戸時代になると、表紙が赤いことから「赤本」と呼ばれた草双紙が、子どものための絵本の原型となる。中身は、昔話、戦記もの、笑い話などで、勧善懲悪を機軸としたストーリー性の高いものであった。もちろんこれも、子どもだけを対象としていたわけではない。

2 明治の児童文学——西洋式教育の輸入と、江戸からの伝統

明治政府は、日本の近代化・文明化を急務として、子どもたちの識字教育に力を注いだ。一八八六年の小学校令により初等教育が義務化されると、翌々年には初の少年向け雑誌『少年園』が刊行され、学校、家庭、社会での総合的な教養の発展を目指した。だが、西洋のモデルをとり入れた教育のため、啓蒙書から物語にいたるまで、輸入ものの翻訳・翻案(1)が占めた大きさは計り知れない。それまであった儒

学的な思想から一転して、キリスト教を主軸とする資本主義的な倫理思想が、英米の科学読みもの、教育書からどんどんとり入れられた。

物語の世界でもっともはやく翻訳がとり入れられたのは、一八四八年の『ロビンソン・クルーソー』と一八七三年の「イソップ物語」[2]である。[3]前者は国家富強思想を担いつつ、後者は実利的な教訓性を伝えつつ、物語のおもしろさで子どもたちをひきつけるものであった。

多くの翻訳もののなかでも注目に値するのは、一八九〇年から九二年にかけて『女学雑誌』に掲載された、若松賤子（一八六四―九六）訳によるバーネットの『小公子』である。それまで文語調で書かれていた子ども向けの物語を、柔らかな口語体で表現し、キリスト教的博愛主義、家庭における母子愛の尊さを説いた。

『不思議の国のアリス』も、はやくから何種類もの翻訳が出版された。アリスが「すずちゃん」「愛子ちゃん」「まりちゃん」などという名前で翻案されたものもあり、多くは抄訳であったが、そのファンタジー性は新鮮なものとして受け入れられた。

一八八〇年代にはグリム童話の翻訳が絵本化されるなど、絵本のかたちでも翻訳は受容されるようになる。

しかし、過度の欧化政策に対抗し、儒教に基づく道徳的教育の重要性も説かれ、一八九〇年には教育勅語が発令される。明治の児童文学にもこの流れは見てとれる。それは巌谷小波（一八七〇―一九三三）の読みものに代表される「御伽噺」で、江戸時代以来の封建思想を中軸としつつ、明治期の富国強兵、立身出世思想を強く打ち出したものである。

小波の代表作は、『こがね丸』（一八九一）。擬人化されたイヌが親の仇のトラにあだ討ちするという話で、文語体で書かれており、内容的に古さはあったものの、当時の子どもたちのあいだでは若松らの翻訳ものよりもはるかに人気があった。彼はまた、日本の昔話や世界の昔話を再話した叢書を著し、明治から大正にかけて雑誌『少年世界』の主筆を務めるなど、多方面で活躍した作家だった。その流れは押川春浪らの冒険小説に受け継がれ、一九一一年から刊行が始まった講談本の「立川文庫」とともに、わくわくするエンターテインメント系の大衆児童文学へとつながっていった。巌谷小波の〈お伽画帖〉シリーズ（一九〇八―〇九）は、初期の日本の子ども向け絵本の画期的なもののひとつである。

3　大正デモクラシーのもとで

一九一四年、第一次世界大戦の勃発による特需で経済的な成長をとげ、近代国家として発達した日本には、「大正デモクラシー」と呼ばれる時代思潮が浸透する。そのもとで、翻訳ものの児童文学がどんどんとり入れられると同時に、日本の作家も独自の児童文学の創作を始めるようになった。その結果、これまでになかった文学性の高い、近代的な作品が次々に生まれてくる。この時代、これらの児童文学は「童話」「童謡」と呼ばれ、ひとつの文学運動を形成するにいたった。

その中心になったのが、鈴木三重吉主宰の雑誌『赤い鳥』である。一八一八年から一九三六年（途中、一時休刊）にわたって出版されたこの子ども向け雑誌には当時の文壇の大御所が名を連ね、芸術としての童話・童謡を目指した。とりわけ活躍した作家には、小川未明[4]（一八八二―一九六一）、坪田譲治[5]（一八九〇―一九八二）、新美南吉[6]（一九一三―四三）、北原白秋[7]（一八八五―一九四二）、西条八十[8]（一八九二―一九七〇）などがいる。

また、これら文壇作家とは別に、この時代に注目されるのは宮沢賢治（一八九六―一九三三）で、独特のオノマトペを駆使して、宗教観、科学観に支えられた「童話」をのこした。「注文の多い料理店」（一九二四）など短編が多いが、『銀河鉄道の夜』（第四次稿一九三一―三二）は、未定稿のまま死後出版された長編ファンタジーである。西条八十に絶賛されながら最近になるまで忘れられていた童謡詩人の金子みすゞ[9]（一九〇三—三〇）も、大正時代に活躍した人であった。

この時代の作家たちは、リアリズム作品もファンタジー作品も「童話」と呼んだ。文学的な質の向上に貢献したという点では大きな功績があるが、同時に彼らの子ども観は、郷愁と回想を美化し、子どもの純真無垢な姿を理想ととらえていた。いわば「日本版ロマン主義的子ども観」といえるだろう。しかし、のちにその童心を賛美するあまり、おとなの幻想におぼれ、現前の子どもの姿を忘れてしまったとして、『赤い鳥』時代の童話は、「童心主義児童文学」と批判の意味をこめて呼ばれるようになる。

童心主義批判は、昭和の初期、プロレタリア児童文学の勃興を招いた。子どもに無邪気な心を見るのではなく、階級性のもとでの現実の姿をとらえ、革命の後続部隊を育成しようとするこの文学運動の主な担い手は、槇本楠郎[10]（一八九八—一九五六）、猪野省三[11]（一九〇五—八五）などである。結局、この流れは政治的な弾圧を受けて廃れていくのだが、社会のなかに生きる子どもの現実をありのままにとらえるという姿勢は、戦後のリアリズム児童文学——いわゆる「生活童話」——へと引き継がれていく。

また、小学校制度に続いて初期教育に関する法律も定められ、幼児のために『子供之友』『コドモノクニ』などの絵雑誌が刊行され始める。一九二七年にはフレーベル館から保育絵本『キンダーブック』が刊行され、全国の幼稚園、保育園に毎月配達されるようになった。第二次世界大戦[12]のあいだ「ミクニノコドモ」と改題されたものの、これは現在まで続いている。『キンダーブック』は、園保育と直接のつながりをもって継続的に発行される絵雑誌として、幼稚園、保育園の教材的な位置づけにある絵本である。

4　戦中の児童文学

一九三一年から四五年における戦争中の児童文学を「戦中児童文学」と呼ぶ。すでに「童話」ということばは「児童文学」にとってかわっていたが、この時期には「少国民文学」と改称させられた。

大日本帝国の明日を担う少国民の読みものは、国体にのっとった敬神・忠孝精神を高揚させ、奉仕、勇気、親切、質素、謙譲、愛情の美徳をたたえ、新東亜建設のための日満支の提携を強調するものでなければならないとされた。これは、大衆的人気が根強い「俗悪」な漫画本を排除する文化運動であると同時に「言論統制」でもあり、こうした指導案に反するものは厳しくとり締まる「思想弾圧」にほかならなかった。

軍国的・愛国的な物語が称揚されたばかりではない。戦中は、芸術性の高い児童文学ですら天皇制ファシズムを支えるために利用されたのであり、そのことはすべての日本人が自戒をこめて認識せねばならない点である。現在、多くの人が、児童文学は政治や歴史には無関係だと考えている傾向があるが、そのようなことはけっしてないのである。

この時代の出版物で注目に値するのは、講談社が一九三六年から一九四二年にかけて二〇三冊刊行した〈講談社の絵本〉のシリーズである。多色刷りで日本画的な絵を使ったこの本には、日本の昔話、戦記、伝記などが数多く掲載された。物語は、カタカナで書かれていた。
「子供が良くなる」というモットーからもわかるように、時代の道徳観を反映して、親孝行、忠義、正直、勇気、愛国心、けなげさなどを強調していた。しかし同時に、絵の質の高さ、物語性の豊かさとともに、家庭に絵本を浸透させる大きな貢献をなしとげたシリーズでもあった。

また、月刊少年雑誌『少年倶楽部』（一九一四—六二）は、田河水泡（一八九九—一九八九）の『のらくろ』（一九三一—四一）や島田啓三（一九〇〇—七三）の『冒険ダン吉』（一九三三—三九）などの人気漫画を掲載し、戦後の大衆児童文化の土壌となった点で注目される。『少年倶楽部』の編集者に見出されて児童文学を書き始めた作家に椋鳩十[13]（一九〇五—八七）がいるが、動物の親子や人間と動物の関わりを描いて、戦後に活躍することになる。

5　戦後児童文学の再出発

戦後は、ＧＨＱ（連合国軍総司令部）のもとで急激な民主化が図られる。同時に、教育制度も子どもの文化も大きな変革が必要となり、子どもたちのなかに民主的な世界観を養おうと、次々に新たな試みがなされた。敗戦のつらい体験から、平和教育のために戦争体験を語り継ぐ「戦争児童文学」という一ジャンルが生まれたのも、その一環である。

坪田譲治が、現代の『赤い鳥』を目指して始めた雑誌『びわの実学校』からは、二〇世紀の日本の児童文学を担う多くの作家たち——今西祐行[14]（一九二三—二〇〇四）、寺村輝夫[15]（一九二八—二〇〇六）、大石真[16]（一九二五—九〇）、前川康男[17]（一九二一—二〇〇二）、竹崎有斐[18]（一九二三—九三）、庄野英二[19]（一九一五—九三）、松谷みよ子[20]（一九二六—二〇一五）など——が生まれた。

一九五三年に早大童話会が発した「少年文学宣言」は、従来の児童文学を真に近代文学の位置にまで高めることを目指し、一切の古きもの、一切の非合理的・非近代的なる文学とのあくなき戦いを訴え、メルヘン、生活童話、無国籍童話、少年少女読みものなどを克服することを叫んだ。加えて古田足日[21]（一九二七—二〇一四）は、「さよなら未明」と題した論文で大正時代の童心主義に挑戦を試みた。しかし、この新しい流れに関わった作家の山中恒[22]（一九三一—）、神宮輝夫[23]（一九三二—二〇二二）らは、必ずしも「少年文学宣言」に忠実な作品を生み出していったわけではない。たしかにこの流れから、多くの長編リアリズム児童文学が生まれたが、少年文学宣言自体は、現在、宣言者たち自身によって自己批判されつつある。

ファンタジーの長編も数多く生まれた。佐藤さとる（一九二八—二〇一七）の『だれも知らない小さな国』(一九五九)、いぬいとみこ(一九二四—二〇〇二)の『木かげの家の小人たち』(一九五九)、神沢利子(一九二四—)の『ちびっこカムのぼうけん』(一九六一)などである。これらの作品には明らかに英米のファンタジーの影響が見られるが、そのうえに立って日本独自の児童文学をつくりだそうと試みたものである。

一方、同じように伝統童話批判の立場から現実の子どもに目を向けるよう促したのが、石井桃子(一九〇七—二〇〇八)、瀬田貞二(一九一六—七九)ら翻訳ものを中心に活躍した編集者であった。彼らは、英米の『ちびくろさんぼ』や『クマのプーさん』などの幼年童話こそが、児童文学にふさわしいわかりやすさ、ユーモア、楽しさを備えていると考えて、英米のものを中心に、次々と世界の名作児童文学の翻訳紹介をすすめていった。彼らが理想と考えた児童文学のかたちは、石井、いぬい、瀬田らが共著で著した評論『子どもと文学』(一九六〇)に明らかにされている。

彼らの主張をかたちにしたものとして、英米の絵本を紹介した〈岩波こどもの本〉シリーズなどがある。石井桃子らが編集に携わって、バージニア・リー・バートン(一九〇九—六八)の『ちいさいおうち』、H・A・レイの『ひとまねこざる』など、いまにいたっても愛読され続けているロングセラーが出版された。同じく岩波書店からは、えりすぐりの翻訳の児童文学を連ねた〈岩波少年文庫〉も石井らの手で監修され、現在にいたるまで、優れた海外の児童文学を手軽な新書サイズの判型で、子ども読者に紹介し続けている。

翻訳作品には、すでに質の高いものとして評価されたものが選ばれるわけであるから、当然のことながらその水準は非常に高い。日本の児童文学の世界に翻訳ものがかなりのウェイトを占めているのも、このあたりに一因があると思われる。

絵本史として重要なのは、一九五六年から福音館が月刊予約絵本「こどものとも」を出版し始めたことである。優れた作品は「こどものとも傑作集」としてハードカバー化され、多くの日本人絵本作家を輩出する場となった。

石井桃子は、自宅を開放して子どもたちに本を貸し出す「家庭文庫」を始めた。これは全国に広まり、児童書を子どもたちの身近なものにするのに一役買うこととなった。

また、松谷みよ子の〈モモちゃんとアカネちゃんの本〉（一九六四—九二）、寺村輝夫（一九二八—二〇〇六）の『ぼくは王さま』（一九六一）、中川李枝子（一九三五—二〇二四）の『いやいやえん』（一九六二）など、幼年文学の創作も盛んになる。松谷は、日本の伝承文学を取材して〈松谷みよ子のむかしむかし〉シリーズ（神話、伝説、昔話を含む）も発表している。

6　現代の動向

一九六〇年代になると「タブーの崩壊」がいわれるようになり、それまで児童文学ではあまり扱われてこなかった「性」「自殺」「家出」「離婚」などのテーマが目立つようになった。その後、現代社会や家族の複雑化とともに、子どもたちの直面している問題を掘り下げる傾向が見られるようになる。岩瀬成子（一九五〇—）の『朝はだんだん見えてくる』（一九七七）、今江祥智（一九三二—二〇一五）の『優しさごっこ』（一九七七）などのリアリズム作品に、そのような傾向が顕著に現れている。梨木香歩（一九五九—）の『西の魔女が死んだ』（一九九四）はラジオドラマ化、映画化されて評判になった作品だが、人の死の意味を探るというテーマをもっている。

また、向日性と完結性が必要だとされてきた児童文学に疑問を投げかけた問題作は、那須正幹（一九四二—二〇二一）の『ぼくらは海へ』（一九八〇）の、曖昧で死を暗示するような結末であった。

こうして戦後から現在にいたる日本の児童文学は「さよなら未明」から始まり、広がりを見せたのであるが、童話伝統がすべて廃れてしまったわけではけっしてない。小川未明、宮沢賢治が手がけた「象徴童話」とでも呼べるような作品は、安房直子（一九四三―九三）、あまんきみこ（一九三一―）などの作家に引き継がれ、いまにいたっている。それらの作家のもつ「未知のものへの畏敬」とでも呼べる資質は、一度「少年文学宣言」でそれらを否定した批評家自身によって再び見直されつつあるところである。

また、荻原規子（一九五九―）の『空色勾玉』（一九八八）以下三作は、日本の神話を素材に、規模の大きなファンタジーを描き出した。上橋菜穂子（一九六二―）の、文化人類学者としての素地を生かしてアジア独特の異世界を描く〈守り人〉シリーズ（一九九六―二〇〇七）などは、おとなにも人気が高い。後者は、アニメが有名になったあと、英訳もされている。

絵本も、アニメ同様、国境を越えやすい分野であるが、現在の日本の絵本の水準の高さは国際的にも広く認められており、赤羽末吉（一九一〇―九〇）や瀬川康男（一九三二―二〇一〇）、安野光雅（一九二六―二〇二〇）、荒井良二（一九五六―）など世界的な賞をとった作家も多い。

視覚メディアの発達、子どもの生活の変化などにともなって活字離れが著しいのは世界のどこの国でも変わらないが、人気作家によるシリーズものはつきせぬ人気を誇り、「ライトノベル」と呼ばれるジャンルの興隆、メディアミックス化など、児童文学の世界も、活字だけでは語れない状況を迎えている。

■註

（1）翻案とは、原作の登場人物名を日本名にし、舞台を日本に変えるなどして、かなりの「日本化」をおこなったもの。

（2）双方とも多くの翻訳家がチャレンジし、翻案、ダイジェスト、原作に近いものなど非常に多くのバリエーションが出た。

（3）もっとも、一五九三年にローマ字本の『エソポノハブラス』（「イソップ物語」の翻訳・伊曽保《いそほ》物語）がすでに出版されており、これが読者対象に子どもを含んだ最初の翻訳文学とされている。

（4）「月夜と眼鏡」（一九二二）など。

(5)『子供の四季』(一九三八)など。
(6)『花のき村と盗人たち』(一九四三)など。
(7)『とんぼの眼玉』(一九一九)など。
(8)「かなりあ」(一九一八)など。
(9)「わたしと小鳥とすずと」など。
(10)『赤い旗』(一九三〇)など。
(11)「ドンドンやき」(一九二八)など。
(12)最近の呼称に基づき、これ以降では日本が関わった一九四一年からの戦争を「アジア・太平洋戦争」と呼ぶことにしたい。
(13)『動物物語　大造爺さんと雁』(「少年倶楽部」版　一九四一)など。
(14)『あるハンノキの話』(一九六六)など。
(15)『おしゃべりなたまごやき』(一九五九)など。
(16)『チョコレート戦争』(一九六五)など。
(17)『ヤン』(一九六七)など。
(18)『石切り山の人びと』(一九七六)など。
(19)『星の牧場』(一九六三)など。
(20)『龍の子太郎』(一九六〇)など。
(21)『モグラ原っぱのなかまたち』(一九六八)など。
(22)『ぼくがぼくであること』(一九六九)など。
(23)アーサー・ランサム全集など、イギリス児童文学の翻訳に大きく貢献した。

■ブックリスト

本文であげた本については出てきた順に、それ以外は著者のアイウエオ順に並べる。できるだけ入手可能な版をあげた。

〈研究書(第2章・第3章共通)〉

●ダニエル・ハーン編著、ハンフリー・カーペンター、マリ・プリチャード『オックスフォード世界児童文学百科(新版)』白井澄子、西村醇子、水間千絵監訳　原書房　二〇二三年

●定松正編著『世界少年少女文学』リアリズム編/ファンタジー編　自由国民社　リアリズム編は二〇〇九年、ファンタジー編は二〇一〇年

●佐藤宗子、藤田のぼる編著『少年少女の名作案内』日本の文学リアリズム編/日本の文学ファンタジー編　自由国民社　二〇一〇

年

●神宮輝夫編『世界児童文学百科　現代編』原書房　二〇〇五年

●J・R・タウンゼンド『子どもの本の歴史　英語圏の児童文学』（上・下）高杉一郎訳　岩波書店　一九八二年

●谷本誠剛、灰島かり編『絵本をひらく　現代絵本の研究』人文書院　二〇〇六年

●鳥越信編著『はじめて学ぶ日本児童文学史』ミネルヴァ書房　二〇〇一年

●マリア・ニコラエヴァ、キャロル・スコット『絵本の力学』川端有子、南隆太訳　玉川大学出版部　二〇一一年

●ピーター・ハント編『子どもの本の歴史　写真とイラストでたどる』さくまゆみこ、福本友美子、こだまともこ訳　柏書房　二〇〇一年

●本多英明、桂宥子、小峰和子編著『たのしく読める英米児童文学　作品ガイド120』ミネルヴァ書房　二〇〇〇年

〈本文に出てきた作品〉第二部、第三部で扱うものは、そちらにゆずる。

●イソップ『イソップ寓話集』中務哲郎訳　岩波文庫　一九九九年

「アリとキリギリス」「ウサギとカメ」など、動物にこと寄せた寓話の数々。

●坪田譲治『子供の四季』新潮文庫　一九八一年

善太と三平きょうだいの幼い日々を、四季折々の自然のなかで描く。

●新美南吉『花のき村と盗人たち』小峰書店　二〇〇四年

半田地方に生まれた著者の短編集。

●椋鳩十『大造じいさんとガン』偕成社文庫　一九七八年

動物物語で有名な著者の代表作。

●神沢利子『ちびっこカムのぼうけん』理論社　一九九九年

かあさんの病気をなおすために、火を吹く山へイノチノクサをとりにいくカムの冒険。

●バージニア・リー・バートン『ちいさいおうち』石井桃子訳　岩波書店　一九六五年

丘の上のちいさいおうちを主人公に、まわりの自然が開発され、都市化していく様子を描いた絵本。

●寺村輝夫『おしゃべりなたまごやき』理論社　一九九八年

たまご焼きの好きな王様のユーモラスな物語。

●大石真『チョコレート戦争』理論社　一九九九年

罪を着せられた子どもたちが、ケーキ屋さんに戦いを挑む。

●前川康男『ヤン』理論社　一九八七年

中国の少年ヤンと日本兵の物語。

●竹崎有斐『石切り山の人びと』偕成社文庫　一九八一年
石切り場で働く父をもつ少年の目から見た物語。
●庄野英二『星の牧場』理論社　二〇〇三年
戦争から傷ついて帰ったモミイチは、自分の馬だったツキスミがいないことに絶望して山を歩くうちに、音楽を奏でる不思議な「ジプシー」集団に会う……。

子どもの発達と読書段階——秋田喜代美（あきた・きよみ）

はじめに——発達の過程

本を読む力は、「本は何歳になったら……のように読める」というように加齢だけで発達するのではない。さまざまな本との出会いの経験の積み重ねがあって育まれていく。したがって、子どもをとりまく社会的・文化的な要因がおよぼす影響が大きく、子どもがどのような読書環境におかれているかによって、個人差も大きい。また、個人の読書環境だけではなく、学校間、自治体間での読書推進状況などの相違も大きく、それらが読書行動の現状に影響を与えている。(1) 本コラムでは「読書段階」と題しているが、読みの質の変化は、直線的に階段状に、ある年齢時点で急に大きく一段変化することはあまりない。さまざまなジャンルの本がより深く読めるようになっていくその経験とともに、次第に累積的に変化が生じていく。しかも、読む本やジャンル、読みの目的によっても、読書は行きつ戻りつしながら発達し、変化していくものである。読書の質の変化は、どの年齢段階においても、読書に夢中になり、没頭している時間をどれだけ経験しているのか、自らがもてる力を十二分に発揮してその本と向きあい、積極的に精神的に深く関与しているのかが大きく影響している。その経験の積み重ねのなかで本を読む力も伸びていくということができる。

乳児期——絵本を介して会話を楽しむ

二〇〇〇年の子ども読書年を機に「ブックスタート」が始まって以来、乳児向け絵本の新刊数は大幅に増え、〇、一歳代から子どもたちに絵本を読み聞かせる家庭数も多くなってきている。乳児は、生後四か月すぎから目の前に出されたものに注意を向ける注視ができるようになり、生後九か月ごろになると、養育者の視線に合わせて同じものを見る共同注視が可能となる。このころから、養育者の絵本の読み声を楽しみ、子どもも指差しをすることでその内容を通じて非言語的やりとりも含めたコミュニケーションを交わし、絵本の場面を楽しんだり、その内容と関連する身近な生活の動作の模倣をおこなったりするようになる。しかし、この段階ではまだ、絵本全体をとおした物語の展開についての会話というよりは、各場面のことばや状況に応答する会話が中心である。

幼児期〜児童期低学年――物語の展開を理解し、楽しめるようになる

三歳すぎからは、絵本における場面間のつながりを理解する因果的な理解ができるようになり、くり返し構造をもった絵本の筋に対して、予想をもって話を聞いたり、登場人物の心情に共感をするなど、物語に対する能動的な関与ができるようになってくる。頭のなかで本の世界をイメージして表象することができるようになってくるので、次の場面や終わりまでを想像しながら読み聞かせを聞くことも可能となっていく。起承転結構造の物語スキーマといわれる修辞枠組みに関する知識を得たり、語り口を模倣するなど、子どもは物語の構造を理解することによって、筋を思い出して再話をしたり、自分でもファンタジーなどのお話をつくって語るようにもなる。また、生活絵本や物語だけではなく、科学絵本などのジャンルにも触れるようになってくる。幼児期の終わりにはかな文字を読めるようにはなってくるが、それは個々の文字が読めるということであり、文章の意味を理解して作品を楽しむためにはおとなの読み聞かせが必要な段階である。しかし、読み聞かせに関する調査(2)によると、乳児期早期からの読み聞かせはおこなわれるようになってきているが、文字が読めるようになると、幼児期においても家庭で

の読み聞かせ頻度が減少しているという現実もある。

本を読む行為は、小学校低学年の時期に、声に出して読む音読からつぶやくような微音読、それから声に出さずに意味をとる黙読へと移行していく。そして絵本から活字本へと移行していく。低学年においては、挿絵と本文を統合して理解していることが多い。お気に入りの作家やシリーズを選んで読むといった本の選択も、幼児期から児童期低学年においてできるようになってくる。

児童期中学年〜高学年――読書習慣やイメージ・読書技能の習得

流暢に文字を読めるようになることで、文章の意味をとらえて理解できるようになる。読書のよさや効用を認識できるようになる時期である。一方、絵と文の絵本から活字を主とする本へと移行する時期において、個人差が大きくなり、読書への苦手意識や好み、読書に対するイメージが形成されていく時期でもある。ＯＥＣＤの「生徒の学習到達度調査[3]」における世界各国の読書データを見ても、女子のほうが男子よりも楽しみのために読む読書の比率は高く、ジェンダー差が生じている。

また、学校授業時間以外に読書をする時間の長さが読解力や学力と直接関係をもってくると指摘されているのも、この時期である。イギリスのナショナルリテラシートラスト（二〇一一）の調査[4]によれば、毎月四冊以上本を読む者とそれ以下の者とを比べると、読書に対する肯定感や読み手としての自己認知などにも相違が出てくる。わが国での成人を対象とした藤森ほかの調査[5]（二〇一二）においても、児童期・中学時期の読書への好意度が成人後の読書好きとも関連している。この意味で読書習慣や読書好きを生むための重要な時期である。

この時期には、文学や小説だけではなく、さまざまな教科などを窓口にして、自然科学や社会科学などの多様なジャンルの本を読む機会も増えてくる。本のジャンルや目的に応じて、文章をどのように読むと効果的に読めるのかという意識的な読みかたの使い分けとしての読解方略や、一冊の本においても目次や索引など本を読むときの情報の収集や活用のしかた、また学校図書館における選書のしかたなども、指導の機会があれば習得されるようになっていく。それだけにこの時期にどのような読書のための技法や読書に対するイメージが育成されるかが、その後の読書への重要な時期となっている。

中学生・高校生――多様なジャンルの本を批判的に読むようになる

青年期前期（思春期）の時期は、自己の内面を見つめる自我形成期であり、人生をとらえる文学作品や人の生きかたに関する本なども好んで読む。認知発達の観点から見ると、自己の認識過程を客観的にとらえ、なにが理解できているのか、できていないのかといったことに気づくメタ認知能力が育ち、わからなければ前にもどって読み直すなど自分の読書行動を意図的に調整できるようになる。多様なメディアの特性を比較理解できるメディアリテラシーを身につけることもできる。この時期に、特定のジャンルだけではなく、複数ジャンルの読書を経験することが、その後の読書行動にも影響を与えることになる。

大学生・社会人――専門書・実用書を生涯学習のために読む

高等教育機関での専門や職業選択によって、より専門的な知識取得のために、専門書や仕事などに直結する実用書を読む傾向も高まる。批判的な思考力の高まりによって、複数冊の本を読み比べて自己の態度や見解をかたちづくったり、文字だけではなく図表・テキストなども統合した理解に基づく読書もできるようになる。現代では電子図書なども普及しており、多様なメディアの特性を生かした読書を、他世代以上にはやく受容することも可能な時期ということができる。

（学習院大学文学部教育学科教授）

■註

（1）秋田喜代美、深谷優子、上原友紀子、足立幸子「中学生及び高校生の読書活動の実態とその規程要因（1）――学校読書環境と読書行動」『日本発達心理学会第24回大会発表論文集』二〇一三年

（2）ベネッセ次世代育成研究所「幼児期から小学1年生の家庭教育調査速報版」二〇一二年

（3）国立教育政策研究所編『生きるための知識と技能４――ＯＥＣＤ生徒の学習到達度調査（ＰＩＳＡ）２００９年調査国際結果報告書』明石書店　二〇一〇年

（4）National Literacy Trust 2011 'Is Four the Magic Number? Number of books read in a month and young people's wider reading behaviour'
https://literacytrust.org.uk/research-services/research-reports/four-magic-number-number-books-read-month-and-young-peoples-wider-reading-behaviour/

（5）藤森裕治、八木雄一郎、濱田秀行、西一夫、秋田喜代美、肥田美代子「子どもの頃の読書が成人の現在の読書に与える影響――国立青少年教育振興機構主催「子どもの読書活動と人材育成に関する調査研究・成人調査（５２５８人）報告」『日本読書学会大会発表要旨集』二〇一一年

アニメについて——鷲谷正史（わしや・まさし）

アニメとは

アニメとは、広義ではアニメーション原理を応用した映像のことであり、狭義では日本で制作された独特のアニメーションのことをいう。

アニメーション原理とは、いくつかの静止画像をすばやく切り替えて表示すると、人間の識別能力の限界を超え、あたかも動いているように見える現象のことである。教科書のすみの落書きのパラパラマンガも、アニメーションのひとつといえる。また、実写の映像とコンピュータグラフィックスを合成したような現代の映像表現も、広い意味ではアニメーションということができる。アニメーションの大きな特徴は、存在しないもの、いい換えれば撮影することのできないものを映像として見せることができるということである。

現代的アニメーションの誕生

現代の映像表現の直系の始祖となっているのは、エジソンの「キネトスコープ」（一八九一）と、リュミエール兄弟の「シネマトグラフ」（一八九五）である。彼らによって、映像はメディアとしてその地位を確立したのであった。そして、もともとマジシャンであったメリエスは、その経験をいかして人びとを驚かす映像を作成した。人物が突然消えたり、同一人物が何人も登場したり、絵と人間が合成されたりと、数々の特殊撮影技術を駆使したのである。『月世界旅行』（一九〇二）では、技術のひとつとして切り絵によるコマ撮りアニメもとり入れられていた。

映画は人びとを熱狂させた。とくに英語が不得手な移民も多かったアメリカでは、映画がもつ魅力は圧倒的であった。親しみのもてる絵で現実ばなれしたストーリーが展開され、ことばがわからなくても理屈抜きに楽しめるアニメーションは、とくに歓迎されたのだった。

ディズニーの台頭

ディズニーが飛躍をとげるきっかけとなったのが、「トーキー」の技術導入であった。映像と音を同時に再生できるトーキーによって、映画の表現はリアリティを増した。しかし、トーキーを撮影・記録するための初期の機材は、それまでのサイレント映画のものより格段に大きく、とりまわしが不便なものであった。それによって、作品のおもしろさ自体はむしろ一歩後退してしまったのである。それに対して制限のないアニメーションの場合は、トーキーの魅力を存分に発揮することができた。世界初のトーキーアニメーションとしてディズニーによって制作されたのが、ミッキーマウスを主役にした『蒸気船ウィリー』（一九二八）である。

ディズニーはその後、初の短編カラーアニメーション『花と木』（一九三二）、長編カラーアニメーション『白雪姫』（一九三七）、はじめてコンピュータグラフィックスを本格的に導入した『TRON』（一九八二）、初の長編フル3DCGアニメーション『トイ・ストーリー』（一九九五）など、革新的な映像表現技術を常に積極的に導入し続けている。

プロパガンダへの活用

空想の世界を映像として表現できたり、親しみがもてる絵で子どもにも認知されやすかったりというアニメーションの映像としての特質は、おとなから子どもまで幅広い人びとを魅了するものであった。

一方で、その特質は、戦時中はプロパガンダ映画として広く活用される要因ともなった。ドナルドダックを主役にしたディズニーの短編映画『総統の顔』（一九四三）や、ポパイを主役にしたパラマウントの短編映画『You're a sap, Mr. Jap』（一九四二）などでは、憎々しく日本人を登場させている。『くもとちゅうりっぷ』（一九四三）などミュージカル調の作品をつくっていた日本でも、対抗した作品がつくられた。全国民的な戦意高揚を企図した『桃太郎の海鷲』（一九四三）は、海軍の後援を受け、真珠湾攻撃などの現実世界の戦闘を話の下敷きにしたものであった。

日本アニメの産業化

戦時中に巨費を投じてつくられたプロパガンダ映画のアニメーション制作のノウハウと人材は、戦後になって東映動画（現東映アニメーション）に受け継がれた。東映動画は、ディズニーに範をとり「東洋のディズニー」を目指し、中国の民話をもとにした『白蛇伝』（一九五八）を日本最初の長編カラーアニメとして制作した。これは、海外への作品の輸出を見越して、オリエンタリズムを強調する意図であった。その後も矢継ぎばやに『少年猿飛佐助』（一九五九）、『西遊記』（一九六〇）、『安寿と厨子王丸』（一九六一）、『アラビアンナイト　シンドバットの冒険』（一九六二）、『長靴をはいた猫』（一九六九）など、講談本や説話などを原作とした子ども向けの劇場用アニメを多数制作した。折からの映画産業の拡大に乗じて、今日まで続く東映動画の礎が完成した。

手塚治虫によるテレビアニメ

戦前からアメリカのアニメの薫陶を受けるなどモダンな家庭に育った手塚治虫は、マンガ家として名声を高めながらも、ディズニーのようなアニメをつくりたいという志向をもち続けていた。

手塚治虫は、東映動画に嘱託として『西遊記』の制作に参加したものの、多忙な執筆活動との並行作業は不本意な結果に終わった。やがて、自分自身のアニメ制作スタジオ「虫プロダクション」を設立し、オリジナルアニメの制作を始める。手塚の代表作のひとつを原作として制作された最初のテレビアニメ『鉄腕アトム』（一九六三）は爆発的なヒットとなった。毎週の放送に穴をあけないように、制作を効率化する数々の技術革新がおこなわれた。虫プロで編み出されたこれらの技術は、その後、日本のテレビアニメ制作の基盤となった。

ビジネス構造の変革

六〇年代後半以降、メディアの主役が映画からテレビへと交替した末、七〇年代にまき起こったオイルショックは、アニメのビジネス構造にも影響をおよぼした。

虫プロダクションは倒産し、東映動画も労働争議を経て多数の離職者を出した。こうした人材は散り散りになりながらも、各自の制作スタジオを興したり、フリーランスとして制作を請け負ったりするようになった。これらのなかには、『宇宙戦艦ヤマト』（一九七四）の西崎義展や、『機動戦士ガンダム』（一九七九）の富野由悠季、「スタジオジブリ」の宮崎駿らがいる。

また、制作コストの低減を図るため、工程の一部を海外にアウトソースすることも盛んになる。

作品の人気を確実なものにするために、アニメの原作はコミックによるものが大半になる。『アルプスの少女ハイジ』（一九七四）に代表される児童文学を原作とするものは、三〇分番組を長期間続けるだけのエピソードの厚みが不足し、知名度のある作品が一巡するとアニメ化されることはなくなってしまった。

また、収入源をテレビ局の制作費以外に多様化するために、玩具や文具、ゲームなどのキャラクターグッズと連動する作品が求められるようになった。加えて、八〇年代以降、家庭用ＶＨＳ・ＤＶＤの普及などにともなって映像の二次利用の体制が整い、その影響は海外にもおよぶようになる。

こうしてビジネスの構造が手当てされた時期と、団塊ジュニア世代が成長してアニメの視聴者として大きな市場を形成する時期が重なり、日本アニメは急速な拡大期を迎えたのだった。

存在感を増すアニメ・むすびに代えて

日本アニメは、日本のみならず海外でも人気を博している。『キャプテン翼』（一九八三）や『ドラゴンボール』（一九八六）、『美少女戦士セーラームーン』（一九九二）、『ポケットモンスター』（一九九七）といった作品は、今日につながる世界的なブームをまき起こした。

九〇年代以降、少子化などもあり、アニメの放送はゴールデンタイムから深夜帯などへと移行した。視聴者層は相対的に子どもからハイティーンや若者の比重が高まった。時宜をとらえた『新世紀エヴァンゲリオン』（一九九五）は社会現象となった。

二〇〇〇年代以降、アニメの原作は大手出版社の王道マンガのみならず、新興出版社のニッチな作品からとられるものが目立ってくる。Ｗｅｂ小説投稿サイト「小説家になろう」に掲載された作品やライトノベルを原作とした作品は一大勢力となった。

そして、二〇一〇年代以降、スマートフォンや動画配信サービスの普及といった視聴環境の変化もあり、多様な興味関心・趣味嗜好に応える作品が豊富にそろっているアニメは、まさにうってつけのコンテンツとして存在感を増し続けている。

（目白大学メディア学部メディア学科准教授）

第二部

ジャンル編

第4章 伝承から子どものための物語へ――神話・伝説・昔話

伝承文芸というのは、ある文化を共有する集団が、特定できないほど遠い過去から口伝えで伝えてきた文学である。語り伝えられるうちに姿かたちを変え、整えられてきたこれらの文学は、①作者が、不特定多数の、何代にもわたる民衆であり、②文字で書かれることなく、人びとの口から口へと語り継がれてきた――という特徴をもっている。

物語のかたちをとる伝承文芸は、一般にその特徴から「神話」「伝説」「昔話」の三つに分けられる。

神話は、宇宙やこの世界の成り立ちといった世界観、人間はなぜ死ぬのか、なぜ生まれてくるのかなどといった哲学的な問題などについて、その話を信じる人びとにとって「真実」とされることがらを、神々や英雄の物語をとおして語る。書かれたかたちでのこされているものとして、ギリシア・ローマ神話、ゲルマン神話、北欧神話、アイルランド神話などがよく知られており、現代のファンタジーにもテーマやモチーフを提供している。

伝説は、より地域に根ざし、特定の名前をのこした物語で、「ほんとうにあったこと」つまり「事実」としていい伝えられ、歴史を補完する。「アーサー王伝説」や「ロビン・フッド伝説」は、「この場所」で「この人」がやったことを伝える伝説の典型である。さまざまなバリエーションがあるが、これらもまた、現代のファンタジーを活気づける材料のひとつとなっている。

昔話は、「むかしむかし、あるところに」という出だしの文句が決まっていることからもわかるように、いつのどことも知れぬ場所で、「ジャック」や「太郎」といった普通名詞に近いような名前しかもたなかったり、単に「王様とお妃様」「おじいさんとおばあさん」と呼ばれたりする主人公が登場する物語である。聞き手も語り手も、これはつくり話であると了解している。この世界のなかでは、突然カエルが口をきいたり、魔法使いが話しかけてきても、主人公は驚きあわてたりはしない。昔話には、きっちりとした構造と決まり文句があり、この構造を使って近代になってから創作されたものを、「創作昔話」または「童話」[1]と呼んでいる。

これらの三つのジャンルは、それほど厳密に区別できるものではないのが現実ではあるが、次ページの表に、それぞれの特徴を簡単にまとめた。

文字がまだなかった時代から口伝えで伝えられてきた伝承文芸は、そもそも子ども向けという意識で語られたわけではない。昔話が収集され、特定の個人によって再話されて文字に書きとめられ、子ども向けの物語として認識されるようになるのは、一七世紀から一九世紀にかけてのことである。

一七世紀のイタリアでナポリの昔話を集めたジャンバティスタ・バジーレ（一五七五？—一六三二）、一七世紀末のフランスで宮廷の若い人びとのためにフランスの昔話を教訓つきで書きとめたシャルル・ペロー（一六二八—一七〇三）が、その嚆矢《こうし》である。バジーレの死後出版された『ペンタメローネ』[2]（一六三四—三六）には民衆の猥雑な笑いや残酷性が色濃く残っているが、ペローは、上流階級の読者のために、伝承をかなり洗練されたかたちに書き改めた。彼の再話した昔話は『寓意のある物語集』（一六九七）にまとめられ、そこには「サンドリヨン（シンデレラ）」「眠れる森の美女」「青髭」など、いまでもよく知られている物語が含まれている。

最初に本格的に子どもたちのために——しかも、広く中流家庭の子どもたちのために——昔話を集めたのは、ヤーコブ（一七八五—一八六三）とヴィルヘルム（一七八六—一八五九）のグリム兄弟（ドイツ）

である。ふたりは、集めた話を『子どもと家庭のためのメルヘン』としてまとめ、初版（一八一二―一五）から第七版（一八五七）まで改訂を加えつつ集大成した。

グリム兄弟が国内の昔話を集めて出版した背景には、そのころのドイツの国勢事情が大きく関わっている。隣国フランスの脅威にさらされつつ、なんとかひとつの民族の国としてまとまりをつくろうとしていたドイツは、その心のよりどころとして、ゲルマンの魂ともいえる独自の昔話を求めたのである。

ただし、グリム兄弟は山村を訪ね歩いてフィールドワークをしたわけではない。彼らが語りを聞かせてもらった相手には、若く教養のある女性たちもいた。このため、皮肉なことに、フランス起源の物語もなかに入りこんでしまい、ペローの再話にも、グリムの再話にも「あかずきん」があるという事態になってしまった（しかし、この二つのバージョンの「あかずきん」を比べてみれば、ペローとグリムの昔話に対する姿勢のちがいがはっきりとわかる）。

イギリスでは、一九世紀後半にイギリス独自の昔話を収集しようという動きが現れ、ジョーゼフ・ジエイコブズ（一八五四―一九一六）がイングランド、アイルランド、スコットランドのそれぞれの昔話

■伝承文芸のそれぞれの特徴

ジャンル	内容	時	場所	語る目的	主人公
神話	真実と信じられている	太古の昔	異界、または太古の世界	神聖（宗教的）	超自然的存在
伝説	事実と信じられている	特定の過去	特定の地域	世俗的、または神聖	人間
昔話	つくり話	不特定	不特定	世俗的（娯楽）	人間、または超自然的存在

を集めて出版した。また、アンドリュー・ラング（一八四四―一九一二）もこの分野で活躍したが、彼はジェイコブズとはちがい、世界各地の昔話（ときには作者のわかっている物語も）を集めて、「青色」から始まる色別の「世界童話集」一二冊（一八八九―一九一〇）を出版し、のちに大きな影響を与えた。

ここではじめて、昔から語り伝えられた物語が子どものためのものとして、ふさわしいかたちと内容をもっていることが注目されるようになった。また、伝承文芸中の荒唐無稽な出来事は、リアリズムを重んじるようになったおとなの文学の世界では生き延びられずに子ども部屋へ払い下げられ、そこに生き残る場を見出したともいえる。

では、これら神話・伝説・昔話は、どんな点で子どもの読みものとしてふさわしいと考えられるようになったのだろうか。

なかでもとりわけ神話と伝説は、世界の成り立ちや人の命の不思議、人知を超えた宇宙の摂理、共同体の倫理や決まりごと、生きるための知恵、ものごとの由来などを物語にして語るという性質がある。人は、未知のことがらにあふれたこの世界に対峙したとき、「なぜ」「どうして」「なにが」……といった疑問に、物語をつくることで答えを見出そうとする。神話や伝説は、その試みの集大成であるといえる。そうであるなら、まだ生まれてまもない子どもたちにとって、自分たちをとりまく未知の現象に答えを与えてくれる神話や伝説が原初的な物語として「世のなかの不思議」に答えてくれる文学であるということは想像に難くない。「人間が死なねばならないのはなぜか」「自分はなんのために生きているのか」といった哲学的な問題から、「月はなぜ満ち欠けするのか」「海の水はなぜからいのか」といった自然界の不思議、「なぜ敷居を踏んではいけないのか」というような共同体内の文化的な決まりにいたるまで、物語のかたちで子どもたちなりに納得のいく答えを与えてくれるのが、伝承の物語である。

伝承の物語のなかでもとくに児童文学の直系の祖先となったのが、昔話である。神話や伝説とはちがい、語り手も聞き手も、話が〝虚構〟であることを承知のうえでそれを楽しむのが昔話である。子どもたちは、虚構としてのお話を、虚構と知りながら、そのおもしろさを楽しみ、空想の世界に自ら入っていくという物語体験を、もっとも原初的なかたちで味わうことになる。

幼い子どもたちは、物語を耳で聞くことから文学体験を始める。伝承文芸はどれもが口承で語り継がれてきたものであり、昔話の語り口や様式は、語り聞かせるのにもっとも適したかたちをもっている。リズムのある文章、あいづちをはさんだ聞き手とのやりとり、「むかしむかし、あるところに」「末永く幸せに暮らしましたとさ」といった決まり文句、くり返しを多用し、そのくり返しがだんだん高じていってクライマックスを迎えるという構造などは、昔話がくり返し語り伝えられてきたことの証である。

また、昔話によく見られる、主人公が安寧の地から出発し、大きな試練を乗り越えて、またもどってくるという「行きて帰りし」物語形式は、幼年文学の構造の基本をなしているばかりか、多くのファンタジー文学も、この形式を踏襲している。さらにいえば、リアリズムの小説ですら、基本的にはこの土台があっての諸バージョンであるともいえる。つまり、昔話は物語の始祖、基本の基本なのである。

昔話は、世界的な規模で同様の類話が認められ、すべての人びとが共有する普遍的な「原型」があると想定されている。たとえば、シンデレラ物語の基本構造をもった昔話がアジア、ヨーロッパ、アメリカ大陸にあまねく見られるのは、その一例である。一方、ひとつの昔話の「原型」は、細部のちがいによって非常に多くのバージョンが存在する。どれが「本物」かということは、いえないのである。

文字社会である現在では、純粋な意味での伝承の物語は存在しない。われわれが目にするのも耳にするのも、一度文字化された、つまり再話されたものでしかありえないからだ。それゆえ、本を選ぶときには、再話が、だれによって、どんな目的で、だれのためになされたのかということに注意しなければならない。よく知られているように、同じ「あかずきん」の話でも、ペローの再話とグリムの再話では、再話者の意図、時代とその社会的背景、対象読者などがちがうため、結末がまったく異なっている。現代の日本で、おばあさんとあかずきんが狩人に救出されるグリムの再話バージョンのほうがよく知られているのは、グリム兄弟の再話の意図や想定された読者の好みが、より現代に近いためだといえる。

日本の昔話についても、再話者の文体や語りの姿勢、分布していた地域差、読者対象などによって、同じ物語がまったくちがったふうに再話されている例を見出すことができる。

現代の子どもたちは、語り聞かせられるより先に、絵本――いや、それよりもアニメなどの視覚的なメディア――によって昔話を知り、それが昔話なのかどうかを意識せずに受容することが多い。しかし、「むかしむかし、あるところに」という「魔法のことば」に導かれて、ありえないと知りながらも不思議なことを楽しむ、この原初的な文学が教えてくれる世界には、まずは耳で聞いて接してもらいたい。

伝承の物語は、多くの創作物語の母体となっている。人間を描く近代小説とはちがい、性格・感情描写や風景描写などは最低限におさえて、筋の運びを重視しているのが伝承物語だが、これをふくらませてファンタジー化した物語、伝承物語の基本構造に沿って独自のオリジナルな世界を構築した創作昔話、神話や伝説が現代の人びとのもとに立ち現れるファンタジーなど、多くの児童文学はその源を伝承文学に負っているといえるだろう。

伝承の物語の再話は、だから普通の文学のように心情分析や登場人物の人間性を問うようなアプローチはなじまない。もしそれを研究的に取り組みたいと思ったら、次のような方法があげられる。いくつかの例をあげておこう（書誌事項については「ブックリスト」を参照のこと）。

●昔話に人間の心の深層を見て、精神分析学的に研究するフロイト派の方法　ブルーノ・ベッテルハイム『昔話の魔力』

●昔話や神話に人間の普遍的な心のありかたを見て、昔話が果たしてきた役割を考えるユング派の方法　ジョーゼフ・キャンベル『千の顔をもつ英雄』、河合隼雄『昔話と日本人の心』

●昔話を民俗学的にルーツから調べ、さまざまな類話を比較する方法　アラン・ダンダス『「赤ずきん」の秘密　民俗学的アプローチ』、浜本隆志『シンデレラの謎　なぜ時代を超えて世界中に拡がったのか』

●昔話の再話の歴史を社会文化的に研究する方法　ジャック・ザイプス『赤頭巾ちゃんは森を抜けて　社会文化学からみた再話の変遷』

●昔話を構造分析し、物語素に分けて、その機能を研究する方法　ウラジーミル・プロップ『昔話の形態学』

●昔話独特の文体、世界観、様式、美学を研究する方法　マックス・リューティ『昔話の本質』、小澤俊夫『昔話入門』

児童文学として伝承文学を研究するには、このほかに、再話者によるちがいや、多くの画家による絵本化における視覚的表現のちがいを比べるのも興味深い。類話を子どもたちに聞かせて、その反応を観察する、アニメ化とそのもとになった物語でのキャラクター造形を考える、伝承物語における女性やマイノリティの扱いが現代ではどうなっているかを調べる——などのテーマが考えられる。伝承文学のパロディ化も多く作品になっており、どんな点が茶化されているのか、そのパロディがあぶりだす問題はなにかなどを考えてみるのもおもしろいだろう。

課題

①グリム再話「ラプンツェル」を絵本化したものは非常にたくさんあるが、それぞれの画家による表現のちがい、受ける印象のちがいなどを、五冊以上比較して論じなさい。

②同じグリムの再話でも、初版と第七版では大きなちがいがある。一作品を選び、初版、第二版、第七版のちがいを比較して論じなさい。

③ちがう人の再話で、同じ日本の昔話をひとつ比較し、その文体や、語り口、再話の姿勢などにおけるちがいを論じなさい。

④ジョン・シェスカとレイン・スミスの『三びきのコブタのほんとうの話』（原著一九八九／いくしまさちこ訳　岩波書店　一九九一年）を読み、なにがパロディによって批判されているか、論じなさい。

■註

（1）「童話」ということばはきわめて曖昧な用語であり、日本では大正時代に短編児童文学をすべて「童話」ということばで呼んでいた歴史的由来があるためよけいにややこしいのであるが、本書では、とくに断りのない限り、作者がおり、短編で、象徴的手法で「真実」を語る昔話風の児童文学を指して、このことばを使いたい。

（2）一六三四―三六年版では『物語の中の物語』という題名で、『ペンタメローネ』という題になるのは、一六七四年版からである。

■ブックリスト

本文であげた本については出てきた順に、それ以外は著者のアイウエオ順に並べる。できるだけ入手可能な版をあげた。

〈研究書〉

●ブルーノ・ベッテルハイム『昔話の魔力』波多野完治、乾侑美子訳　評論社　一九七八年
●ジョーゼフ・キャンベル『千の顔をもつ英雄（新訳版）』（上・下）倉田真木、斎藤静代、関根光宏訳　ハヤカワ文庫　二〇一五年
●河合隼雄『定本　昔話と日本人の心』岩波現代文庫　二〇一七年
●アラン・ダンダス編『「赤ずきん」の秘密　民俗学的アプローチ』池上嘉彦ほか訳　紀伊國屋書店　一九九六年

●浜本隆志『シンデレラの謎　なぜ時代を超えて世界中に拡がったのか』河出書房新社　二〇一七年
●ジャック・ザイプス『赤頭巾ちゃんは森を抜けて　社会文化学からみた再話の変遷』廉岡糸子、横川寿美子、吉田純子訳　阿吽社　一九九七年
●ウラジーミル・プロップ『昔話の形態学』北岡誠司、福田美智代訳　白馬書房　一九八七年
●マックス・リューティ『昔話の本質　むかしむかしあるところに』野村泫訳　福音館書店　一九七四年
●小澤俊夫編著『昔話入門』ぎょうせい　一九九七年
●小澤俊夫『昔話とは何か』小澤昔ばなし研究所　二〇〇九年
●河合隼雄『神話と日本人の心』岩波現代文庫　二〇一六年
●ジャック・ザイプス『おとぎ話の社会史　文明化の芸術から転覆の芸術へ』鈴木晶、木村慧子訳　新曜社　二〇〇一年
●アラン・ダンダス『民話の構造　アメリカ・インディアンの民話の形態論』池上嘉彦ほか訳　大修館書店　一九八〇年
●ウラジーミル・プロップ『魔法昔話の研究　口承文芸学とは何か』齋藤君子訳　講談社学術文庫　二〇〇九年
●マックス・リュティ『昔話　その美学と人間像』小澤俊夫訳　岩波書店　一九八五年
●松谷みよ子『民話の世界』講談社学術文庫　二〇一四年

〈神話・伝説・昔話集〉

●アスビョルンセン編『太陽の東　月の西』佐藤俊彦訳　岩波少年文庫　二〇〇五年
「青い山の三人のおひめさま」「北風をたずねていった男の子」など、ノルウェーの昔話集。
●沖田瑞穂編訳『インド神話』岩波少年文庫　二〇二〇年
ヴェーダ神話やヒンズー教の聖典などにある神話の数々を、原語から子ども向けに書き下ろしたはじめての本。
●『大人と子どものための世界のむかし話』（全二〇巻）偕成社　二〇〇〇―〇五年
インドネシア、アラブ、アメリカ、ベトナム、ユダヤなど各国・民族の昔話を集めたシリーズ。
●賈芝、孫剣冰編『白いりゅう黒いりゅう　中国のたのしいお話』君島久子訳　岩波書店　一九六四年
天地のはじめの話、王さまを負かす九人兄弟の話、麦の栽培をもたらした英雄の話など、中国の少数民族が語り伝えた昔話集。
●イタロ・カルヴィーノ再話『カナリア王子　イタリアのむかしばなし』安藤美紀夫訳　福音館文庫　二〇〇八年
魔法でカナリアに変えられてしまった王子さまととらわれのお姫さまなど、不思議な昔話七編を収める。
●金素雲編『ネギをうえた人　朝鮮民話選』岩波少年文庫　二〇〇一年
ネコとイヌはなぜ仲が悪いのか、ネギはどうして人間の食べものになったのかなど、朝鮮に伝わる昔話集。
●グリム『完訳グリム童話集』（全七巻）野村泫訳　ちくま文庫　二〇〇五―〇六年
グリムが再話したドイツの昔話を全話集録したもの。すべての話を読みたい人向き。

●さくまゆみこ編訳『キバラカと魔法の馬　アフリカのふしぎばなし』冨山房　一九七九年
アフリカに伝わる魔法や魔神の不思議な昔話集。ヘビのお嫁さん、あかつきの王女の物語など。

●星泉編訳『チベットのむかしばなし　しかばねの物語』のら書店　二〇二三年
お話を語るしかばねを手に入れれば、みんながしあわせになるという。しかばねを手に入れるため、試練の旅に出た少年の物語。

●ディクソン編『アラビアン・ナイト』（上・下）中野好夫訳　岩波少年文庫　二〇〇一年
「シンドバッドの冒険」「アラジンと魔法のランプ」「アリババ」など、有名な「千一夜物語」から、子ども向けに書き起こした本。

●デニス・ジョンソン・デイヴィーズ再話『ゴハおじさんのゆかいなお話　エジプトの民話』千葉茂樹訳　徳間書店　二〇一〇年
中東やイスラム圏で語り継がれているとんちのゴハおじさんが活躍する一五編の愉快なお話。

●バードリック・コラム『北欧神話』尾崎義訳　岩波少年文庫　二〇〇一年
神の都アースガルドに住まう個性的な神々の物語を、古くから伝わる『エッダ』から再話した物語集。

●トマス・ブルフィンチ『ギリシア・ローマ神話』（上・下）野上弥生子訳　岩波少年文庫　一九五四年
ゼウス、アポロン、アルテミスなど、オリュンポスの一二神と、その諍《いさか》いや恋、復讐や友情、変身や魔法の物語。

●ペロー『ペロー童話集』天沢退二郎訳　岩波少年文庫　二〇〇三年
「眠りの森の美女」や、「シンデレラ」「青髭」「あかずきん」などフランスの一七世紀に再話された昔話集。

●ビヴァリー・ナイドゥー『ノウサギのムトゥラ　南部アフリカのむかしばなし』さくまゆみこ訳　岩波書店　二〇一九年
ツワナの人びとに伝わる動物昔話をこの地方で育った作者がまとめたもの。

●稲田和子『かもとりごんべえ　ゆかいな昔話50選』岩波少年文庫　二〇〇〇年
日本の昔話のなかから、とくにユーモラスで短いお話を選んでいるので読み聞かせにも向く。

●萱野茂『アイヌの昔話　ひとつぶのサッチポロ』平凡社ライブラリー　一九九三年
「ひとつぶのサッチポロ」「ひろった子ども」「へびのまゆげ」など、自然と神と人間が交流するアイヌの昔話を集めた本。

●木下順二『わらしべ長者　日本民話選』岩波少年文庫　二〇〇〇年
一本のわらしべから大金持ちになった男の話、カニのあだ討ちの話など、代表的な昔話二二編が収められている。

●木村有子編訳『火の鳥ときつねのリシカ　チェコの昔話』岩波少年文庫　二〇二一年
チェコ在住の絵本作家が選び、自ら挿絵をつけたチェコに伝わる昔話。

●松谷みよ子〈松谷みよ子のむかしむかし〉（全一〇巻）講談社　一九七三年
松谷みよ子が自ら収集、再話した日本の伝承物語を、神話・昔話・伝説に分けて集録。方言を使ったいいまわしが、語るのに最適。

●脇明子編訳『かじ屋と妖精たち　イギリスの昔話』岩波少年文庫　二〇二〇年
「ジャックと豆の木」などイギリスの昔話を約三〇話集めた物語集。

第5章　ファンタジー――空想と魔法、架空の世界

ひとことで「ファンタジー」といっても、おとなを対象とした幻想文学やSFから、ルイス・キャロル（一八三二―九八）の『不思議の国のアリス』（原著一八六五）、J・K・ローリング（一九六五―）の〈ハリー・ポッター〉シリーズ（原著一九九七―二〇〇七）のようなファンタジー児童文学、アンデルセンの創作昔話のような掌編まで、その意味する範囲は非常に広い。ここでは、もっぱら子ども向けの作品について解説することにする。

ファンタジー文学は、伝承文学を母として、近代的なリアリズム小説を父として生まれたといわれている。つまり、伝承文学に現れるような不可思議な出来事が、リアリズム小説の緻密さとリアリティをもって描かれたものとまとめることができるだろう。

ジャンルとしてのファンタジーが誕生したのは一九世紀後半のことであり、合理的・科学的精神が世のなかに浸透し、もはや伝承文芸の「不思議」も、宗教の「奇跡」も信じられなくなった社会において、あえて非現実の空想が物語として書かれたという点に大きな意味がある。現実ではありえないことが作者には了解されており、読者の側も、それを物語として受容し、象徴的に語られた真実として理解する――それがファンタジーである。

ファンタジーをさらにその特徴で分類するにはさまざまなやりかたがあるが、ここでは四つに分類して考えてみよう。

1 創作昔話、象徴童話と呼ばれるような短編

昔話が子どものために再話され、その人気と魅力が証明されて以来、昔話のモチーフを使ったり昔話の構造を借りたりして、作者のいる「創作昔話」（ドイツでは「クンストメルヘン」、英語では「リテラリ・フェアリーテイル」と呼ばれ、日本ではしばしば「童話」と総称された）が描かれるようになる。初期の例では、デンマークのハンス・クリスチャン・アンデルセン（一八〇五―七五）、イギリスのジョン・ラスキン（一八一九―一九〇〇）やジョージ・マクドナルド（一八二四―一九〇五）、オスカー・ワイルド（一八五四―一九〇〇）の短編、[1]二〇世紀に入ってからは、ウォルター・デ・ラ・メア（一八七三―一九五六）、エリナー・ファージョン（一八八一―一九六五）、アリソン・アトリー（一八八四―一九七六）らの短編がこれにあたる。[2]また、現代の都会に展開する民話といった趣向をもつチェコのカレル・チャペック（一八九〇―一九三八）の『長い長いお医者さんの話』（原著一九三二）、昔話をパロディにして現代的にアレンジしたキャサリン・ストー（一九一三―二〇〇一）の『ポリーとはらぺこおおかみ』（原著一九五五）などもある。日本では、小川未明（一八八二―一九六一）、宮沢賢治（一八九六―一九三三）、あまんきみこ（一九三一―）、安房直子（一九四三―九三）などの短編が相当する。[3]

この形式は、単純で短くわかりやすく、幼い子どもの発想に近い展開をもつ半面、きわめて象徴性の高い手法でもあるため、社会批判や人生、死についての思想を盛りこむことも可能である。次に述べる三つのタイプとはちがい、異世界の構築、不思議な出来事の信憑性を裏づける細部のリアリティは必要でない代わり、昔話の方法にのっとった導入部やくり返しの美学を用いることで、不思議の世界を表したり、瞬時のひらめきのなかに真理や悟りを描き出したりすることができる。

2　現実＝別世界の行き来を描くファンタジー

1のタイプの短編から次第に発達していった長編ファンタジーのなかに、現実世界の主人公がなんらかのきっかけで「別世界」に移行するというものがある。これは、神話や伝説にその起源を原型としてもつファンタジーである。多くは「行きて帰りし」物語で、別世界での経験によって主人公はなんらかの精神的・身体的変化をとげて帰ってくることになるが、この別世界は、この世の人知を超えた場所として死の国と重なる場合もある。

イギリスで一九世紀後半に書かれたチャールズ・キングズリー（一八一九—七五）の『水の子どもたち』（原著一八六三）、ルイス・キャロルの『不思議の国のアリス』、ジョージ・マクドナルド（一八二四—一九〇五）の『北風のうしろの国』（原著一八七一）の三作品は、この種の別世界ファンタジーの最初のものといえる（もっとも、アリスは別世界体験でなんら変化をこうむらないし、ダイアモンド少年は最終的に「北風のうしろの国」から帰還しない。ダイアモンドは死の国へ旅立って帰らないのである）。

別世界は、現実から空間的に隔たったC・S・ルイス（一八九八—一九六三）の「ナルニア国」[4]、ジェイムズ・マシュー・バリ（一八六〇—一九三七）の「ネバーランド」[5]、神沢利子（一九二四—）の「銀のほのおの国」[6]、ミヒャエル・エンデ（一九二九—九五）の「ファンタージエン国」[7]、小野不由美（一九六〇—）の「十二国」[8]などの場合もあれば、現実から時間的に隔たった過去の国、すなわち『トムは真夜中の庭で』（フィリパ・ピアス　一九二〇—二〇〇六　原著一九五八）のヴィクトリア朝の庭、『時の旅人』（アリソン・アトリー　原著一九三九）のエリザベス朝時代の屋敷であることも、未来の国——こうなるとどちらかというとSFの守備範囲になるが——の場合もある。

これらの別世界は、現実に生きる主人公たちの憧れの場であるときもあれば、現実世界そのものが象徴的な変換を与えられ、鏡に映った映像として描かれることもある。どちらにしろ、別世界の描写は、非現実のものでありながらリアルに感じとれるほど、一貫性とそれゆえの信憑性がなければならない。

ファンタジーの別世界は、子どもたちの想像力を伸ばし、現実では不可能な限りない可能性を試させてくれるところであるにしても、気ままな冒険がすべて許され、夢がすべて無条件でかなうというような気楽なばら色の世界ではないのである。

3　異界のみで成立する別世界ファンタジー

2とはちがって現実世界との二重構造をとらず、作品世界は作者が創造した異世界のみで完結している。そこは現実とはちがうルールが支配しており、主人公はその世界のなかで行動し、物語はその世界のなかで終わる。たとえば、J・R・R・トールキン（一八九二―一九七三）の「ミドルアース」[9]、アーシュラ・K・ル＝グウィン（一九二九―二〇一八）の「アースシー」[10]、フィリップ・プルマン（一九四六―）のさまざまな平行世界[11]（もっとも、二巻目では平行世界のひとつとして現実世界も出てくるが）、上橋菜穂子（一九六二―）の〈守り人〉[12]の世界などがその例である。異世界だけで成立しているわけだから、その世界観、宇宙像、生死観などが、きわめてしっかりとした構成のうえにつくられた世界でなければならない。

性格上、別世界ファンタジーは、何巻ものシリーズを重ねて積みあげるようにつくられていくことが多い。そして、意図的であるか否かは別として、そこには作者自身の世界観、倫理観、人間観といったものが反映されていることになる。読者は、まずはその世界像を受け入れ、独特の設定の異世界を楽しみつつ、そのなかで描かれる人生や価値観、真理についての洞察をなんらかのかたちで読みとり、自らは、本を閉じることで現実にもどってくることになる。

4　日常のファンタジー

基本的に異世界をつくらず、リアリズム的な日常になぜか魔法や超自然的な存在が進入してきて、そのためにさまざまな人の営みが干渉を受けるというタイプのファンタジーで、舞台は日常の現実である。「エブリデイ・マジック」と呼ばれることもあり、二〇世紀初頭、E・ネズビット（一八五八―一九二四）の『砂の妖精』（一九〇二）などの作品から始まったというのが一般的な見解である[13]。魔法の力や超自然的な存在の力はそれほど強くはなく、現実と非現実の衝突によるコミカルな出来事や、それに対処する主人公たち――子どもたちの場合が多い――の努力や健闘が話の焦点となる。ふつうの家庭に魔女の乳母がやってきたために起こる騒動を描いたパメラ・L・トラヴァース（一八九九―一九九六）の〈メアリー・ポピンズ〉シリーズ（原著一九三四―八八）、人間の住まいのかたすみに隠れ住む、魔力をまったくもたない小人たちを描くメアリー・ノートン（一九〇三―九二）の『床下の小人たち』とその続編（一九五二―八二）、日本古来の小人の物語を復活させた佐藤さとる（一九二八―二〇一七）の『だれも知らない小さな国』（一九五九）などがある。いずれも、魔法を信じる心より科学の発達のほうを重んじるようになった現代社会で、「信じることの大切さ」や「科学技術では計り知れない、想像力のたまものの重要性」などを強調する傾向が強い。

おもちゃが命をもって子どもたちと交流をもつ物語や、ものをいう動物たちが人間とコミュニケーションをとる「おもちゃ（人形）物語」「動物ファンタジー」も、このなかに含められる。

単純に考えると、命をもたないものやことばをもたない動物にも人の心を見る幼児のアニミズム的な思考とともに、「人形に口がきけたら」「動物と話ができたら」といった子どもたちの「夢」をかなえる物語であるように見える。だが、そればかりではない。じつは、その人形や動物が、子どものある側面を表徴したものでもありうるのである。クマのプーさんはクリストファー・ロビンのある一面を担っているし[14]、おさるのじょーじは、好奇心いっぱいの子どもの姿にほかならない[15]。また、動物語を解するドリトル先生は、人間の夢のひとつをかなえた人であるが、その物語は、動物の目から見た人間世界という、視点をずらした現実世界の描きかたのひとつであるともいえる[16]。

動物ファンタジーは、その登場動物がどの程度人間に擬して描かれているか、つまり擬人化の度合いによってさまざまである。ビアトリクス・ポター（一八六六—一九四三）の『ピーターラビットのおはなし』（一九〇二）、ケネス・グレーアム（一八五九—一九三二）の『たのしい川べ』（原著一九〇八）、斎藤惇夫（一九四〇—）の『冒険者たち』（一九七二）のように、擬人化された動物が中心に暮らしている異世界ファンタジーというのもありうる。アーノルド・ローベル（一九三三—八七）の『ふくろうくん』（原著一九七五）などの作品も、擬人化された動物が人間の暮らしをしている物語である。

二〇世紀も半ばになると、別世界というものを人間の心の無意識の部分と解釈することができるような、心理的なファンタジーも出現する。たとえば、フィリパ・ピアスの『まぼろしの小さい犬』（原著一九六二）には、超自然的なものは主人公ベンの心のなかにしか現れない。キャサリン・ストーの『マリアンヌの夢』（原著一九五八）でも、マリアンヌとマークが脱出劇をくり広げる別世界は、マリアンヌの嫉妬心がつくりあげた心のなかの世界である。梨木香歩（一九五八—）の『裏庭』（一九九六）では、リアリスティックな物語と交互に語られるファンタジーの世界がじつは表裏一体であることが暗示されており、「現実にはありえないことやものを描く」ファンタジーは、じつは「現実」の解釈のしかたにほかならないのだということにもなる。

便宜上、ここではファンタジーを四つに分けて考えてみたが、その分けかたでは説明のできない「不思議」の描きかたをもつ物語も、もちろんある。ともあれ、どの場合にもいえるのは、ファンタジーとは単に空想の翼を広げて、思いのままに空を飛ぶ夢だけの物語ではなく、必ずや現実とつながる〝根〟があるということ、どのレベルまで理解するかは読者の年齢や知識・経験にもよってくるが、けっして子どもだましの絵空事ではなく、心の奥深くに語りかける物語であることだ。魔法は万能の解決策ではなく、法則があり、限界がある。魔法を使うのは、あくまで人間なのである。

このように、現実の縛りにとらわれず、心を解放してくれる自由を描けるジャンルであると同時に、隠された闇を覗きこむことも可能であり、子ども向けの現実的な物語では、なかなか描くことがむずかしい抽象的な真理を描けるジャンルである。

課題

①現実の子どもが別世界を体験するファンタジーを一作品選び、その経験が主人公の子どもにどのような影響を与えたかを論じなさい。
②異世界を構築するファンタジー作品を選び、その世界観にはどのような問題が反映されているか、論じなさい。
③擬人化された動物が出てくるファンタジーを選び、動物の視点の導入がどのような効果をもっているかを論じなさい。
④アンデルセンの「野の白鳥」とグリム再話の「六羽の白鳥」を比較し、創作童話と昔話の再話のそれぞれの特徴がどう現れているかを比較検討しなさい。

⑤〈ハリー・ポッター〉シリーズは①から④のどれかのタイプのファンタジーに属しているようにもいないようにも見えます。このシリーズをタイプ的にはどう考えますか。

■註

(1) アンデルセン「おやゆびひめ」(原著一八三五)、ラスキン「黄金の川の王さま」(原著一八五一)、マクドナルド「かるい王女さま」(原著一八六二)、ワイルド「幸せの王子」(原著一八八八)など。
(2) デ・ラ・メア「ルーシー」(原著一九四七に集録)、ファージョン「ムギと王さま」(原著一九五五に集録)、アトリー「氷の花たば」(原著一九四八に集録)など。
(3) 小川未明「赤い蠟燭と人魚」(一九二一)、宮沢賢治「注文の多い料理店」(一九二四)、あまんきみこ「車のいろは空のいろ」(一九六八)、安房直子「白いおうむの森」(一九七三)など。
(4)〈ナルニア国ものがたり〉(原著一九五〇—五六)。
(5)『ピーター・パンとウェンディ』(原著一九一一)(原題は『ピーターとウェンディ』)。
(6)『銀のほのおの国』(一九七二)。
(7)『はてしない物語』(一九七九)。
(8)〈十二国記〉シリーズ(一九九一—)(『魔性の子』を含む)。
(9)〈指輪物語〉(原著一九五四—五五)。
(10)〈アースシー〉シリーズ(原著一九六八—二〇〇一)。日本語版でははじめ〈ゲド戦記〉シリーズとして刊行されていたが、そのうち内容にそぐわなくなってきたので、〈アースシー〉シリーズと呼ぶようになってきている。
(11)〈ライラの冒険〉シリーズ(原著一九九五—二〇〇〇)。
(12)〈守り人〉シリーズ(一九九六—二〇〇七)。
(13) ただし、これはすでに一九世紀にメアリー・ルイザ・モールズワース(一八三九—一九二一)の『カッコウ時計』(原著一八七七)にも使われている。
(14) A・A・ミルン(一八八二—一九五六)『クマのプーさん』(原著一九二六)。
(15) H・A・レイ(一八九八—一九七七)『ひとまねこざるときいろいぼうし』(原著一九四一)。
(16) ヒュー・ロフティング(一八八六—一九四七)〈ドリトル先生〉シリーズ(原著一九二〇—五三)。

■ブックリスト

本文であげた本については出てきた順に、それ以外は著者のアイウエオ順に並べる。できるだけ入手可能な版をあげた。

〈研究書〉

●ブライアン・アトベリー『ファンタジー文学入門』谷本誠剛、菱田信彦訳　大修館書店　一九九九年
●安藤聡『ファンタジーと歴史的危機　英国児童文学の黄金時代』彩流社　二〇〇三年
●井辻朱美『ファンタジー万華鏡』研究社　二〇〇五年
●ハンフリー・カーペンター『秘密の花園　英米児童文学の黄金時代』定松正訳　こびあん書房　一九八八年
●J・R・R・トールキン『妖精物語について　ファンタジーの世界』猪熊葉子訳　評論社　二〇〇三年
●中野節子・水井雅子・吉井紀子『ファンタジーの生まれるまで　作品を読んで考えるイギリス児童文学講座一』JULA出版局　二〇〇九年
●中野節子・水井雅子・吉井紀子『芽吹きはじめたファンタジー　作品を読んで考えるイギリス児童文学講座二』JULA出版局　二〇一〇年
●中野節子・水井雅子・吉井紀子『根をおろすファンタジー　作品を読んで考えるイギリス児童文学講座三』JULA出版局　二〇一一年
●アーシュラ・K・ル=グウィン『ファンタジーと言葉』青木由紀子訳　岩波現代文庫　二〇一五年

〈本文に出てきた作者・作品〉

●ルイス・キャロル『不思議の国のアリス』脇明子訳　岩波少年文庫　二〇〇〇年
ウサギの穴に入りこんだアリスが体験する、不思議の国での奇妙な冒険の物語。
●J・K・ローリング〈ハリー・ポッター〉(全七巻)松岡佑子訳　静山社　一九九九―二〇〇八年
孤児ハリーは、自分が偉大な力をもつ魔法使いであることを知らなかった……。悪の権化ヴォルデモートと戦う使命をもった少年の成長物語。
●ジョージ・マクドナルド『かるいお姫さま』脇明子訳　岩波少年文庫　二〇〇五年
妖精の意地悪によって重さを失ったお姫さまは、どうすれば元にもどれるのだろうか？　昔話をひねったような創作昔話集。
●オスカー・ワイルド『幸福の王子　オスカー=ワイルド童話集』井村君江訳　偕成社文庫　一九八九年
自らの身体を飾る宝石や金を、ツバメを使って貧しい人びとのもとへ運ばせた、無私の心をもつ王子の銅像の話など、息子のために書いた童話集の完訳。
●ウォルター・デ・ラ・メア『九つの銅貨』脇明子訳　福音館文庫　二〇〇五年
小人に助けられて幸せを得た話、見えない幻の友だちの話など、詩人デ・ラ・メアによる不思議な味わいの童話集。
●エリナー・ファージョン『ムギと王さま　本の小べや一』『天国を出ていく　本の小べや二』石井桃子訳　岩波少年文庫　二〇〇一年
古代エジプトの王よりムギの穂のほうが長生きだった……。「イギリスのアンデルセン」ファージョンのさまざまな味わいの童話集。
●アリソン・アトリー『月あかりのおはなし集』こだまともこ訳　小学館　二〇〇七年

ビー玉がお月さまへいった話、春がいっぱい入ったかごの話、クリスマスのご馳走の話などの童話集。続編あり。

●カレル・チャペック『長い長いお医者さんの話』中野好夫訳　岩波少年文庫　二〇〇〇年
河童の会議の話、イヌの妖精に出会う話、七つの頭の怪物を飼う話など、郵便屋さんやおまわりさんが活躍する楽しい昔話風の物語集。

●キャサリン・ストー『ポリーとはらぺこオオカミ』掛川恭子訳　岩波書店　一九九二年
「あかずきん」の後日談。こんどこそ女の子を食べてやると決心したオオカミを手玉にとる、賢い女の子ポリーの物語。続編あり。

●チャールズ・キングズリー『水の子どもたち　陸の子どものための妖精の物語』（上・下）芹生一訳　偕成社文庫　一九九六年
川で溺れて水の子になった煙突掃除の小僧トム。川から海へ旅をするうちに、だんだんと罪を洗い清められていく。再生の物語。

●ジョージ・マクドナルド『北風のうしろの国』中村妙子訳　ハヤカワ文庫FT　二〇〇五年
貧しい馬車屋の息子ダイアモンドを「北風」と名のる美しい女性がいざなう不思議な世界の物語。

●C・S・ルイス〈ナルニア国ものがたり〉（全七巻）瀬田貞二訳　岩波少年文庫　二〇〇〇年
聖なるライオンのアスランが歌からつくったナルニア国の誕生から滅亡までを物語る、長編ファンタジー。

●ジェイムズ・マシュー・バリ『ピーター・パンとウェンディ』石井桃子訳　福音館文庫　二〇〇三年
あるときダーリング家に現れた不思議な少年ピーター・パンは、ウェンディとその弟たちをさらってネバーランドへ導く。そこは、海賊とインディアンと迷子の少年たちが三つ巴の勢力を張っている、不思議の国だった……。

●神沢利子『銀のほのおの国』福音館文庫　二〇〇三年
いきなり異界に引きずりこまれたたかしとゆうこの兄妹は、いにしえのトナカイ王国の復興をかけた戦いにまきこまれていく。

●ミヒャエル・エンデ『はてしない物語』（上・下）上田真而子、佐藤真理子訳　岩波少年文庫　二〇〇〇年
バスチアンは、読んでいた本のなかに吸いこまれ、滅亡しつつあるファンタージエン国を救う使命を負うことに。

●小野不由美〈十二国記〉講談社　二〇〇〇年―（現在、新潮社に移籍して続刊刊行中）
神仙や妖魔が跋扈する、古代中国に似た異世界ファンタジー。一巻ごとにちがう人物に焦点をあてて、生きることや勇気の意味を問う。

●フィリパ・ピアス『トムは真夜中の庭で』高杉一郎訳　岩波少年文庫　二〇〇〇年
真夜中にだけ現れる不思議な庭園に入りこんだトムは、そこでハティと名乗る少女と出会い、友だちになる。時間とはなにか、人の生涯とはなにかを問う、タイム・ファンタジー。

●アリソン・アトリー『時の旅人』松野正子訳　岩波少年文庫　二〇〇〇年
ペネロピーは、古い屋敷で時を超えて過去にさかのぼり、メアリー女王時代の世界に迷いこむ。二つの時代を交互に経験する少女の、不思議な物語。

●J・R・R・トールキン〈指輪物語〉（全一〇巻）瀬田貞二、田中明子訳　評論社文庫　一九九二―二〇〇三年
世界を統べる力をもつ魔法の指輪を滅し去るという使命を受けたホビット族のフロドは、その困難な旅に出る。中つ国という架空

の国を舞台にした、宝探しならぬ「宝捨て」の物語。『ホビットの冒険』（上・下）（岩波少年文庫　二〇〇〇年）は、この前日譚《たん》。

●アーシュラ・K・ル＝グウィン〈ゲド戦記〉（全六巻）清水真砂子訳　岩波少年文庫　二〇〇九年
魔法が世界を支配している架空の世界アースシーで、大賢人となったゲドの成長と老い、世界自体の変容も描くシリーズ。

●フィリップ・プルマン〈ライラの冒険〉（全三巻）大久保寛訳　新潮社　一九九九―二〇〇二年
ライラとウィリアムが、「ダスト」という神秘物質の謎を解き、世界の崩壊を防ぐために活躍するファンタジー。

●上橋菜穂子〈守り人〉（八巻）偕成社　一九九六―二〇〇七年
精霊の世界と人間の世界とが平行して存在し、ときに交わる異世界。新ヨゴ皇国など四つの国を舞台に、女槍使いバルサの活躍を描く。ほかに、外伝・短編集もある（新潮社文庫でも刊行中）。

●E・ネズビット『砂の妖精』石井桃子訳　福音館文庫　二〇〇二年
子どもたちが見つけたおかしな妖精サミアドは、一日に一回お願いをかなえてくれる。ところが、そのたびに子どもたちはごたごたの大騒ぎにまきこまれる。子どもたちの奮闘ときょうだい愛を描く。

●P・L・トラヴァース〈メアリー・ポピンズ〉（全四巻）林容吉訳　岩波少年文庫　二〇〇〇―〇三年
風にのってやってきた不思議な力をもつメアリー・ポピンズに、バンクス家の子どもたちは、見慣れた日常に不思議が隠れていることを教えられる。

●メアリー・ノートン『床下の小人たち』林容吉訳　岩波少年文庫　二〇〇〇年
お屋敷の床下には、三人の小人（ポッド、ホミリー、アリエッティ）が住んでいた。生活必需品を人間に「借りて」暮らすこの小人族に訪れる危機……。その後を描いた続編が四冊ある。

●佐藤さとる『だれも知らない小さな国』講談社文庫　二〇一〇年
フキの葉の下にいる小人コロボックル族を目撃した少年は、大きくなってから再会したコロボックルたちの友となり、彼らの王国を守るために協力する。続編では、その後もコロボックルとの関わりをもった人間の物語が続く。

●A・A・ミルン『クマのプーさん』『プー横丁にたった家』石井桃子訳　岩波少年文庫　二〇〇〇年
クリストファー・ロビンと彼のぬいぐるみのクマのプーさん、コブタ、ロバのイーヨーなどが百町森でくり広げる物語。

●H・A・レイ『ひとまねこざるときいろいぼうし』光吉夏弥訳　岩波書店　一九九八年
黄色い帽子のおじさんがアフリカからつれて帰ったのは、好奇心いっぱいのおさるのじょーじ。いつも大騒動を引き起こすが……。

●ヒュー・ロフティング〈ドリトル先生〉（全一三巻）井伏鱒二訳　岩波少年文庫　二〇〇〇年
動物のことばを習得した獣医のドリトル先生が、その特技を生かして、動物たちとくり広げる、さまざまな冒険譚《たん》。

●ビアトリクス・ポター〈ピーターラビットの絵本〉（全二四巻）石井桃子、間崎ルリ子、中川李枝子訳　福音館書店　二〇〇二年
いたずらウサギのピーターの冒険をはじめ、ユーモアのなかにちょっと苦味も加えた物語。一〇〇年以上愛読されてきたシリーズ。

●ケネス・グレーアム『たのしい川べ』石井桃子訳　岩波少年文庫　二〇〇二年

おうち大好きのモグラ君、冒険に憧れる川ネズミ君、たよりになるアナグマさん、わがまま放題のヒキガエル君など、個性豊かな動物たちの牧歌的な物語。

●斎藤惇夫『冒険者たち　ガンバと一五ひきの仲間』岩波少年文庫　二〇〇〇年

ドブネズミのガンバは、夢見が島をイタチから救うという使命を受けて、一五匹の個性的な仲間たちと海の向こうを目指す。

●アーノルド・ローベル『ふくろうくん』三木卓訳　文化出版局　一九七六年

ひとり暮らしのふくろうくんは、おひとよしでちょっとまぬけなキャラクター。そんなふくろうくんの日常をほのぼの語る短編集。

●フィリパ・ピアス『まぼろしの小さい犬』猪熊葉子訳　岩波少年文庫　二〇二〇年

ベンはイヌが飼いたかった。望んでもかなえられない心の渇望を抱いた少年の孤独が生み出した、目をこらしても見えないくらい小さなイヌの幻影。望みと現実の葛藤を乗り越える少年の物語。

●キャサリン・ストー『マリアンヌの夢』猪熊葉子訳　岩波少年文庫　二〇〇一年

病気で寝ていなければならなくなったマリアンヌは、不思議なクレヨンで絵を描くとそれが夢に現れることに気がついた。自らの心の闇に捕らわれそうになる子どもの心理を描いたファンタジー。

●梨木香歩『裏庭』新潮文庫　二〇〇一年

高い塀に囲われた洋館の庭。照美は、不思議な声に導かれて裏庭の世界に入りこむ。現実と「裏庭の世界」での旅が交錯するファンタジー。

〈もっと読みたい人のために〉

●チャン・イー『紫禁城の秘密のともだち一　神獣たちのふしぎな力』小島敬太訳　偕成社　二〇二二年

現代の中国が舞台。紫禁城につとめる母をもつ少女シャオウユウは不思議なイヤリングをひろったことから動物や神獣のことばがわかるようになり、毎日彼らと交流することになる。続巻も二冊出ている。

●ダイアナ・ウィン・ジョーンズ『ハウルの動く城一　魔法使いハウルと火の悪魔』西村醇子訳　徳間文庫　二〇一三年

一八歳のソフィーは、荒地の魔女の魔法で九〇歳の老婆に変えられてしまい、魔法使いハウルの住む動く城に掃除婦として住みこむ。火の悪魔カルシファー、ハウルの弟子のマイケルとともに、ハウルの心臓をねらう荒地の魔女と対決する。

●ミヒャエル・エンデ『モモ』大島かおり訳　岩波少年文庫　二〇〇五年

古代の劇場跡に住みついた孤児のモモは、純粋な心でみんなをひきつける人気者。ところが、いつのまにか灰色の男たちがことば巧みに人びとから時間を奪いとり始めた。奪われた時間をとりもどし世界を救おうとする、モモの冒険の物語。

●ルーマー・ゴッデン『人形の家』瀬田貞二訳　岩波少年文庫　二〇〇〇年

エミリーとシャーロットに遺産としてのこされた古い人形の家。ふたりの人形であるプランタガネットさん一家は大喜び。しかし、そこに美しい瀬戸物の人形マーチペーンが介入して……。人形を通じて家族とはなにかを問い、人形をもっている少女たちの心の行方をも問う。

●ナオミ・ノヴィク『銀をつむぐ者』（上・下）那波かおり訳　静山社　二〇二〇年
中世の東欧を思わせる異世界を舞台に、銀をつむいで金に変える力をもった金貸しの娘、皇帝と政略結婚させられた貴族の娘、貧しい家に生まれた娘がそれぞれ故国を脅かす氷の精や魔物と戦う。

●フランシス・ハーディング『嘘の木』児玉敦子訳　創元推理文庫　二〇二二年
一九世紀のイギリスを舞台に、嘘を糧として実をつける不思議な植物の謎を解こうと試みる少女フェイスが、親や社会に課せられた枷を克服していく姿が描かれる。

●アルフ・プリョイセン〈スプーンおばさん〉（全三巻）大塚勇三訳　学習研究社　一九六六―七五年
ある日突然、わけもなくスプーンくらいの大きさになってしまったおばさんの不屈の活躍を描く、楽しいファンタジーシリーズ。

●オトフリート・プロイスラー『小さいおばけ』はたさわゆうこ訳　徳間書店　二〇〇三年
古いお城に暮らしていた小さいおばけは、一度でいいから昼の世界を見たいと思っていた。ところが、願いかなって昼間に出たおばけの白い姿は、真っ黒に変わってしまった。はたして、おばけは元の姿にもどれるのか？

●ルーシー・M・ボストン〈グリーン・ノウ物語〉（全六巻）亀井俊介訳　評論社　二〇〇八年
舞台は、古い古いグリーン・ノウ屋敷。そこを訪れた少年が、屋敷の古い過去やそこに住んでいた人びとの霊や残された思いに触れるタイム・ファンタジー。シリーズは、同じ屋敷を舞台にしている。

●フランク・ボーム『オズの魔法使い』幾島幸子訳　岩波少年文庫　二〇〇三年
たつまきに家ごと吹きとばされて不思議なオズの国にたどり着いた少女ドロシーは、帰る道を教えてもらうため、オズ王に会おうと都を目指す。途中、道づれになるライオン、きこり、かかしと苦労を乗り越え、ようやく会えたオズの正体は……。

●E・B・ホワイト『シャーロットのおくりもの』さくまゆみこ訳　あすなろ書房　二〇〇一年
農場に暮らす少女ファーンは、ウィルバーというブタをかわいがっていた。ブタ小屋に巣を張るシャーロットは、人間のことばをつづる賢いクモ。いずれは殺される運命をなげくウィルバーにことばを教え、その運命を変える手伝いをしてくれるが……。

●マイケル・ボンド〈パディントンの本〉（全一〇巻）松岡享子ほか訳　福音館文庫　二〇〇二―〇九年
ブラウンさん一家がロンドンのパディントン駅でひろったクマは、南米からの密航者？　パディントンと名づけられ、ブラウン一家の一員となったこの好奇心いっぱい、甘いもの大好きのいたずらクマをめぐる大騒動の日常を描く、楽しいシリーズ。

●マーガレット・マーヒー『めざめれば魔女』清水真砂子訳　岩波書店　一九八九年
一四歳の少女ローラは、離婚した母と弟との三人暮らし。弟のジャッコの様子が変なことに気がついたローラは、弟にかけられた魔法を解くべく魔女になろうと決意し、魔法使いに立ち向かう。

●トーベ・ヤンソン〈ムーミン〉（全九巻）下村隆一ほか訳　講談社文庫　二〇一九―二〇年
ムーミン谷に住む、ムーミントロールの一家、ヘムレンさんやスナフキン、スニフなど、個性豊かな友人たちがくり広げる物語。

●エミリー・ロッダ〈リンの谷のローワン〉（全五巻）さくまゆみこ訳　あすなろ書房　二〇〇〇―〇三年

オーストラリアの作家による異世界ファンタジー。村でもいちばん臆病で弱虫の少年ローワンが冒険の先頭に立たざるをえなくなり……。異民族がともに暮らし、交錯する世界での少年の成長物語。

●アストリッド・リンドグレーン〈長くつ下のピッピ〉（全三巻）大塚勇三訳　岩波少年文庫　二〇〇〇年
町はずれの「ごたごた荘」に引っ越してきたのは、世界でいちばん力の強い女の子ピッピ。お母さんは天使で、お父さんは行方不明の船長さん。大金持ちで、好きなことはやりたい放題。豪快だが心やさしいピッピがくり広げる、愉快な物語。

●岡田淳『二分間の冒険』偕成社文庫　一九九一年
悟は、「ダレカ」と名のるクロネコに導かれて竜の支配する国につれていかれ、竜のいけにえにされようとしている子どもたちに会う。力を合わせて竜を倒し、元の世界にもどると、二分しか経っていなかった。そして「ダレカ」の正体も明らかに。

●荻原規子『空色勾玉』、『白鳥異伝』（上・下）、『薄紅天女』（上・下）徳間文庫　二〇一〇年
日本神話をもとにしたファンタジー。三作合わせて〈勾玉〉シリーズとも呼ばれる。輝の一族と闇の一族の攻防を描く第一作、ヤマトタケルと勾玉と大蛇の剣の経緯を語る第二作、アテルイ伝説と更級日記をもとにした蝦夷をめぐる話が第三作。

●柏葉幸子『霧のむこうのふしぎな町』講談社青い鳥文庫　二〇〇八年
夏休みをすごすために霧の谷へ出かけたリナは、小鬼やセントールのいる不思議な町に迷いこみ、あまのじゃくなピコットばあさんの下宿に住みこんで、この町のいろいろなお店で一週間ずつ働くことになる……。

●角野栄子〈魔女の宅急便〉（全六巻）福音館書店　一九八五―二〇〇九年
人間と魔女とのあいだに生まれた少女キキは、魔女として生きることを選択。一三歳になった夜、相棒ネコのジジといっしょに知らない町へ旅立ち、空飛ぶほうきを使って宅配便の仕事を始める（福音館文庫版も刊行中）。

●朽木祥『かはたれ　散在ガ池の河童猫』福音館書店　二〇〇五年
住む場所を失いつつある河童たち。長老の命を受けた八寸は、ネコに化けて人間の家に住みこみ、様子を探ることになる。

●たかどのほうこ『おともださにナリマ小』フレーベル館　二〇〇五年
ある朝ハルオくんが学校にいくと、なんだか様子が変だった。なんとそこはキツネたちが人間に化けて生徒や先生をしていたのだ。キツネ小学校と人間の小学校の不思議な交流をユーモラスに語る。

●富安陽子『ドングリ山のやまんばあさん』理論社　二〇〇二年
ドングリ山に住むやまんばあさんは、二九六歳、とはいえ力持ちで元気いっぱいのばあさんの大活躍を描く物語。続編もある。

●福永令三『クレヨン王国の十二か月』講談社青い鳥文庫　二〇一一年
ゴールデン王とシルバー王妃、一二色の大臣が治めるクレヨン王国を舞台とするファンタジー。第一巻は、王妃の悪癖から逃げだした王さまを求めて一二の月を旅しながら悪癖を直していく王妃と、それをサポートするユカの物語。シリーズ多数あり。

●松谷みよ子『龍の子太郎』講談社　二〇〇六年
わけあって龍になった母を訪ねて旅に出た太郎は、訪ねあてた母龍の背中に乗って山を切り崩し、灌漑に成功する。信州の昔話をもとに展開する物語。

子どもの本専門店のこと——増田喜昭（ますだ・よしあき）

名古屋の本山にメルヘンハウスがオープンしたのが一九七三年だから、子どもの本専門店が日本に誕生してそろそろ四〇年になる。

そのころ、僕は名古屋の商社につとめていて、仕事のあいまに近くにあった丸善という書店に寄って本を立ち読みするのが日課だった。そこには外国の絵本や翻訳された児童文学がたくさん並んでいるコーナーがあって、なんともいえない、ここちよい空気が流れていたのだ。たぶん、自分が気に入る本が多かったので、そう感じていたのかもしれない。そこでは、レオ・レオニの『あおくんときいろちゃん』という絵本や、エーリヒ・ケストナーの『飛ぶ教室』という児童文学などを買った記憶がある。

メルヘンハウスへいったのは、オープンしてから一年後くらいだったと思う。子どもの本だけ売っていて、そのここちよい雰囲気だけではたして経営が成り立つのかどうか、自分の眼でたしかめてみたかったのだ。いざ、メルヘンハウスのドアをあけてなかへ入ってみれば、そこにはずらりと表紙を見せた絵本が足元から並んでいた。小さな子どもが手を伸ばせば、そこに絵本がある、という感じだ。店の奥で、ひとりの小さな女の子が、小さなイスに座って本を読んでいた。その後ろ姿を見たとたん、まるで一瞬身体のなかを電流が流れたように、「ああ、子どもの本屋がやりたい」と思った。

それから半年後に、ぼくは商社を退《や》めて、子どもの本屋さんになるべく、準備を始めたのだ。そのことは、拙書『子どもの本屋、全力投球！』（晶文社）に詳しく書いたので、ここでは割愛。

そもそも、子どもの本専門店とはいったいなんなのだろう。あらためて考えてみれば、いわゆる、子どもの本、絵本、童話、児童文学、図鑑など、主に子どもが読む本を専門的に研究し、限られた店のスペースに入るだけの本を選んで並べている書店なのである。

そして、それは、子どもだけでなく、かつて子どもだったおとなたちにも、とても居心地のよい場所だった。七〇年代には、僕の店メリーゴーランドのほかにも、東京のクレヨンハウスや京都のきりん館、神戸のひつじ書房など、たくさんの店がオープンした。もちろん、それぞれの店にはそれぞれの個性があるのだけれど、子どもの本が好きという気持ちは、みな同じだったと思う。吉祥寺の「ハッピー・オウル」や横浜の「ラ・タタタム」、それに松本の「ちいさいおうち」のように、大好きな絵本のタイトルを店の名前にするところも多かった気がする。

そのころ、全国的によい子どもの本をきちんとそろえている書店があまりなかったこと、子どもにとってよい本とはなにかをおとなたちが真剣に考え始めたことが、子どもの本専門店を始めようとする人が増えた原因のひとつだろうし、メルヘンハウスがオープンしたことによって、勇気づけられた人も多かったと思う。

さて、あれから四〇年、子どもの本の状況はどうなったのか、おそらく子どもの本専門店は全国で一〇〇を超えているだろうし、一般書店でも絵本はたくさん売れるようになった。

図書館や学校、幼稚園、保育園などで、絵本の読み聞かせが盛んにおこなわれ、ちょっとブームにもなっている。絵本を読んでもらって喜んだり、悲しんだり……幼い子どもたちは、耳から物語を聞き、絵を眺めながら、さまざまな体験をする。そして、絵本が大好きになり、その文章をくり返し口にすることによって、物語を自分にとりこむ。やがて、自分で文字を読めるようになり、ひとりで物語を楽しむ。そう、ひらがなで書かれた幼年童話と呼ばれる世界にいくのだ。

この幼年童話は、八〇年代・九〇年代にはほんとうによく読まれた。そのころは子どもが自分で本棚に手を伸ばして本を選んでいた。しかし、僕がメルヘンハウスで見たような、夢中になってひとりで本を読む子どもの姿が年々少なくなってきたようにも思えるのだ。

幼い子どもたちには、熱心な親や先生が絵本を読んであげるのだが、自分で文字が読めるようになったころから、親の関心が、読書から別の世界へいってしまうのだろうか。とくに小学校の中・高学年になると、塾だスポーツだゲームだと子どもたちはなにかと忙しくなり、あんなに人気だった『長くつ下のピッピ』や『大どろぼうホッツェンプロッツ』などがどんどん読まれなくなってきたのである。

そもそも、子どもの本というものは古さを知らない。子どもが体験する不思議な国や冒険の世界は、いつの時代にもそこにあって、光り続けているものなのである。どうも、その光を忘れてしまったのは、子どもたちではなくて、日々子どもたちを忙しくさせているおとなたちではないだろうか。本の扉を開いて、そのなかで新しい友人に出会い、まだ見ぬ世界を体験したことを、おとなたちは忘れてしまったのだろうか。

いま、それぞれの子どもの本専門店の店主たちがどんな想いをしているか、僕にはわからないけれど、僕の店は、ちょうど店の半分が絵本の部屋、あとの半分が読みものの部屋になっていて、いつでも読みたい本が見つかるよう、本が呼んでいるように思える本棚づくりをしている。もちろん、本の好きな子どもたちもたくさんいて、毎日楽しくやってはいるのだが、どうも最近、赤ちゃんから幼児向けの本を求めるお客のほうがどんどん増えている気がするのだ。

それがいけないというつもりはないのだけれど、ほんとうの読書の喜びは、ひとりで読むことだと僕は思っているので、あまりにも読み聞かせがブームになると、ちょっと首をかしげたくなるのである。そもそも、ファーストブックというのは、はじめて、ひとりで読める本のことをいうのではないだろうか。けっして赤ちゃんに与える最初の本のことではないような気がするのだけれど。

子どもの本専門店、それは僕がサラリーマンのときに暇があれば立ち寄っていた丸善の児童書売り場。

メルヘンハウスで椅子に座って本を読みふける子ども。そこに、原点があるように、僕には思える。たまたま、自分の暮らす場所の近くに、お気に入りの書店があるということ、そういう書店を僕も目指してやってきたような気がするからだ。

近ごろ、全国のあちこちに、子どもの本専門店ではないけれど、自分のお気に入りの本だけを置いている書店や古書店が増えているのは嬉しい。ジャンルを越えてよい本を置いているのだが、そこに、かなりの割合で児童文学や絵本が入っているのがとても嬉しいのだ。

おとなの本と子どもの本の区別がどこにあるのか、僕にもわからない。子どもは、読みたければ、おとなの本でも読めないところを飛ばして読むだろうし、ひらがなばかりの物語に、おとなも涙するものなのだ。

〈付記〉

もっと子どもの本のことを知りたいかたに、京都で今江祥智さんが発行して、その後メリーゴーランドが引き継いだ『児童文学』をおすすめする（現在、三巻〜一六巻が手に入ります）。とくに巻末の五〇〇冊のブックリストは、とりあえずここからスタートしてほしいと願うリストなのでぜひ御参考に。

それと、もう絶版になってしまったが、福音館書店の『子どもの館』という雑誌も、どこかで見かけたらぜひ読んでほしい。

（子どもの本専門店「メリーゴーランド」店主）

＊その後、たくさんの子どもの本専門店が店を閉めた。絵本の読み聞かせブームもどんどん広がり、絵本専門士や絵本セラピストなどの人たちが増え、ますます絵本の世界、読み聞かせの世界は盛りあがりをみせているが、相変わらず子どもたち（小学生）は、読みものからはなれつつある。それでも、少人数ではあるが、読書の好きな子どももはいる。読書とは、自分で本を聞くことだと近ごろ思う。

第6章　リアリズム——日常・家族・学校・友情・人生

主人公である子どもの日常生活をありのままに写実的に描いたのが、児童文学でいうところの「リアリズム」（「ファンタジー」というジャンルの対概念）である。一般に、子どもの実際の体験は、おとなに比べるとその行動範囲が狭く、家庭と学校が主な舞台となる（これが解放された休暇の物語になると、一種の冒険ものになりうる）。それゆえ、子どもたちのリアルな日常を描いた作品は、児童文学の初期のころ——つまり一九世紀のイギリスでは——男の子は「学校物語」、女の子は「家庭物語」というふうに、性別でその舞台が分かれていた。それが当時の文化的背景を反映したものであることからも、リアリズムの作品は、書かれ、読まれた、時代・社会・文化・慣習に強く依存しているということができよう。

トーマス・ヒューズ（一八二二—九六）の『トム・ブラウンの学校生活』（原著一八五七）は一九世紀のイギリスの階級制度や学校制度を描き、エーリヒ・ケストナー（一八九九—一九七四）の『飛ぶ教室』（原著一九三三）は——第二次世界大戦前のドイツが舞台だが——ギムナジウム制度があってこその物語である。ルイザ・メイ・オールコット（一八三二—八八）の『若草物語』（原著一八六八）には南北戦争中のアメリカ北部の中流家庭の日常が、E・ネズビット（一八五八—一九二四）の『宝さがしの子どもたち』（原著一八九九）には一九世紀から二〇世紀への転換点のイギリスの日常が、描かれている。

こうした古典的な作品が文化や時の隔たりを超えても読まれうるのは、そこに描かれた子どもたちの経験に、普遍的な、そして古びないおもしろさが宿り、その個々の経験を超えたところに垣間見られる人生観に、得るところが多くあるからだ。

学校物語の後継は、アメリカのロバート・コーミア（一九二五―二〇〇〇）の『チョコレート・ウォー』（原著一九七四）、ルイーズ・フィッツヒュー（一九二八―七四）の『スパイになりたいハリエットのいじめ解決法』（原著一九六四）、イギリスのロアルド・ダール（一九一六―九〇）の『マチルダは小さな大天才』（原著一九八八）、アン・ファインの『フラワー・ベイビー』（原著一九九二）など、現代的な諸問題のいろどりを添えて現在にいたる。

家庭物語は、ときには家のない孤児が家を得るというかたちで、逆説的に描かれることも多い。その例は、フランスのエクトール・マロ（一八三〇―一九〇七）の『家なき子』（原著一八七八）、『家なき娘』（原著一八九三）、カナダのルーシー・モード・モンゴメリ（一八七四―一九四二）の『赤毛のアン』（原著一九〇八）、イギリスのフランシス・ホジソン・バーネット（一八四九―一九二四）の『小公女』（原著一九〇五）、スイスのヨハンナ・スピリ（一八二七―一九〇一）の『ハイジ』（原著一八八〇―八一）など、多数ある。

その後、「女の子の生きかた」という問題を中心に据えたものとしては、二〇世紀はじめのイギリスにおける激動の時代を描いたルース・エルウィン・ハリス（一九三五―）の〈ヒルクレストの娘たち〉（原著一九八六―）、K・M・ペイトン（一九二九―二〇二三）の〈フランバーズ屋敷の人びと〉（原著一九六七―八一）、アメリカの開拓時代を描いたローラ・インガルス・ワイルダー（一八六七―一九五七）の〈大草原の小さな家〉（原著一九三二―七一）などのシリーズがある。開拓者に追い詰められた側のネイティヴ・アメリカンの経験を描いたルイーズ・アードリック（一九五四―）の『スピリット島の少女』（原著一九九九）とともに読みたい。

家族の一員であるペットの動物との交流を通じて、主人公が種《しゅ》を越えた友情を育んだり、生命と死のありかたを学んだり、自然の厳しさを体得したりする物語も、リアリズム児童文学のなかの一グループとして考えられる。ローリングズ（一八九六―一九五三）の『子鹿物語』（原著一九三八）、スターリング・ノース（一九〇六―七四）の『はるかなるわがラスカル』（原著一九六三）、エリック・ナイト（一八九七―一九四三）の『名犬ラッシー』（原著一九四〇）などがそうで、なかにはアニメや映画でも親しまれているものがある。

また、自分たちに親しみのある社会ではないところで生きる子どもたちの物語は、異文化に接する窓口ともなる。スウェーデンのアストリッド・リンドグレーン（一九〇七―二〇〇二）の〈やかまし村〉シリーズ（一九四七―五二）は日本でも愛読されてきた。アティニューケによる『アンナのうちはいつもにぎやか』（二〇一二）はナイジェリアの都会に住む大家族の生活をとりあげており、そのほかにもアルメニア、ネイティヴ・アメリカン、もしくはアーミッシュやユダヤ教徒のような宗教共同体の子どもたちの物語も出版されている。これらは、子どもであることの経験の普遍性は担保しつつ、「ふつう」であることや「日常」のことが社会・文化状況によってどれほど異なるか、その多様性をさりげなく教えてくれる貴重な情報源である。

現在では、「家族とはなにか」という大きな問題に直面し、シングルマザーや離婚家庭、再婚家庭、あるいはメンバーはそろっていても崩壊した家庭なども描かれ、そのなかで生きる子どもたちの現実をとらえようとする作品も数多い。アン・ファイン（一九四七―）やジャクリーン・ウィルソン（一九四五―）は、イギリスのさまざまな境遇の少女たちの姿を描く。ジュディ・ブルーム（一九三八―）、キャサリン・パターソン（一九三二―）はアメリカ人の、E・L・カニグズバーグ（一九三〇―二〇一三）はユダヤ系アメリカ人の、ヴァジニア・ハミルトン（一九三六―二〇〇二）はアフリカ系アメリカ人の、家族の諸相とそのなかでの子どもたちの葛藤を描く作家である。

昨今はとりわけLGBTQについてとりあげる本も多数見られる。父母、またはきょうだいがゲイであることを受け入れられるかというテーマのものから、次第に自分自身の性の指向性に悩む物語が現れるようになり、現在はLGBTQの人物がなんの問題もなくふつうに登場するものにいたるまで、その範囲は広がってきた。ジャスティン・リチャードソン（一九六三―）とピーター・パーネル（一九五三―）の『タンタンタンゴはパパふたり』（原著二〇〇五）はすでに定番の絵本である。アレックス・ジーノ（一九七七―）は『ジョージと秘密のメリッサ』（原著二〇一五）で一〇歳のトランスジェンダーの主人公に焦点をあて、その気持ちを細やかに描いた。

日本においては、アジア・太平洋戦争後、無国籍的な童話を否定して社会的リアリズムを求めた児童文学の作家たちが、社会のなかにおける子どもたちの姿に迫ろうと努力してきた。山中恒（一九三一―）、古田足日（一九二七―二〇一四）、今江祥智（一九三二―二〇一五）らがその代表である。一九六〇年代は「タブーの崩壊」と呼ばれ、それまで児童文学のテーマになりづらかった「離婚」「死」「病」「闇」「性」などが新たに表面に浮上してくる。たとえば、那須正幹（一九四二―二〇二一）の『ぼくらは海へ』（一九八〇）は、それぞれ家庭に問題をもつ少年たちがくり広げる深刻な物語を、きわめて曖昧なオープン・エンディングをもって閉じ、リアリズム児童文学の新境地を開いた。

寄宿制度の学校がほとんどなかった日本では、英米のような学校小説は生まれなかったが、学校が子どもたちの生活の場であることに変わりはない。小豆島に赴任してきた新任の女先生と生徒たちの交流を描いた壺井栄（一八九九―一九六七）の『二十四の瞳』（一九五二）がその端緒だろう。その後、宮川ひろ（一九二三―二〇一八）は、教員生活経験をもとに『先生のつうしんぼ』（一九七六）など学校を舞台とした物語を多く書いている。やはり教員であった灰谷健次郎（一九三四―二〇〇六）は、子どもというよりは新任の先生の成長を描く『兎の眼』（一九七四）で注目された。古田足日も『宿題ひきうけ株式会社』（一九六六　新版一九九六）など学校を中心とした舞台を多く描いており、日本の子どもたちの日常にとって、学校という場がいかに重要であるかがうかがわれる。

最近は、真正面から不登校、いじめから生きかたの問題に取り組んだ岩瀬成子（一九五〇―）の『きみは知らないほうがいい』（二〇一四）、学校給食をモチーフにした如月かずさ（一九八三―）の連作短編集『給食アンサンブル』（二〇一八）など多様な作品がある。

「いじめ」「家庭崩壊」「虐待」「ヤングケアラー」など子どもに関わる現代の深刻な問題は、児童文学にも大きく映し出されている。ひこ・田中（一九五三―）の『お引越し』（一九九〇）は、両親が離婚して家が二つになってしまったレンコの目線から親と子が人間として理解しあう過程を描き、丘修三（一九四一―）の『ぼくのお姉さん』（一九八六）は、障碍のある姉をめぐる一家の物語を弟の目線からとらえることで、それぞれ現代を生きる子どもたちの姿を、家族や友だちとの関わりとともに描いている。湯本香樹実（一九五九―）の『夏の庭　Ｔｈｅ Ｆｒｉｅｎｄｓ』（一九九二）は、三人の少年がひとり暮らしのおじいさんとの交流のなかで「人生」「家族」「命」、とりわけ「死」の問題に目覚めていくひと夏を描いた。この本は英訳され、ボストン・グローブ＝ホーン・ブック賞を受賞し、話題となった。また岡田依世子（一九六五―）の『トライフル・トライアングル』（二〇〇八）は、軽い作風ながら、性同一性障害の喫茶店主をめぐってふたごの姉弟があらためてジェンダーの問題を認識する物語になっている。いとうみく（一九七〇―）の『あしたの幸福』（二〇二一）は血縁のない家族の、新しいかたちを模索する。

現代のリアリズムの児童文学が扱うのは、主人公の性別にかかわらず、「家族」「友だち」「勉強」「遊び」「将来の選択」「生きかた」などになるが、そこにからまる諸問題は、どうしても舞台となる共同体の文化の事情、書かれた当時に注目された話題に、もっともダイレクトに関わることになる。それゆえに、その共同体内では非常に緊迫感をもって受け入れられるだろうが、あまりに時勢に乗った作品は、命が短いということにもなりうる。

だが一方で、自分とはまったくちがった人——おとなでも子どもでもいいが——の生きかたをリアルにシミュレーションできるという意味では、「身近でない登場人物」を扱ったリアリズムの児童文学は、まだまだ人生経験の少ない読者に他者の立場を理解するという貴重な経験を与えてくれることになろう。

課題

①一九世紀の家庭小説と二一世紀の家庭小説とを比較し、おとなと子ども、男性と女性の役割、家族の定義と意味などに着目して論じなさい。

②リアリズム作品の語り手に注目し、一人称の子どもの語り手を使った物語とそうでないもののちがいについて、本全体におよぼす影響の点から論じなさい。

③近しい人の死が描かれている作品を新旧で比較し、相違点について論じなさい。

■ブックリスト

本文であげた本については出てきた順に、それ以外は著者のアイウエオ順に並べる。できるだけ入手可能な版をあげた。

〈研究書〉

●川端有子『少女小説から世界が見える　ペリーヌはなぜ英語が話せたか』河出書房新社　二〇〇六年
●ジェリー・グリスウォルド『家なき子の物語　アメリカ古典児童文学にみる子どもの成長』遠藤育枝ほか訳　阿吽社　一九九五年
●佐藤宗子『「家なき子」の旅』平凡社　一九八七年
●ひこ・田中『ふしぎなふしぎな子どもの物語　なぜ成長を描かなくなったのか？』光文社新書　二〇一一年

●ロバータ・シーリンガー・トライツ『ねむり姫がめざめるとき　フェニミズム理論で児童文学を読む』吉田純子、川端有子監訳　阿吽社　二〇〇二年
●シャーリー・フォスター、ジュディ・シモンズ『本を読む少女たち　ジョー、アン、メアリーの世界』川端有子訳　柏書房　二〇〇二年
●宮川健郎『現代児童文学の語るもの』日本放送出版協会　一九九六年
●宮川健郎、横川寿美子編『児童文学研究、そして、その先へ』（上・下）久山社　二〇〇七年
●横川寿美子『初潮という切札　〈少女〉批評・序説』JICC出版局　一九九一年

〈本文に出てきた作者・作品〉

●トマス・ヒューズ『トム・ブラウンの学校生活』（上・下）前川俊一訳　岩波文庫　一九五二年
一九世紀のイギリス。パブリック・スクールに入学した少年トムは、友人のイーストとともに活躍を見せるが、次第にそのわんぱくぶりが目にあまるようになる。校長先生のはからいで、心やさしく信心深いアーサーと同室になったトムは、アーサーの感化を受けて内面的に成長をとげていく。
●エーリヒ・ケストナー『飛ぶ教室』池田香代子訳　岩波少年文庫　二〇〇六年
クリスマス休暇前の、ドイツのギムナジウム。中心となる五人の少年らが、舎監の正義先生、校門の外に住む禁煙さんというふたりの異なる指導者を得て、それぞれの個性を伸ばしていく。
●L・M・オールコット『若草物語』矢川澄子訳　福音館文庫　二〇〇四年
父親が南北戦争に従軍して留守の一年間。それぞれ個性豊かなメグ、ジョー、ベス、エイミーの四人姉妹は、父の望む「小さなご婦人」を目指し、母を指導者として欠点を乗り越えていこうとする。
●E・ネズビット『宝さがしの子どもたち』吉田新一訳　福音館書店　一九七四年
バスタブル一家の子どもたちは、お父さんが破産したために貧乏暮らし。一家の財産をとりもどすため、きょうだいはさまざまにお金儲けをしようと試みるが、失敗ばかり……。登場人物のひとりが一人称で語るという、〝子ども視点〟をはじめて活用した物語。
●ロバート・コーミア『チョコレート・ウォー』北沢和彦訳　扶桑社文庫　一九九四年
アメリカのカトリック系寄宿制学校トリニティ学園では、運営資金調達のため、生徒にチョコレートの販売が課せられていた。ジェリーはこの強制に抗うが、次第に制度の網目に捕らえられていく。
●ルイーズ・フィッツヒュー『スパイになりたいハリエットのいじめ解決法』鴻巣友季子訳　講談社　一九九五年
小説家志望のハリエットは、人間観察のため、同級生、先生、親、近所のことをつぶさに観察してノートにつけていた。ある日、同級生にノートの中身を見られてきらわれてしまったハリエットは、周囲からいじめを受けることになってしまう。

●ロアルド・ダール『マチルダは小さな大天才』宮下嶺夫訳　評論社　二〇〇五年
天才的な頭脳をもつ少女マチルダは、彼女のことをかさぶたとも思わない両親に復讐し、学校へあがれば暴君的な先生をうち負かして大活躍。そして、校長先生も追い出してしまう。無理解なおとなをやっつける子どもの、痛快な物語。
●アン・ファイン『フラワー・ベイビー』墨川博子訳　評論社　二〇〇三年
小麦粉の袋を赤ん坊に見立て、世話をするというプロジェクトをやることになった中学生のクラスで、その試みをとおして生徒たちが家族や親のありかたに考えを深めていく。
●エクトール・マロ『家なき子』（上・下）二宮フサ訳　偕成社文庫　一九九七年
ふとしたことから自分が捨て子だったことを知った少年レミが、旅芸人一座といっしょにフランス中を旅する。さまざまな経験を経て成長し、実の親にめぐりあうまでの物語。
●エクトール・マロ『家なき娘』（上・下）二宮フサ訳　偕成社文庫　二〇〇二年
インドから祖父のいるフランスへたどり着いた孤児の少女ペリーヌは、身元を隠して祖父の工場に雇われる。英語が話せるという特技を買われて、ついには秘書にまで昇格。その心根の素直さとやさしさで、父を勘当していた祖父に認められる。
●ルーシー・モード・モンゴメリ〈赤毛のアン〉（全一〇巻）村岡花子訳　新潮文庫　二〇〇八年
赤毛でやせっぽち、そばかすだらけの孤児アンが手ちがいでクスバート家にひきとられ、よい女の子になろうと、失敗を重ねながらも努力していく物語。シリーズの最後は、アンの末娘リラが体験する第一次世界大戦の物語である。
●フランシス・ホジソン・バーネット『小公女』高楼方子訳　福音館書店　二〇一一年
イギリスの寄宿学校にあずけられ、「プリンセス・セーラ」と呼ばれていた裕福な少女が、父の急死と破産により、突如、使い走りの女中としてこき使われることになる。そんなとき、隣家に引っ越してきたインド帰りの紳士は、じつは彼女の父の友人だった。
●ヨハンナ・スピリ『アルプスの少女ハイジ』池田香代子訳　講談社青い鳥文庫　二〇〇五年
アルムのおじいさんにあずけられた孤児のハイジは、スイスの自然のなかですくすくと育つが、ドイツの都会につれていかれてから夢遊病になってしまう。自然と都会の対比のもと、山で健康をとりもどす子どもたちの物語。
●ルース・エルウィン・ハリス〈ヒルクレストの娘たち〉（全四巻）脇明子訳　岩波書店　一九九〇―九五年
両親を失った四人の姉妹が助けあいながら成長して、それぞれにキャリアとロマンスを手にしていく物語。同じ話が四人のそれぞれの視点から描かれる、四冊のシリーズ。
●K・M・ペイトン〈フランバーズ屋敷の人びと〉（全五巻）掛川恭子訳　岩波少年文庫　二〇〇九年
第一次世界大戦を越えて滅びかけた屋敷を再生させていくクリスチナの半生を描く。孤児のクリスチナがひきとられていった先は、古いフランバーズ屋敷だった。乗馬を愛し、古い伝統的な世界を受け継ぐ長男マークと、飛行機を愛し、新しい世界へ出ていこうとする次男ウィル。彼女の心は、ふたりのあいだで揺れ動く。

●ローラ・インガルス・ワイルダー〈大草原の小さな家〉（七巻）こだまともこ、渡辺南都子訳　講談社文庫　一九八八年
西部開拓時代のアメリカ。ウィスコンシンの大きな森からイリノイ、ミネソタの大草原へ、新天地を求めていくインガルス一家の物語を、次女ローラの幼い目から描く。おとなになってからを描く、四冊の続編もある。

●ルイーズ・アードリック『スピリット島の少女　オジブウェー族の一家の物語』宮木陽子訳　福音館書店　二〇〇四年
アメリカのスペリオル湖にあるスピリット島に住んでいたネイティヴ・アメリカンの部族たったひとりの生き残りオマーカヤズという女の子は、オジブウェー族の勇敢な女性にひろわれて、すくすくと育つ。自然を敬い、精霊を祭って、四季の恵みを大切にしつつ暮らす部族の生活が描かれる。

●マージョリー・キンナン・ローリングズ『子鹿物語』（上・中・下）大久保康雄訳　偕成社文庫　一九八三年
フロリダ州の田舎に暮らす少年ジョディは、父が撃ち殺したシカの子どもをフラッグと名づけてかわいがり、ペットにしていっしょに大きくなった。しかし、フラッグが畑の作物を荒らすようになり、ジョディは悲しい決心をしなければならなくなる。

●スターリング・ノース『はるかなるわがラスカル』亀山龍樹訳　復刊ドットコム　二〇〇四年
作者の少年時代の出来事をほぼ忠実に描いた物語。アライグマのみなしごをラスカルと名づけてかわいがっていたスターリング少年だったが、境遇が変わり、また害獣としての本性を表し始めたラスカルを飼い続けることができなくなって、森へ放してやる。

●エリック・ナイト『名犬ラッシー』飯島淳秀訳　講談社青い鳥文庫　一九九五年
イギリスのヨークシャーに住む少年ジョンがひろってかわいがっていた、コリー犬のラッシー。だが、ジョンはラッシーをスコットランドの貴族に売ってしまわねばならなくなった。ジョンを忘れられないラッシーは、本能の導くままにジョンの住む故郷へ、長い道のりを苦難の旅をしてもどってくる。

●アストリッド・リンドグレーン〈やかまし村〉（全三巻）大塚勇三訳　岩波少年文庫　二〇〇五―〇六年
やかまし村には家が三軒、子どもたちは六人。スウェーデンの小さな村の四季折々の生活を生き生きと描くシリーズ。

●アティニューケ『アンナ・ハイビスカスのお話　アンナのうちはいつもにぎやか』永瀬比奈訳　徳間書店　二〇一二年
ナイジェリアの都会に住む女の子アンナは、祖父母、父母、きょうだい、おじおば、いとこたちと同じ家に暮らしている。カナダから来たお母さんは、ときには家族が大勢すぎるような気がするらしいけれど、アンナはこのにぎやかな暮らしが大好きだ。

●ジャクリーン・ウィルソン『バイバイわたしのおうち』小竹由美子訳　偕成社　二〇〇〇年
アンディのパパとママは離婚して、それぞれ新しい配偶者と、そのつれ子たちと暮らし始めた。どちらか一方を選ぶことができないアンディは、一週間はパパと、次の一週間はママと、スーツケースをもって往復する生活を選択するが……。

●ジュディ・ブルーム『神さま、わたしマーガレットです』長田敏子訳　偕成社　一九八二年
マーガレットは一一歳。お父さんはユダヤ教徒、お母さんはキリスト教徒だが、マーガレットは無宗教で育てられている。思春期を迎えた少女の生理への不安、異性へのとまどい、宗教選択の悩みなど、おとなへの道を手探りですすむ毎日が描かれる。

●キャサリン・パターソン『ガラスの家族』岡本浜江訳　偕成社文庫　一九八九年
親に捨てられて施設で育った一一歳のギリーは、どの里親の家でももてあまされるつっぱり少女。新しい里親トロッターさんのところも逃げだすことばかり考えていた。しかし、そのうちにトロッターさんの心に触れ、この寄せ集めの家族に心をゆるし始める。

●E・L・カニグズバーグ『ベーグル・チームの作戦』松永ふみ子訳　岩波少年文庫　二〇〇六年
マークの一家はユダヤ人で、ユダヤ教の熱心な信者。もうじき「バーミツバ」（一三歳の成人式）を控えている。そんなとき、所属する少年野球の監督に母親が、コーチに兄が就任してしまい、マークは困惑してしまう。プライバシーがほしくなるお年ごろなのに、とてつもない迷惑。思春期の少年の日常を描いた物語。

●ヴァジニア・ハミルトン『わたしはアリラ』掛川恭子訳　岩波書店　一九九一年
一二歳のアリラの父はネイティヴ・アメリカン、母は黒人の血を引く。アメリカ人として生きる母親、部族の血を忘れないためにときどき行方をくらます父親、ネイティヴ・アメリカンの血を誇示する兄のジャック。そのなかでアリラが選びとった「わたし」の生きかたとは？

●ジャスティン・リチャードソン、ピーター・パーネル『タンタンタンゴはパパふたり』尾辻かな子、前田和夫訳　ポット出版　二〇〇八年
二羽のなかよしオスペンギンがいっしょに卵をかえそうと石を温めているのを見つけた飼育員は、親のいない卵を抱かせてみた。結果、生まれたタンゴにはパパがふたり。動物園であったほんとうの話をもとに描かれた絵本。

●アレックス・ジーノ『ジョージと秘密のメリッサ』島村浩子訳　偕成社　二〇一六年
四年生のジョージは心のなかは女の子であるということを、だれにもわかってもらえない。とりわけママにそれをわかってほしくて、ジョージは、親友のケリーの助けを得て、劇で女の子の役をやることにする。その結果……。

●山中恒『ぼくがぼくであること』岩波少年文庫　二〇〇一年
秀一は、口うるさい母や優等生の兄・姉にうんざりし、ある夏突然、家出を試みる。ひょんなことから同い年の少女とおじいさんの家でひと夏をすごすことになり、秀一はそこで家族の意味、おとなの弱さ、社会の矛盾などに気づいていく。

●古田足日『モグラ原っぱのなかまたち』あかね書房　一九六八年
仲よし四人組（あきら、なおゆき、かずお、ひろ子）の、宿題やいたずらや夏休みの自由研究といった日常を描いた連作短編集。最後の話では、いつも遊んでいるモグラ原っぱが土地開発されることになり、子どもたちは市長に抗議する……。

●今江祥智『ぼんぼん』岩波少年文庫　二〇一〇年
大阪弁で描かれた、著者の少年時代の物語。小学四年生の洋は、父の死、祖母の死を通じて「変わらないものはない」ことを実感する。やがてアジア・太平洋戦争の影が迫り、少年の生活を変えていく。

●那須正幹『ぼくらは海へ』文春文庫　二〇一〇年

埋立地の小屋に集まった六人の少年が、廃材の山を見ていかだをつくろうと思いつく。家庭環境もちがえば事情もちがうが、それぞれに鬱屈を抱えた彼ら。ある台風の夜、そのいかだを守ろうとしてひとりが死んでしまう。残されたうちのふたりは、死んだ少年のあとを追うようにいかだで海に出て、帰ってこなかった……。

●壺井栄『二十四の瞳』講談社青い鳥文庫　二〇〇七年

小豆島の岬の分校に、新任の女の先生がやってきた。自転車に乗るハイカラな「おなご先生」として一二人の子どもたちの敬愛を受ける大石先生。はじめは胡散臭く思っていた村の人びとも、次第に彼女を受け入れていく。やがて、戦争が始まり……。

●宮川ひろ『先生のつうしんぼ』偕成社文庫　一九八四年

クラスの同級生と先生とのあたたかい交流を描く。吾郎は、つうしんぼをもらうのがゆううつだった。あるとき、担任の古谷先生がにんじんが苦手であると知った吾郎は、先生にもつうしんぼをつけてやろうと思い立つ……。

●灰谷健次郎『兎の眼』フォア文庫　理論社　一九八三年

いろいろな問題にぶつかり、悩みながら成長していく若い先生の物語。新任の小谷先生が受けもった一年生のクラスには、ひとことも口をきかない問題児の鉄三がいた。しかし、鉄三はハエについては非常に詳しいという変わった特技をもっていたのだ……。

●古田足日『宿題ひきうけ株式会社』フォア文庫　理論社　一九九六年

五年生の仲よし五人組が、勉強と宿題への疑問から「宿題ひきうけ株式会社」を設立。しばらくは好評を博するが、先生にばれて、あえなく解散することに。進級して別べつのクラスになった五人は、さらに「試験・宿題なくそう組合」をつくって世のなかの仕組みを問い直そうと試みる。改訂新版。

●岩瀬成子『きみは知らないほうがいい』文研じゅべにーる　二〇一四年

小学校六年生の少女の視点から、息苦しくなるような閉塞感に閉ざされた学校と、それを乗り越えようとする意志のありかたを描いている。

●如月かずさ『給食アンサンブル（飛ぶ教室の本）』光村図書出版　二〇一八年

六人の中学生の学校での毎日が、黒糖パンやミルメークなどおなじみのメニューに絡みつつ展開する連作短編集。

●ひこ・田中『お引越し』講談社文庫　二〇〇八年

六年生のレンコの生活は、両親の離婚で大きく変わった。それは、レンコと親が、親子としてではなく人間として向きあうきっかけとなり、彼女が子どもで女であることにいらだちつつ生きる出発点となった。

●丘修三『ぼくのお姉さん』偕成社文庫　二〇〇二年

障碍者と非障碍者の人間関係をとらえた短編集。表題は、福祉作業所で働き始めたダウン症の姉が、はじめての給料で弟と両親をレストランへ招待する話。そのほかの話も、世間の目やだれのなかにもある無知、偏見など、障碍をとりまく現実を描いている。

●湯本香樹実『夏の庭　Ｔｈｅ　Ｆｒｉｅｎｄｓ』徳間書店　二〇〇一年

人が死ぬところを見てみたい――そんなきっかけで、六年生の仲よし三人組は、近所の家に住む孤独なおじいさんをウォッチングすることにする。しかし、三人はおじいさんとだんだん仲よくなり、おじいさんが戦争体験という過去を抱えていることを知る。そして、思いがけないかたちで「死」が訪れて……。

●岡田依世子『トライフル・トライアングル』新日本出版社　二〇〇八年
ビーズ細工が大好きな健と、柔道に燃える愛は、ふたごのきょうだい。男女逆ではといわれるふたりの住むマンションの一階に、レインボーというカフェができた。店主は、静さんという、一見女性だがじつは性同一性障害に悩んで性転換した人だった。

●いとうみく『あしたの幸福』理論社　二〇二一年
父親と二人暮らしだった中学生の雨音は、突然の父の事故死後、出ていった母親と、父が再婚するはずだった女性と、三人で奇妙な同居生活を始める。居場所と家族の絆は自然にできるものではないことを考えさせる物語。

〈もっと読みたい人のために〉

●ミルドレッド・ジョーダン『アーミッシュに生まれてよかった』池田智訳　評論社　一九九二年
アーミッシュとは、アメリカで一九世紀そのままの生活を続けているキリスト教の一派。機械も電気も使わず質素に暮らす人びとである。そんな家族に生まれたケイトが、自分たちの生活に疑問を抱き、どう生きるべきなのか悩んだ末、出した結論は……。

●アイザック・B・シンガー『よろこびの日　ワルシャワの少年時代』工藤幸雄訳　岩波少年文庫　一九九〇年
ポーランド生まれのイディッシュ語作家としてノーベル賞を受賞した作者の、少年時代を描いた自伝的物語。

●ウルフ・スタルク『シロクマたちのダンス』菱木晃子訳　偕成社　一九九六年
クリスマスの日に突然、母さんの裏切りが露見した。父さんと母さんは離婚し、ラッセの生活は大きく変化する。シロクマのように不器用な父さんへの気持ちを、ラッセがプレスリーの歌に託して一人称で語る、一三幕の芝居仕立ての物語。

●いとうみく『つくしちゃんとおねえちゃん』福音館書店　二〇二一年
二年生の妹つくしちゃんから見ると、四年生のおねえちゃんはすごくえらいし、なんでもできる。そしてちょっと足を引きずる。気が強く優等生の姉を、ちょっとぶきっちょな妹の目から描く日常の物語。

●樫崎茜『手で見るぼくの世界は』くもん出版　二〇二二年
視覚支援学校が舞台。佑と双葉というふたりの視力障碍のある中学生を主人公に、その心の揺らぎや葛藤を超えて世界へ踏み出していく姿を描く。

●神沢利子『流れのほとり』福音館文庫　二〇〇三年
著者の子ども時代を描いた自伝的作品。父親の転勤で、南樺太に越していった一家。小学校二年生の次女麻子は、引っこみ思案の不器用な少女である。北の町の厳しい寒さのなかの生活を背景に、麻子が女学校受験に出かける日までの物語。

●戸森しるこ『ぼくたちのリアル』講談社　二〇一六年
五年生の新学期、学年一の人気者の璃在（リアル）と、彼にややコンプレックスを抱く幼なじみのぼくは、転校してきた少年サジと出会う。学校を舞台に三人の少年の友情をさらりと描いた物語。
●中脇初枝『きみはいい子』ポプラ文庫　二〇一四年
同じ町に暮らす人びとが登場し、少しずつ連なっていく連作短編集。児童虐待やその傷跡を抱えた人びとなどさまざまな家族のありようを描く。
●梨木香歩『西の魔女が死んだ』新潮文庫　二〇〇一年
中学校に入ってから不登校を続けるまいは、祖母の住む山のなかの家にあずけられることになった。自給自足の生活をしていた祖母との暮らしは楽しかったが、単身赴任していた父がもどってきて、親子三人で暮らそうと提案する……。
●那須正幹〈ズッコケ三人組〉（全五〇巻）ズッコケ文庫Z　ポプラ社　二〇〇五年
元気がよいハチベエ、メガネの知的なハカセ、体は大きいのに気の弱いモーちゃんの三人組がまき起こす大騒動や日常を舞台とした冒険物語。読みやすさと楽しさで大人気の、超ロングセラー・シリーズ。
●長谷川まりる『お絵かき禁止の国』講談社　二〇一九年
中三のハルは同級生の女子あきらを好きになったと自覚する。そういう人がいるんだって知ってはいたけれど、自分がそうだったとは。ごくふつうの日常のなかで、とまどう主人公の内面に迫る。
●古田足日『大きい一年生と小さな二年生』偕成社文庫　二〇〇三年
身体は大きいのに弱虫のまさやは一年生、ちびだけれど元気いっぱいのあきよは二年生。あきよとの交流をとおしてだんだんと人のことを思いやれるようになっていくまさやの、自立の物語。
●最上一平『じゅげむの夏』佼成出版社　二〇二二年
山村に暮らす四人のなかよし四年生は、この夏休みをすごい冒険の夏にしようと計画する。そのなかのひとりは進行性の筋ジストロフィーで歩くのも不自由なのだが、手をとりあって未来に向かう子どもたちの姿がすがすがしい。
●森絵都『宇宙のみなしご』角川文庫　二〇一〇年
一四歳の陽子と弟のリンは、両親が忙しいため、いつもふたりで過ごしてきた。不登校やいじめといった問題、嫉妬や妄想、自己嫌悪などの心理を見据えて、しかし軽くさらりと描いた物語。

第７章 冒険物語――探索・試練・挑戦・救出・サバイバル

一般に、「冒険物語」といえば、主人公が家庭、親元、学校などの日常をはなれた状況で、探索や救出、宝探し、敵の打倒、サバイバルなど、ふりかかる試練や困難への挑戦を通じて達成していく物語と定義することができる。ファンタジーにしろ、リアリズムにしろ（またはノンフィクションの場合もありうるが）、「○○の冒険」という題名の児童文学が非常にたくさんあることは、周知の事実である。その理由はなんだろうか。

主人公が経験する波乱万丈の冒険物語は、そのプロットだけでも読者を十分にひきつける。わくわくするサスペンス、未知の場所や事物、現象との出会いがもたらす魅惑、困難をなしとげたときの達成感など、冒険物語は読者をひきつけてやまない、おもしろさに満ちた読みものである。

同時に、冒険の過程での多くの経験や出会いは、主人公を前進させ、その認識を変えてひとまわり大きな存在へ成長させる。冒険の末に主人公が手にするのは、宝物、お姫さま、勝利、友情……。それだけではない、自分とはなにか、自分が世界ですべきことはなにかという、主体性の目覚めでもある。

冒険という事象を広くとらえれば、幼児のはじめてのお留守番体験も、はじめて親元をはなれて祖父母の家に出かける体験譚《たん》も、「冒険物語」のひとつといえる。図式化すれば、〈安寧→困難→克服→帰還〉というパターン、つまり「行きて帰りし」物語が、冒険物語の基本にある。そしてそれは、多くの児童文学の基本パターンでもあることがわかる。

子どもたちにとって、世界はおとなよりもずっと未知の範囲が広く、はじめての出会いやはじめての経験も、はるかに多い。これから生きていく人生は、まさに冒険の旅になぞらえられる。そうなると、冒険物語は読者に、人生のひとつのシミュレーションを示すものになる。読者は、そこで活躍する子ども主人公に自らを重ねあわせて、世界を生き抜く知恵を会得することにもなるだろう。

ファンタジーの架空の国での物語も冒険であるし、舞台が宇宙になれば、それはＳＦと呼ばれることになるが、ここでは基本的にリアリズムの冒険物語を紹介することにする。

伝承文学の主人公の活躍がしばしば冒険物語の構造をもっていることは明らかであるが、近代になってからの小説の世界では、ダニエル・デフォー（一六六〇？―一七三一）の『ロビンソン・クルーソー』（一七一九）が冒険物語の始祖だといわれている。出版当時からたいへんな人気を博したこの物語は、そもそもはノンフィクション＝ほんとうにあった話であるとして、おとな向けに書かれたものだった。その後、すぐに、アクション性が強くサスペンス感に富んだ部分のみが子ども向けにダイジェストされて、絵本や簡単な物語本として流布した。

この人気を受けて、家族ぐるみでの漂流物語、友人三人の孤島での冒険もの、女の子が主人公のものなど、さまざまなバリエーションを加えた孤島漂流冒険ものが次々と書かれ、現代にいたっている。それらは〈ロビンソンもの〉〈ロビンソン変形譚《たん》〉と呼ばれて、冒険物語のなかのひとつの大きなカテゴリーを占めている。

子ども向けの冒険物語といっても、歴史によるその変化の過程を見れば、一九世紀イギリスの帝国・植民地主義政策、アメリカの辺境開拓と自然の制圧が物語には色濃く反映されており、二〇世紀になると冒険の範囲は狭まり、日常化していったことがわかる。二つの大戦を経てからは、物語は次第に内面化していく。

異文化との遭遇、そしてそれとの戦いや制圧は、冒険物語に欠かせない要素である。伝承文学の時代には、それは究極の他者としての「鬼」「ドラゴン」として描かれたが、ロビンソン・クルーソーの時代には、危険きわまりない（しかし、教化可能な）「人食い人種」、また西部劇的な開拓地では猛獣や先住民などのかたちをとった。現在の日常化した冒険物語では、他者とは、無理解なおとなであったり、無力な子ども（個人）を抑圧する制度や慣習であったりする。

困難を乗り越えて手に入れる宝物も、海賊が隠した宝物であることもあれば、目には見えないもの——たとえば友情や信頼、だれも知らない秘密など——であることもあり、かけがえのない自分という自己認識であることもある。

ひとつの典型的な冒険物語の構造を示すために、ロバート・ウェストール（一九二九—九三）の『海辺の王国』（原著一九九〇）を例にとってみよう。（　）に入れて示したのは、多くの冒険物語に見られる共通要素ともいえるものである。

この物語は、第二次世界大戦中に空襲を受けて家族と家を失うという非日常の状況に追いこまれた、ハリーという少年が主人公である。親の保護と住む場所を失ったハリーは、食べるもの、暮らす場所を求めて旅に出る（日常からの逸脱）。伴侶は、イヌのドンである（動物の援助者）。

ときには子どもであることを利用し、これまでの経験や父からの教えを思い出しつつ、ハリーは工夫を重ね、知恵をしぼってサバイバルの旅を続ける。途中、さまざまなおとなたちが彼に関わる。廃車になった電車のなかに、だれかの役に立つよう生活用品を置いていった牧師夫妻、漂流物をひろって生活する術を教えてくれたホームレス、マスコットのようにハリーをかわいがってくれた兵隊たち、若かりしころの思い出に生きる老婦人など（年長の援助者）。

その間、ハリーはそれらの人びとの人生に触れ、それまで知らなかった世界の広さや生きるための知恵を、新たに会得する（精神的成長）。

だが、出会いは危険も含んでいた。ハリーを脅かすホモセクシュアルの上官、無一文のハリーを追い出す教会の門番、よそ者を排除しようとする島の子どもたちなど（危機）。

そして島からの帰り道、満ち潮にあったハリーは、すんでのところでドンともども溺れ死んでしまいそうになった（死の疑似体験）。

救い出してくれたのがマーガトロイトさんという学校の教師で、息子を失い心の傷を負っていた彼は、ハリーをその代替として受け入れる。ハリーもまた、この初老の男性に新たな父の姿を見出し、ふたりは血のつながらない家族として再出発する（新しい共同体への帰属、家族という宝の発見）。

ここで結末を迎えれば、この話はハッピー・エンディングの冒険物語として読めるのだが、実際の結末はそうはならない。皮肉なことにハリーの実の家族が生きており、ハリーは、もうすでに捨て去ってしまった価値観にとらわれ続けている古い器へもどることを余儀なくされる。冒険の結果、実際の親よりも成長をとげてしまった少年という新しい要素が、この物語には見られる。

このように、冒険物語は構造がはっきりとしており、おもしろさもわかりやすいが、そこに著者が付け加えたひねりに気づけば、さらに物語の奥底に秘められた意味に触れることができる。

課　題

①昔話「桃太郎」の物語を、冒険物語の構造で分析しなさい。

②『クローディアの秘密』を読んで、主人公にとって冒険とはなにか、得た宝物とはなにか、典型的な冒険物語からはずれているところ、個性的なところはどこか、論じなさい。

③意外な物語（または絵本）に見られる冒険物語の枠組みについて論じなさい。

■ブックリスト

本文であげた本については出てきた順に、それ以外は著者のアイウエオ順に並べる。できるだけ入手可能な版をあげた。

〈研究書〉

●岩尾龍太郎『ロビンソン変形譚《たん》小史　物語の漂流』みすず書房　二〇〇〇年

●水間千恵『女になった海賊と大人にならない子どもたち　ロビンソン変形譚《たん》のゆくえ』玉川大学出版部　二〇〇九年

〈本文に出てきた作品〉

●ダニエル・デフォー『ロビンソン・クルーソー』海保眞夫訳　岩波少年文庫　二〇〇四年

父親の反対を押し切って海に出たロビンソンは、船が難破して無人島に打ちあげられる。彼はそこで、たったひとりで小屋をつくり、山羊を飼い、神に祈りをささげつつサバイバル生活をおくる。イギリスの船に助けられて故郷に帰るまでの生活記録。

●ロバート・ウェストール『海辺の王国』坂崎麻子訳　徳間書店　一九九五年

空襲で家族を失ったと思いこんだハリーが、イヌのドンをつれて海岸沿いに旅を続ける。さまざまな経験を積み、さまざまな人と関わりをもちながら成長していく姿を描く。

●Ｅ・Ｌ・カニグズバーグ『クローディアの秘密』松永ふみ子訳　岩波少年文庫　二〇〇〇年

毎日同じことのくり返しにうんざりしたクローディア、一二歳。家出をしてなにかを探してみようと、弟を誘ってメトロポリタン美術館に家出する。こっそりと美術館で暮らしながら彼女が見つけた宝物は、ほかの人はだれも知らないある「秘密」だった。

〈もっと読みたい人のために〉

●ヨハン・ダビット・ウィース『スイスのロビンソン』小川超訳　学習研究社　一九七七年

牧師の父、その妻と四人の子どもたちがオーストラリアにいく途中、船が難破して南海の孤島にたどり着く。そこで家をつくり、暮らしを立てていく、家族ぐるみのサバイバル物語。

●スコット・オデル『青いイルカの島』藤原英司訳　理論社　二〇〇四年

一二歳の少女カラーナは、ガラサット部落の酋長の娘。部族はアリュート人（ロシア人）に追われて移住することになるが、たまたま彼女と弟だけが島にとり残されてしまう。弟は野犬に殺され、その後たったひとりで生き延びていくカラーナの生活を描く。

●エーリヒ・ケストナー『エーミールと探偵たち』池田香代子訳　岩波少年文庫　二〇〇〇年
祖母といとこに会うためにベルリンへ旅立ったエーミールは、汽車のなかで、お母さんが苦労してためたなけなしのお金を盗まれてしまう。ベルリン中の少年たちがエーミールに協力してどろぼうを追いつめ、首尾よく捕まえるという探偵・冒険物語。
●ジーン・クレイグヘッド・ジョージ『狼とくらした少女ジュリー』西郷容子訳　徳間書店　一九九六年
一三歳で親の決めた婚約者と結婚したエスキモーの少女ジュリーは、自分を人間的に扱ってくれない婚家に絶望し、サンフランシスコを目指してツンドラを横断する。途中、道に迷って死にかけたジュリーは、オオカミの群れに助けられる。
●ロバート・ルイス・スティーヴンスン『宝島』海保眞夫訳　岩波少年文庫　二〇〇〇年
宿屋の息子ジム・ホーキンズは、偶然、海賊の隠した宝のありかの地図を手に入れた。リブシー医師とトレローニ氏とともに、ジョン・シルバーという船乗りの協力を得て宝探しの航海に出るが、シルバーの意外な正体が明らかになり……。
●マーク・トウェーン『トム・ソーヤーの冒険』飯島淳秀訳　講談社青い鳥文庫　二〇一二年
親がいなくてポリー伯母さんに育てられているトムは、とてつもないわんぱく。仲間と宝探しをしたり、家出して川の中州で海賊ごっこに夢中になったり。あるとき、偶然殺人事件を目撃して無実の罪を着せられた男を救い、一躍町のヒーローとなる。
●ジュラルディン・マコックラン『世界のはての少年』杉田七重訳　東京創元社　二〇一九年
スコットランド沖の絶海の孤島に、海鳥をとりに出かけた一二人の子どもたち。迎えにくるはずの舟が現れず、迫りくる不安のなか、厳しい自然と戦いつつサバイバルしなければならなくなった。半年にわたる絶望の日々、主人公クイリアムを支えたのは？
●アーサー・ランサム『ツバメ号とアマゾン号』（上・下）神宮輝夫訳　岩波少年文庫　二〇一〇年
夏休み、ウォーカー家のジョン、スーザン、ティティ、ロジャは、湖水地方で帆船を「ツバメ号」と名づけ、小島でテント生活を楽しむ。そこにブラケット家のナンシィ、ペギィ姉妹も「アマゾン号」で参加し、冒険ごっこを満喫する。
●アストリッド・リンドグレーン『名探偵カッレくん』『カッレくんの冒険』『名探偵カッレとスパイ団』尾崎義訳　岩波少年文庫　二〇〇五—〇七年
一四歳のカッレは、名探偵に憧れる少年。靴屋の息子アンデス、パン屋の娘エーヴァ・ロッタという遊び仲間がいる。ある日、エーヴァ・ロッタのおじと名のる不思議な男が現れて……。夢見たとおりの探偵活動に乗りだすカッレくんの活躍を描く。
●モーリス・ルブラン〈怪盗ルパン〉文庫版（全二〇巻）南洋一郎訳　ポプラ社　二〇〇五年
『奇岩城』『怪盗紳士』など、怪盗にして紳士であるアルセーヌ・ルパンの活躍を描くシリーズ。小学生向けのダイジェストであるが、非常にうまくまとめられていて、原作のおもしろさを十分楽しめる。
●江戸川乱歩〈少年探偵〉（全二六巻）ポプラ文庫クラシック　二〇〇九年
明智小五郎探偵が、小林少年を筆頭とする少年探偵団とともに怪人二十面相に挑む、探偵・冒険物語の古典。
●筒井康隆『時を駆ける少女』角川文庫　二〇〇六年
一九六七年に出版されてから幾度もドラマ化、映画化、アニメ化されているジュブナイルＳＦ。中学三年の和子は、理科室で不思議なラベンダーの香りを吸って気を失って以来、なぜかテレポーテーションとタイム・リープができるようになってしまう。

子どもの本ができるまで——松田素子（まつだ・もとこ）

〈こそあどの森の物語〉が生まれたところ

一九九四年一二月、シリーズ一冊目となる『ふしぎな木の実の料理法』（理論社）が刊行された。岡田淳の〈こそあどの森の物語〉の誕生である。二〇一七年に一二冊でシリーズとして完結をみたあとも、さらに番外編が刊行され、著者にとってまさにライフワークとなったこの物語の、萌芽から現在にいたるまで、担当編集者としてその誕生と成長を見てきた。ここではその始まりの日のことを書こうと思う。

興味深いのは、この物語の胎動が始まったのが、じつは、原稿用紙の上ではなかったことだ。それは、スケッチブックの上で始まったのである。それは、なぜだったのか——。

私にとっての始まりは一九九一年の秋。理論社の日比野茂樹さんという編集長から連絡があった。「岡田さんに、シリーズものを書いてもらいたいと思っていたんだ。そのバトンを、引き継いでくれ」。日比野さんはその二年前から岡田さんとそういう話をしていたらしいのだが、近々編集者を引退するということで、その企画を受け継げということだった。

岡田さんは希代のストーリーテラーである。小学校の図工の先生をしておられた関係からか、学校を舞台にした作品が多い。とはいえ、シリーズものとなれば、ひとつのストーリーで完結というわけにはいかない。いわば、ある種の「場」というか、「世界のようなもの」が必要なのではないかと考えた。その世界は、岡田さん自身も地図のすべてを把握しきれないような、地図さえも動き続けているような、作者自身にとっても未知の空間の残る、迷いこめるような、そんな場所なのではないか……、だとしたら、よく知っている学校ではなく、もっとどこかちがう場所かも……、そんな場所を見つけるにはどうしたらいいのだろう……、と、「……」ばかりの気持ちを抱えて、岡田さんに会った。

まずはストーリーは考えず、物語が生まれる世界を見つけるところから始めませんか？　というようなことを話した（と思う）。ストーリーのための登場人物ではなく、そこに住んでいるだれかを見つけることから始めませんか？　というような話もした（と思う）。そんな打合せを経て、岡田さんは、まずスケッチブックに絵を描き始めた。つまり、文字ではなく、絵から「こそあどの森」へ入っていったのだ。じつは私はそのスケッチブックのコピーの一部をいただいてもっている。今回の原稿のためにあらためて開いてみた。その後「こそあど」に出てくる者たちの家の設計図やら、まだシリーズに登場していない者たちも、そこにいる。ふと見ると、絵を描き始めた日付がメモってあった。見てみると、一九九二年の、なんと一月二日！　岡田さんのみずみずしい決心が、そのスタート日に現れているのがわかる。

――「作る」というよりも、その世界を訪ね、そこに住む者たちとつきあうように「生み」出された物語世界は、そうして、あたかも本当に存在しているかのように、作者と読者のなかで広がっていった。そしてさらにもうひとつ。そこには、ただ絵だけが描かれていたのではなかった。さまざまなメモが文字としても書いてある。絵から線が引かれてメモがあり、そこからさらに枝を伸ばすように、また新たな発想がメモされている。断片のように見えた絵やメモが寄り集まり、物語の骨格が、ゆっくりと確実にスケッチブックの上で組み上げられていく様子が見えるようだ……。

「この森でもなければ　その森でもない　あの森でもなければ　どの森でもない　こそあどの森　こそあどの森」という歌を歌いながら郵便配達のドーモさんがやってくる。まるでツメクサの葉に浮かぶ数字を数えればたどり着けるという宮沢賢治の「ポラーノの広場」のようではないか！　かくして「こそあどの森」は、わくわくと、生き生きと出現したのである！

文学と絵本の接点、そしてノンフィクション

――さて次に、いきなりだけれど、「児童文学」という枠組みを拡大解釈させてもらうことをお許しいただきたい。まど・みちおの詩の絵本と宮沢賢治の童話の絵本のことに少し触れておきたいのだ。

童謡がメロディにのって届くのなら、詩を、絵本という乗りものにのせて届けてみたい。そんな思いから『せんねん　まんねん』（絵／柚木沙弥郎　理論社）、『くうき』（絵／ささめやゆき　理論社）、『水はうたいます』（絵／nakaban　理論社）、『よかったなあ』（絵／あずみ虫　理論社）、『ぼくが　ここに』（絵／きたむらさとし　理論社）が生まれた。『せんねん　まんねん』は最初の依頼から一三年を経て本になった。当初、柚木さんは「とても描けない」とおっしゃった。まどさんの詩が難解なのではない。じつにシンプルなのだ。シンプルなものほどむずかしいということを見抜いていた柚木さんはさすがなのである。しかし、私はあきらめが悪い。折あるごとにいい続けた。ある日、柚木さんがしみじみと「八〇もすぎたし、もう役に立たなくちゃ」といってくれた。とはいえ、ただ待っていればできるのではない。詩について何時間も話しあった。どう解釈し、どう描くか、ともに練っていった。詩を、文章を、どこまで深く読みこみ、それをどう読者に伝えていくか、格闘し、表紙も七回描き直された。

『くうき』のささめやさんも同様だった。なにしろ目に見えない空気を描くのだ。具体的なことを紹介する紙幅がないのが残念だが、その成果はぜひ絵本を手にとって、自身で感じていただきたい。

ともあれ、絵本はなによりも、ページをめくって展開していくメディアである。めくるという動作とともに絵を見て（読み）、言葉を読む。そのとき言葉の届きかたは明らかに変わる。一行一行があらためて心に刻まれる。それは不思議なほどの力だ。そうやって、人の心の奥へと届くことを願って、私は、あえて、詩を、絵本にした。このあと、さらにもう一冊、刊行予定だ。

宮沢賢治の童話の絵本化もしている。それこそ「なぜ?」と問われるかもしれない。絵でイメージを決めつけるとお叱りを受けるかもしれない。しかしそれでもいいたいのだが、絵本化していくことは、もう一度賢治童話の世界を深く旅することそのものなのだ。その例を一つだけ紹介する。『なめとこ山の熊』(絵/あべ弘士　ミキハウス)のことだ。猟師の小十郎は熊を殺す。そして最後に熊に殺される。やるせないが神々しさも漂う物語だ。殺した熊の皮をはぎ、血がしたたるという場面で、あべさんは、最初のダミーでは文章に沿った絵を描いた。しかし、それは変わった。猟師は小さなシルエットになり、代りに大きく描かれたのはオオコノハズク。その足にはネズミががっしりと捕らえられている。生きるというのはきれいごとではない。生命は生命を喰らいながら生きるのだ。否応もないこの事実。バックの空は全面夕焼け色。その赤さは生命の流れの血の色とも重なる。絵描きは、物語の表面から奥底へと降りていき、賢治がいわんとした、その秘められた言葉と思いを汲み上げて、絵として昇華したのだ。

たしかに、「絵本」と「児童文学」は別のものである。しかし、詩や童話や児童文学を絵本化するということは、その作品をさらに深く旅することであるということだけはわかっていただけたらと願う。

最後にノンフィクションに触れよう。二〇一一年に『ヤモリの指から不思議なテープ』(文/松田素子・江口絵理　絵/西澤真樹子　アリス館)という科学本(副題=自然に学んだすごい!技術)を出した。企画編集だけでなく取材と執筆も手がけた。子どもにとっては柔《やわ》な球ではない。豪速球かもしれない。しかし、子どもというのは、本気で自分に向けて投げられた球だと知れば、その球から簡単には逃げないと信じている。すぐにわかることは重要ではないのだ。魅力的な「わからない」があるからこそ世界の広さに気づくのだ。知識ではなく感動や疑問こそが自分自身の足で歩き出す力になると信じて、私は子どもの本を作ってきた。噛み砕きすぎたものではなく歯ごたえのある本を、目から涙もいいがウロコが落ちるような本をつくりたい。それはきっと、その子の人生の核やマグマとなると信じている。(フリー編集者)

ライトノベルとはなにか――久米依子（くめ・よりこ）

ライトノベルの誕生

「ライトノベル」という呼称が一般化し始めたのは、九〇年代はじめである。それまで「ジュブナイル」とか「ジュニア小説」などと呼ばれていた青少年向けの、主として文庫レーベルで発行されるエンターテインメント小説に、新しい傾向と人気の高まりが見られ、それにふさわしい呼称が求められたと考えられる。また、この名称はまずインターネット上で生まれ、流布していった。その点にも、ライトノベルがパソコンやケータイ、ゲーム機などメディア機器に囲まれた、青少年の新たな生活環境に親和性が高いジャンルであることが示唆されている。

このライトノベルの来歴は、明治期に始まる少年・少女小説までさかのぼることができる。一八九〇年代に本格的に発行が始まった日本の年少者向け大衆雑誌は、はやくから空想的・娯楽的読みものを載せ、昭和期（一九二〇年代後半以降）に入ると、一般文芸の有名作家である吉川英治や江戸川乱歩なども参入して多数の長編小説が書かれた。

戦後はマンガが台頭したため、少年・少女小説の勢いは衰えたが、八〇年代後半、作家氷室冴子が軽快な文体と少女マンガの影響が見られる作風で少女小説に一大ブームを起こす。少年向け小説はそれにやや遅れをとったが、ロールプレイングゲームやSF映画の流行もとり入れ、水野良〈ロードス島戦記〉シリーズ（一九八八―九三）や神坂一〈スレイヤーズ〉シリーズ（一九九〇―）が登場した。これらは異世界が舞台の新しい冒険小説であり、表紙絵やイラスト面でも、また内容的にも、マンガ・アニメ・ゲームとの類似性が目立ち、ライトノベルの直接的源流になったと見なされている。しかしライトノベルが、新しい呼称とともに刷新されたジャンルとしてあらためて注目されたのは、その次の段階——九〇年代後半にいたってからである。

ジャンルのテイク・オフ

一九九五年は、日本の社会全体にとっても、マンガ・アニメ・ゲームなどのサブカルチャーにとっても、重大な節目となった。一月に阪神・淡路大震災が起きて死者が五〇〇〇人を超え、三月にはオウム真理教による地下鉄サリン事件が起きた。その暗い世相を反映したかのようなテレビアニメ『新世紀エヴァンゲリオン』が、一〇月から翌年の三月まで放送される。トラウマを抱えた少年少女の苦悩を前景化した先鋭的表現は、それまでの巨大搭乗型ロボットアニメの常識を塗り替えた。さらに九七年五月に神戸連続児童殺傷事件が起き、六月末に犯人が一四歳と判明して、日本中が衝撃を受ける。その直後の七月、テレビ版を完結させる『新世紀エヴァンゲリオン劇場版　Ａｉｒ／まごころを、君に』がファンの異様な熱気のなか、公開された。

こうした時代の雰囲気に応じて生まれたと考えられるのが、上遠野浩平の学園ものダークファンタジー〈ブギーポップは笑わない〉シリーズ（一九九八—）である。心の闇にとりつくような不気味な異生物ブギーポップのために、高校生が無意識に凄惨な事件に関わっていくという人間の多面性を示した物語は、青春小説の新たな局面を開き、この作品に惹かれてライトノベル作家を志す若者が増えたといわれる。続いて〈キノの旅〉シリーズ（二〇〇〇—）の時雨沢恵一や、乙一、奈須きのこといった作家が、残酷な描写をともないながら人間の愚かさや生の哀しみが感じられる作品を発表する。もちろん、一方で

〈スレイヤーズ〉シリーズのような明るく楽しいエンターテインメントも数多く出版されたのだが、新名称のジャンルを広く認めさせたのは、おとなにも読み応えのあるこうした作品が出現したことによる。

さらに谷川流のＳＦ学園もの〈涼宮ハルヒ〉シリーズ（二〇〇三―）が、青春期のアイデンティティ確認というテーマを、魅力的なキャラクターに仕立てた未来人や宇宙人との交流を介して描く。これがアニメ化の効果もあってたいへんな人気作となるにおよんで、ライトノベルの青少年層への浸透は決定的なものとなった。それにしたがい、当初は少年向け作品にのみ使われたライトノベルという呼称が、少女小説にも使われるようになってきた。

差異と境界

現在は、多種多様な作品が毎月おびただしく出版され、ライトノベルを簡単に定義することはむずかしくなったが、総じて以下のような特色があるとされる。まず、マンガ・アニメ的なイラストがつき、青少年に親しみやすい語り口がとられ、非現実的設定と人物（キャラクター）が描かれること、セクシュアルなボーイ・ミーツ・ガール物語の要素があること、である（しかしこの条件からはずれる作品も多いので、注意は必要である）。二〇〇〇年代は〈ハルヒ〉シリーズの影響下、コミカルな学園ものに人気があったが、二〇一〇年代にはウェブゲームの設定を生かした作品が支持され、また東日本大震災以後は、ネット投稿サイトを発信源とする異世界転生物語が爆発的に増えた。そのブームも一段落しつつある二〇二〇年代には、一般文芸のエンターテインメント小説とあまり変わらない作品も見受けられる。また一般文芸ではファンタジックな設定や奇矯なキャラクターが描かれる作品が増えているので、ライトノベルとの差異は縮まっているといえよう。また、児童文学との境界も曖昧になっている。ライトノベルの勢いに押されるようにして、児童文学でも表紙や挿し絵にアニメ・マンガ的なイラストを使ったり、文章がラフな口語調だったり、ミステリーや怪異譚《たん》やSF的な物語展開をとる作品が目立ってきた。ライトノベルほどではないが、少年少女の淡い恋も描かれている。

しかし、多くの児童文学にはまだ、作中の出来事を社会問題につながらせようという暗黙の了解が認められる。学校内の事件も家族や友人間の悩みも、児童文学では基本的に社会事象の一端としてとらえられるが、ライトノベルでは、現実の社会はカッコにくくられがちである。たとえばゼロ年代に「セカイ系」と呼ばれた作品（秋山瑞人〈イリヤの空、UFOの夏〉シリーズ〔二〇〇一―〇三〕など）は、少年少女が家族や地域などの中間領域をとび越え、じかに世界全体や宇宙の危機に向かう構造をとっている。つまり、現実離れした物語が終始同質的な人びとと世界観のなかで維持される。より広範で複雑なコミュニティを想定し、異質な他者や思想に出会おうとする志向は希薄であり、作品は狭い領域内に閉じている。現代社会の動向とは別に、趣味的な奇想性を楽しみ、青春期の感傷を味わうに留まる傾向が強いのである。

先に、九〇年代後半の社会状況がジャンルを発展させたと述べたが、それは人物や物語にダークな陰影をもたらしたものの、社会問題を積極的にテーマとしてとりこむにはいたらなかったわけである。社会問題はあくまで作中の雰囲気づくりや事件のネタに利用される程度である。ただしそれは、一般文芸のエンターテインメント小説やテレビドラマでも同様であり、商業主義的に提供され娯楽本位に消費されがちなジャンル共通の問題といえよう。

そのような限界はあるが、ライトノベルはすでに文庫本の売り上げ全体の三割を占め、中高生の読書対象として一般化している。いわゆる、〈健全〉で〈向日的〉な児童文学では補えない視点や、思春期の心理を探る新たな方法を示していることは、理解しておくべきだろう。今後、児童文学がこのジャンルを含んで再編成されるか、あるいは互いを排除しながらジャンルの境界が保たれるか、しばらくは推移を見守る必要があると考える。

（日本大学文理学部教授）

第８章 歴史小説――過去という舞台の上で

「歴史小説」というのは、過去に実際にあった事件や生きていた人物といった「事実」に基づく題材を、虚構のかたちで描く小説のことである。ファンタジーでは「他界」と呼ぶ世界が歴史上のある時代にあたるのが、歴史小説だといってもいいだろう。

歴史小説が単なる歴史の叙述と異なるのは、ある歴史観をもった作者が、想像力で事実と事実のあいだを埋め、受け入れやすく、親しみやすいかたちで、過去の出来事や人物を読者に語るという点である。

歴史小説は、歴史上の事実を重視し、過去を再現することを目的とするものもあれば、過去を舞台として考え、時代設定は忠実に守りつつも、そのなかに架空の人物を配して、現代を舞台としたときには書けないような展開をもくろむものもある。

前者は、子ども向けの小説である場合、有名な歴史上の人物の子ども時代に焦点をあてたり、その人物の近くに読者が感情移入できるような子どもの視点人物を配置したりすることで、子どもならではの〈弱者〉または〈傍観者〉の視点を生かした歴史の語り直しが試みられる場合が多い。

後者は、過去の時代という〝異界〟に遊ぶおもしろさはもちろんのこと、ファンタジーの異界ものと同様に、そこには若い読者に向けられた独特のメッセージがこめられていることが多い。また、過去における女性の生きかたや、現代において大きな課題となっていることのルーツを探るなど、いまあることの深層を探る物語もこのジャンルに含められるだろう。

どちらにしろ、歴史小説は、「しっかりした時代考証の基礎のうえに立った、歴史の流れと矛盾しない、しかし説得力のあるプロット」と、「信憑性のある、しかし共感できる登場人物」が必要とされ、フィクションと歴史的事実とのバランスがうまくとれていることが大切だ。

こうした物語を通じて、過去の歴史に、単なる事実の羅列ではないはるかなロマンといった興味を抱かせるのみならず、そんな過去があってはじめていまがあり、いまがあるからこそ未来があるという時間認識を育てる。これが、歴史小説の大きな役割である。

昨今は、歴史研究の世界でも「政治や国勢を動かした大事件と大人物のみが歴史をつくったのではない（歴史とは、〝The History〟ではなく〝histories〟である）」という認識が広まりつつあるが、歴史小説もまた、歴史の教科書では一行で終わってしまう――否、書かれもしない――事件や、名もない民衆の――または存在すら否定されたマイノリティの――物語をすくいあげる方法である。

イギリスにおいては、ローズマリー・サトクリフ（一九二〇―九二）が、ケルト人、ローマ人、サクソン人などの民族が次々とイギリスの地を征服し、先住民を征服しつつ交代していった歴史に焦点をあて、そのなかで生きた若者を主人公として、共同体のなかでの個人の選択や、民族抗争のなかでの個人の生きかたなど、歴史と個人のありかたを考える物語を描いた。『第九軍団のワシ』（原著一九五四）をはじめとするローマン・ブリテンもの四巻や、『ケルトとローマの息子』（原著一九五五）などがそれにあたる。サトクリフは、「個人」としての主人公をクローズアップして、歴史を小説に変えている。

学校で習う世界史にはなかなか登場してこない史実をとりあげたものとして、菱木晃子（一九六〇―）の『行く手、はるかなれど　グスタフ・ヴァーサ物語』（二〇二四）は、スウェーデン建国の王グスタフの少年時代を扱った異色の作品である。トルコ在住の新藤悦子（一九六一―）は『いのちの木のあるところ』（二〇二二）で、世界遺産に指定されたディヴリーの大モスクと治癒院がどうやって建設されたのか、その歴史に関わった人びとを追っている。

日本では、民族の抗争を描いたものとして、一七世紀のアイヌと松前藩の戦い——クナシリ・メナシの戦い——を、アイヌの族長の息子の視点で描いた前川康男（一九二一—二〇〇二）の『魔神の海』（一九六九）があげられる。この題材を扱う児童書はほかになく、絶版書であるがあえてとりあげたい。

地方の、名もない人びとの歴史を描く作家には、歴史家として江戸時代の石川県（加賀藩）を調査し、子どもの読者のために語り続けているかつおきんや（一九二七—二〇二〇）がいる。『井戸掘吉左衛門』（一九六九）は、フィールドワークをする中学生が井戸掘りの歴史を調べる物語。『天保の人びと』（一九六八）では、百姓一揆が起きた飢饉の年の加賀の、市井の人びとの歴史をクローズアップしている。また、今西祐行（一九二三—二〇〇四）は、『浦上の旅人たち』（一九六九）で弾圧された隠れキリシタンたちの「旅」の行く末を、『肥後の石工』（一九六五）では、めがね橋と呼ばれる石の橋を架けることに命をかけた石工たちの生涯を描いた。江戸時代には、伊勢参りや金毘羅参りに出かけられない人びとがイヌにかわりに参らせる「代参犬」というならわしがあったが、これを子ども向けに物語にしたのが、今井恭子（一九四九—）の『こんぴら狗』（二〇一七）である。道中の描写はもとより、出会いや人間関係も細かく描かれている。

海外の例をあげれば、一七世紀の魔女狩りに取材したセリア・リーズ（一九四九—）の『魔女の血をひく娘』（原著二〇〇〇）、コレラが流行した一九世紀のロンドンで原因をつきとめようとした実在の医師ジョン・スノウを登場人物に、その手伝いをして奔走した下町の少年の活躍を描くデボラ・ホプキンソン（一九五二—）の『ブロード街の12日間』（原著二〇一三）、アイルランドのジャガイモ飢饉を背景に、困窮した一家の子どもたちがおばたちをたよってつらい旅を耐え抜くマリータ・コンロン＝マケーナ（一九五六—）の『サンザシの木の下に』（原著一九九〇）、歴史の狭間に存在を抹殺されてしまった「自由黒人」をとりあげたリチャード・ペック（一九三四—二〇一八）の『ミシシッピがくれたもの』（原著二〇〇三）などがある。いずれもよく知られている歴史のひとこまをとりあげつつ、焦点があたっているのは若い主人公の生きざまや成長の過程であるといえる。

名もない人の歴史をとりあげる場合、とりわけ職人の仕事がクローズアップされることが多い。いまも残る文化財や伝統の技術をつくりあげた人びとの技の習得の過程を再現したものは、職人の成長を描いた一種のキャリア小説といえ、過去を背景とした成長小説と考えられるからである。

とりわけ、科学の発達によってその存在を無視されてしまった産婆術を学ぶ中世の少女を主人公にしたカレン・クシュマン（一九四二—）の『アリスの見習い物語』（原著一九九五）、華麗なルネッサンス時代のイギリスの、貴族の男のマントを刺繍した少女を描いたケイト・ペニントンの『エリザベス女王のお針子』（原著二〇〇三）などは、女の子の仕事や生きかたという点でも、現在の読者の心をひきつける。

アン・クレア・レゾット『目で見ることばで話をさせて』（原著二〇二〇）は、住民の多くが聴覚障碍者であったためすべての島民が手話を話せた、アメリカのマーサズ・ヴィンヤード島の史実をもとにしている。この物語の舞台は、過去に存在したインクルーシブな社会であり、現代社会のこれからの問題にも光を投げかけるだろう。ストーリー自体は一一歳の少女を中心にした冒険物語としても読める。

こうした歴史小説は、「いまあるわたしたちは、必ず過去をふまえてあるのだ」という認識、そして「現在もまたそのうちに過去となり、未来から見れば歴史になるのだ」という相対的なものの考えかたをはぐくむジャンルとして、また、自分自身のルーツを考えるひとつの手段として、でなければ現在が背景では書けないような展開を可能にさせる装置として、児童文学のなかに大きな位置を占めている。

課題

①歴史的な事件を扱った児童文学を一冊とりあげ、史実を調べて、どのような方法で児童文学として小説化しているか、考えなさい。

②一見、歴史小説とは見えない児童文学作品をあげ、その背景を調べて、歴史を考えたときに読みかたがどうちがってくるか、考えなさい（例『若草物語』『小公女』『ライオンと魔女』）。

■ブックリスト

本文であげた本については出てきた順に、それ以外は著者のアイウエオ順に並べる。できるだけ入手可能な版をあげた。

〈本文に出てきた作品〉

●ローズマリ・サトクリフ『第九軍団のワシ』猪熊葉子訳　岩波少年文庫　二〇〇七年
紀元前一世紀ごろ、ローマからブリテンへ派遣されたマーカス・アクイラ隊長は、戦いで足にけがを負う。挫折したマーカスは、行方不明になったヒスパナ第九軍団の旗印「ワシ」を追って、親友エスカとともに探索の旅に出る……。

●ローズマリー・サトクリフ『ケルトとローマの息子』灰島かり訳　ほるぷ出版　二〇〇二年
自分はケルトの戦士だと信じて育った少年ベリックは、じつはローマ人の孤児だった。村を襲った災厄を自分のせいにされ、追放された彼は、ローマの軍団に入ろうとして奴隷にされてしまい……。自らのアイデンティティと居場所を求める少年の物語。

●菱木晃子『行く手、はるかなれど　グスタフ・ヴァーサ物語』徳間書店　二〇二四年
北欧の美しい自然を背景に、デンマークの圧政に反抗して立ちあがり、スウェーデン王となった若者の、蜂起までの日々を描く。

●新藤悦子『いのちの木のあるところ』福音館書店　二〇二二年
いまからおよそ八〇〇年前、トルコの小国ディヴリーに嫁いだトゥーラーン姫は、王子とともに大モスクと治癒院を建設しようという壮大な計画を立てる。モンゴル軍の侵略や戦火のなか、未完に終わったこの世界遺産の謎を解こうという歴史物語。

●前川康男『魔神の海』講談社青い鳥文庫　一九八〇年
一八世紀末、国後島で起こったアイヌとシサム（日本人）の戦い「クナシリ・メナシの戦い」を題材にとった物語。平和主義者の首長ツキノエアイノ、意気盛んで戦いを望むその息子セツハヤ。しかし、セツハヤが愛した少女は、じつはシサムの娘だった……。

●かつおきんや『井戸掘吉左衛門』かつおきんや作品集4　偕成社　一九八二年

夏休み、キンちゃん先生につれられた中学生たちは、石碑に刻まれた井戸掘吉左衛門という人物の謎を説くべく郷土史の調査を始め、井戸掘りの技術を伝えて村人たちに大いに感謝された人物の生涯を知った。江戸時代の名もない人が残した歴史を掘り起こす。

●かつおきんや『天保の人びと』偕成社文庫　二〇〇〇年
天保九年、加賀の国はたび重なる飢饉で苦しんでいたが、農民の訴えでやってきた奉行たちの調査は、じつはわなで、村の上役を捕らえたうえ、さらに重圧をかけてきた。加賀の国の百姓一揆の史実を、松吉という少年の目から描く。

●今西祐行『浦上の旅人たち』岩波少年文庫　二〇〇五年
明治維新のころ、長崎の浦上に潜んでいたキリシタンたちは弾圧を受けて各地へ流された。彼らはそれを「旅」と呼んでいた。敬虔な信者である農民の娘たみと、「旅人」にまぎれこんだ浮浪児千吉を中心に、それぞれの旅を描く。

●今西祐行『肥後の石工』岩波少年文庫　二〇〇一年
肥後の石工三五郎は、しかけがある特殊な石橋を架ける技術を買われて薩摩藩に招聘されるが、藩は、橋の秘密を知る彼らを生きて帰すつもりはなかった。刺客は三五郎の身代わりに乞食を殺し、三五郎はその遺児姉弟をつれ帰る。姉弟の運命と、三五郎の橋の技術の物語が交錯する。

●今井恭子『こんぴら狗』くもん出版　二〇一七年
雑種犬のムツキは、病気で臥せっている飼い主の弥生の代わりに金毘羅さまへお参りに行くことになった。江戸時代の旅行事情や各地の風景、人びとの人情などを交えつつ、ムツキの旅を描く。

●セリア・リーズ『魔女の血をひく娘』亀井よし子訳　理論社　二〇〇二年
祖母が「魔女」として処刑されたメアリーは身元を隠し、清教徒たちとともにアメリカへ向かったが、疫病が発生、薬草の知識をもったメアリーは魔女の嫌疑をかけられる。

●デボラ・ホプキンソン『ブロード街の12日間』千葉茂樹訳　あすなろ書房　二〇一四年
一九世紀ロンドンの下町に暮らす少年イールは、スノウ先生の手伝いをしてコレラの街を走りまわる。

●マリータ・コンロン＝マケーナ『サンザシの木の下に』こだまともこ訳　講談社　一九九四年
一九世紀のアイルランドで、大規模な「ジャガイモ飢饉」が発生。人口は半減する。この時期、おばを訪ねて野宿を重ね、必死に旅を続ける幼いきょうだいの苦闘を描く。

●リチャード・ペック『ミシシッピがくれたもの』斎藤倫子訳　東京創元社　二〇〇六年
主人公は、祖母から少女時代の思い出話を聞かされ、南北戦争時代の秘められたアメリカの歴史の暗部を知る。

●カレン・クシュマン『アリスの見習い物語』柳井薫訳　あすなろ書房　一九九七年
中世イギリスの村。孤児の少女が産婆をなりわいとする女性にひろわれ、その跡継ぎとして見習い修行をしつつ、その職業に生きがいを見つけていく物語。

●ケイト・ペニントン『エリザベス女王のお針子　裏切りの麗しきマント』柳井薫訳　徳間書店　二〇一一年

一三歳のメアリーは腕のいい仕立て職人の娘で、刺繍が得意だった。父がウォルター・ローリー卿のマントを仕立てることになり、彼女もそれを手伝う。しかし、女王をめぐる陰謀にまきこまれて父は殺害され、メアリーはひとりでマントを仕上げることに……。

●アン・クレア・レゾット『目で見ることばで話をさせて』横山和江訳　岩波書店　二〇二二年
だれとでも手話が通じる島で生まれたメアリー。あるとき誘拐されて島外の世界に驚く。

〈もっと読みたい人のために〉

●ヘレン・ピーターズ『アンナの戦争　キンダートランスポートの少女の物語』尾崎愛子訳　偕成社　二〇二三年
ナチスによるユダヤ人迫害から一万人の子どもを救ったといわれるキンダートランスポート。ユダヤ人の子どもたちをイギリスなどの国が受け入れ、里親としてあずかった史実をもとに、少女アンナのイギリスでの経験を、孫が聞いた話として語る。

●ルータ・セペティス『凍てつく海のむこうに』野沢佳織訳　岩波書店　二〇一七年
第二次世界大戦末期、ドイツは、ソ連軍の侵攻迫る東プロイセンから、バルト海を経由して住民を避難させた。この難民のなかにいた四人の、立場も年齢も異なる若者たちが交互に語る厳しい旅の体験談から、次第に各自の抱える秘密が明らかにされていく。

●阿久根治子『つる姫』福音館文庫　二〇〇四年
戦国時代の瀬戸内海。大三島を拠点とする三島水軍の統領の娘つるは美しい娘に育ったが、父と兄の亡き後、水軍を率いて戦う運命にあった。勝利は得たものの、いいなずけを失った姫は……。

●岩崎京子『花咲か　江戸の植木職人』石風社　二〇〇九年
江戸の駒込で植木職人に弟子入りした常七の夢は、そのころ珍しかった桜の花を江戸中に咲かせることだった。一人前になった常七の手でいたるところに植えられた桜が、いまのソメイヨシノではないかという結び。

●川村たかし〈新十津川物語〉（全一〇巻）偕成社文庫　一九九二年
明治二二年、大豪雨に見舞われた奈良県十津川村の人びとは、家や田畑を失い、新天地を求めて北海道へ移民していく。九歳のフキを主人公に描かれる、北海道開拓史の物語。

●久保田香里『きつねの橋』偕成社　二〇一九年
平安時代、源頼光の郎党になった平貞道が、白い妖狐を助けたことからその力を借り、不遇の姫を助けだしたり盗賊を退治したり、相棒の平季武とともに活躍する物語。続編あり。

●中島望『稲むらの火の男　浜口儀兵衛』講談社　二〇二二年
浜口儀兵衛は、自ら稲むらに火を放ち、津波から村を救った江戸時代の人物である。紀伊の国に生まれ育った生涯の物語。

●吉橋通夫『なまくら』講談社文庫　二〇〇九年
幕末の京都を背景に、灰買い、生魚問屋、砥石運びなどをして働く一三歳前後の少年たちの生きかたを描く、七つの短編集。

マンガについて——すがやみつる

子ども向けストーリーマンガの源流

コマを割ることで物語性をもったマンガの源流は、ロドルフ・テプフェール（スイス、一七九九—一八四六）にさかのぼるとされている。[1] 日本における近代マンガの祖は、幕末の文久二年（一八六二）に横浜の外国人居留地で創刊された英文雑誌『ジャパン・パンチ』に掲載されたカートゥーン（1コママンガ）であるとされているが、同誌にも明治元年（一八六八）ごろからコママンガが登場し、明治中期には日本語の子ども向け雑誌にも西欧のコママンガが多数紹介されるようになった。[2]

マンガのコマ数が増え、ストーリー性が豊かになるのは、北沢楽天や岡本一平が活躍した明治後期から大正にかけてである。大正期に入ると、忍術使いの少年を主人公にしたマンガで人気を得た山田みのるや宮尾しげをが、子どもマンガの専業作家として知られるようになる。しかし、山田や宮尾の作品にはセリフを囲む吹き出しがなく、絵物語に近い形式であった。

「コマ割り」と「吹き出し」を兼ねそなえた最初のストーリーマンガとされる『イエロー・キッド』（R・F・アウトコールト、アメリカ、一八九五—九八）などの欧米マンガに影響されたマンガが、『正チャンの冒険』（案・織田小星、絵・樺島勝一、一九二三—二六、アサヒグラフ〜朝日新聞）であった。山田や宮尾の作品が講談や歌舞伎にも通じる荒唐無稽なものだったのに対し、『正チャンの冒険』は読者の日常に近いファンタジー冒険譚《たん》となっており、のちに細密なペン画で人気を博す樺島勝一の描く絵も上品で、児童文学の香気が漂っていた。

その後はコマと吹き出しを多用したストーリーマンガが主流となり、「少年倶楽部」連載の『のらくろ』（田河水泡）や『冒険ダン吉』（島田啓三）、「幼年倶楽部」連載の『タンク・タンクロー』（阪本牙城）、『コグマノコロスケ』（吉本三平、芳賀まさお）などが大人気となる。また、同じころ「少女倶楽部」に連載された倉金章介の『どりちゃんバンザイ』（一九三五）などの少女向けマンガも登場した。

しかし、日本が戦時体制に突入した一九三八年、内務省警保局図書課が「児童読物改善ニ関スル指示要綱」を出し、少年雑誌と子どもマンガの手足を縛っていく。この要綱の草案作成には、山本有三、小川未明、坪田譲治、波多野完治らの児童文学者や童話作家が関わっていたが、雑誌マンガだけでなく、赤本と呼ばれるつくりも内容も粗雑な子ども向け出版物（主にマンガ）の氾濫に危機意識を抱いての行動だったらしい。(3) この統制期間に刊行された『汽車旅行』（大城のぼる　一九四一）、『コドモ南海記』（杉浦茂　一九四二）といった作品は、いずれも子どもたちが旅行をしながら地理や科学を学ぶ教育的な内容で、激しいアクションやナンセンスな笑いは排除されていた。

団塊の世代とともに成長し、衰退した日本のマンガ

太平洋戦争終結後、児童文学を中心とした雑誌が多数創刊されたが、すぐに衰退する。児童文学誌を駆逐したのは、戦前に児童文学者が統制に協力したマンガだった。とりわけ人気の高かったのが復活した赤本で、大阪の出版社から刊行された手塚治虫の『新寶島《たからじま》』（原案・酒井七馬）は、当時としては空前の四〇万部という大ベストセラーとなった。

戦前からあった「少年倶楽部」などの雑誌が復刊し、「少年」「少女」「冒険王」「少年画報」「おもしろブック」「漫画王」「痛快ブック」「幼年ブック」「ぼくら」などの児童雑誌の創刊ラッシュが起きる。赤本出身の手塚も、すぐに雑誌に主戦場を移し、児童マンガ家の第一人者となった。

月刊マンガ雑誌は、戦後生まれの子どもたちの成長とともに、別冊付録の数を競うなどの激しい競争をくり広げていくが、一九五九年には「少年サンデー」（小学館）と「少年マガジン」（講談社）が創刊され、少年雑誌は週刊誌の時代に突入する。少女週刊誌も、「少女フレンド」（講談社　一九六三）と「マーガレット」（集英社　一九六三）が創刊され、強力なライバルの関係になった。

『鉄腕アトム』から始まったマンガのテレビアニメ化は週刊誌時代になっても続き、『エイトマン』『スーパージェッター』のようなテレビ企画先行型のマンガも増えた。この傾向は七〇年代の『仮面ライダー』『マジンガーZ』などにも引き継がれていく。

マンガの主人公は、団塊の世代（一九四六—四九年生まれ）の成長に合わせて、中学〜高校生と成長していった。なかでも赤本の流れを汲む貸本マンガ（劇画）出身の、さいとう・たかを、白土三平、水木しげるらが、六〇年代後半から七〇年代のマンガ読者の年齢層をひきあげ、『巨人の星』（梶原一騎／川崎のぼる）、『あしたのジョー』（高森朝雄／ちばてつや）はアニメとも連動して国民的な大ヒットとなった。読者年齢の上昇は人口の多い団塊の世代の成長でもあり、六〇年代後半には、この世代に向けて「ビッグコミック」をはじめ多数の青年コミック誌が創刊された。

悲しい少女の物語が多かった少女マンガの世界では、骨太のストーリーマンガを描く水野英子がひとり気を吐いていたが、六〇年代後半から七〇年代にかけて、少女の内面を描く矢代まさこ、思春期の少女を主人公にした西谷祥子や里中満智子、SF・ファンタジーの世界に斬りこんだ竹宮惠子や萩尾望都、大島弓子らが登場し、従来の少女小説の読者をもマンガにとりこんでいく役割を担うことになった。

七〇年ごろ、山中恒の『天文子守唄』が「別冊少年サンデー」でマンガ化されたり、「ぼくらマガジン」に民話をベースにした「絵本マンガ」（石ノ森章太郎）が掲載されたことがあるが、いずれも短期で終了した。『トム・ソーヤーの冒険』などの児童文学の古典をマンガ化する動きもあったが、いずれも成功したとはいいがたい。児童文学を手がける名木田恵子が水木杏子名義で原作を担当した『キャンディ・キャンディ』（マンガ・いがらしゆみこ）は、アニメ化によって日本だけでなくヨーロッパでも大人気になったが、原作者とマンガ家のあいだで発生した著作権紛争によって、マンガもアニメも見られない状況にある。

七〇年代以降は「少年ジャンプ」が連載作品のアニメ化で部数を伸ばし、『ドラえもん』を中核作品として創刊された「コロコロコミック」は、ゲームや模型などのホビーを題材にしたマンガと記事を中心に据え、現在まで小学生男子の心をとらえ続けている。

マンガは、「少年ジャンプ」の発行部数が一九九四年末に六〇〇万部を突破するなど隆盛を続けたが、一九九六年をピークに、雑誌・単行本ともに、部数と売り上げ金額の双方で凋落の一途をたどっている。その要因は、子どもがゲームやスマホに時間と小遣いを費やしているからだとする意見が多いが、最大の要因は日本人の少子高齢化にある。『ＯＮＥ ＰＩＥＣＥ』（尾田栄一郎）や『鬼滅の刃』（吾峠呼世晴）のようなメガヒットも生まれているが、いずれもアニメとの相乗効果によるものである。出版市場が右肩下がりを続けるなか、マンガ雑誌はＷｅｂに移り、最初からスマホ画面で読むことを前提とした縦スクロールマンガ（ウェブトゥーン）もシェアを伸ばしているが、一部のメガヒットと多品種少量化によるロングテール市場であることに変わりはない。海外に活路を見出す動きもあるが、その成否も依然としてアニメ化が鍵を握っているといえそうだ。

（マンガ家／元京都精華大学マンガ学部教授）

■註

（1）佐々木果『まんが史の基礎問題　ホガース、テプフェールから手塚治虫へ』オフィスヘリア　二〇一二年

（2）清水勲『漫画の歴史』岩波新書　一九九一年

（3）宮本大人「マンガと乗り物～「新宝島」とそれ以前～」『誕生！「手塚治虫」　マンガの神様を育てたバックグラウンド』六

七―九八ページ　霜月たかなか編　朝日ソノラマ　一九九八年

■参考資料
●野上暁「マンガと〝子どもの本〟の奇妙な関係」『ぱろる　子どもの本の解体新書』11号（特集　子どもとマンガ）三三一―三五ページ　パロル舎　一九九九年
●竹内オサム『子どもマンガの巨人たち　楽天から手塚まで』三一書房　一九九五年
●吉村和真編著　清水勲、内記稔夫、秋田孝宏著『マンガの教科書　マンガの歴史がわかる60話』臨川書店　二〇〇八年
●養老孟司ほか『マンガの昭和史　昭和20年〜55年』ランダムハウス講談社　二〇〇八年
●米澤義博構成『子どもの昭和史　少年マンガの世界Ⅰ（昭和20年〜35年）』別冊太陽　平凡社　一九九六年
●米澤義博構成『子どもの昭和史　少年マンガの世界Ⅱ（昭和35年〜64年）』別冊太陽　平凡社　一九九六年
●米澤義博構成『子どもの昭和史　少女マンガの世界Ⅰ（昭和20年〜37年）』別冊太陽　平凡社　一九九一年
●米澤義博構成『子どもの昭和史　少女マンガの世界Ⅱ（昭和38年〜64年）』別冊太陽　平凡社　一九九一年

紙芝居とはなにか

——野坂悦子（のざか・えつこ）

皆さんのだれもが、一度は「紙芝居」を見た経験があると思う。みんなで楽しむ紙芝居には、わくわくする魅力がある。けれども、紙芝居が日本で生まれた文化であることは、あまり知られていない。また、その魅力がどこからくるのか、考えたことはあるだろうか？

紙芝居には、紙芝居ならではの形式、特性があり、「共感の喜び」をつくりだすことができる。このコラムでは、「紙芝居」とはなにか考えたい。その形式、特性、絵本とのちがいや歴史も紹介しつつ、皆さんといっしょに学んでいきたい。

紙芝居の形式

＊画面が一枚一枚バラバラであるため、画面を抜いたり差しこんだりすることで物語が進行する（出版紙芝居は八枚、一二枚、一六枚の画面で構成されることが多い）。

＊画面の表に絵があり、裏に文章が書かれているため、絵本とはちがって自分ひとりでは楽しめず、必ず演じ手が必要となる。演じ手は、観客と向かいあうことで作品内容を伝える。

＊一枚一枚がバラバラで画面の裏に文章があるため、三面開きの舞台に入れて演じられる。

紙芝居の特性

詳しくは、次ページ下の図を参照してほしい。

絵本と紙芝居

絵本も紙芝居も、作品の奥底に生きることの意味とすばらしさが凝縮し、光となっている点では共通している。しかし、すでに触れたとおり、紙芝居には紙芝居ならではの形式がある。

絵本には「ページをめくることで進行する画面に文章があるため、読者は本と向かいあう」という形式があり、そのことによって、絵本を読むとき、読者は本のなかに入っていき、自分という「個」の存在によって作品世界を自分のものにしていく。いっぽう紙芝居では、現実空間に作品世界が出ていって広がるなかで、観客が「共感」によって作品世界を自分のものにしていく。

つまり、絵本は「個」の感性を、紙芝居は「共感」の感性を育てる。どちらも人間の成長に欠かせないものである。テレビ、コンピュータ・ゲーム、漫画などが普及し、子ども

紙芝居ならではの「形式」から、紙芝居ならではの「特性」がつくりだされる。舞台を使うことで形式がいっそう生きて、特性が深まる。

画面を抜くことにより、作品世界が現実空間に「出ていきたがる」。

画面を差しこむことにより、次の画面への強い「集中」がおきる。

演じ手と観客が向かいあうことにより、作品世界をとおして「コミュニケーション」がひきおこされる。

特性

●作品世界が現実空間に出ていき、広がる。

●集中とコミュニケーションによって、演じ手と観客、観客同士の、作品世界への「共感」が生まれる。

たちが生活のなかでも遊びのなかでも孤立しがちな現代では、共感の喜びをつちかう紙芝居の重要性がさらに増している。

歴史

現在の形式の紙芝居は、一九三〇年、世界大恐慌のすぐあとの、失業者が町にあふれている時代に誕生したといわれる。街角をまわって駄菓子を売りながら子どもたちに見せるこの紙芝居は「街頭紙芝居」と呼ばれ、日銭を稼ぐための商売として広がった。子どもたちの人気を集めたが、内容面、衛生面でさまざまな批判が生まれ、はやくも一九三〇年代には紙芝居をよりよいものにして教育に生かそうとする動きが起こった。一九三五年には今井よねはキリスト教の伝道のための紙芝居出版を始め、高橋五山が保育教材としての紙芝居を出版し始める。手描きの街頭紙芝居とは異なるこうした出版紙芝居が、今日の紙芝居につながっていく。

一九三八年には、教育者の松永健哉や劇作家の青江舜二郎によって「日本教育紙芝居協会」が設立された。作品研究も進み、現在使われている舞台の原型も開発された。しかし、アジア・太平洋戦争が激しくなるにつれて、国家統制のもと、戦争賛美・戦争協力の紙芝居ばかりが大量に出版されるようになっていく。紙芝居は共感をつくりだす力をもっているが、その力が悪用され、戦争へと国民をかり立てる道具になってしまった。

その反省から、戦後の紙芝居は新しい平和の理想を掲げて再出発する。一九四八年には、民主的な文化運動の高まりのなかで、佐木秋夫や稲庭桂子、川崎大治、堀尾青史らにより「民主紙芝居人集団」(後の教育紙芝居研究会)がつくられた。戦後の混乱のなかで復活した街頭紙芝居は、テレビが普及し始めた一九六〇年前後より衰退していく。今日に引き継がれているのは出版紙芝居の流れであり、不定期に出しているところも含めて一〇数社が紙芝居に関わっている。なかでも作品点数、質の点で群を抜いているのが、教育紙芝居運動の流れを受けて一九五七年に創立された童心社だ。

一九九〇年代以降、紙芝居はベトナムやラオスで広まったが、二〇〇一年の「紙芝居文化の会」創立以降、紙芝居を深めつつ「優れた紙芝居を優れた演じかたで」という動きが国内と海外の両方で大きく広がってきた。

紙芝居は、保育園・幼稚園ではもちろん、図書館や文庫、学童保育、赤ちゃんサロン、高齢者施設や病院などさまざまな場で演じられ、東日本大震災のあとの被災地でも力を発揮している。二〇一二年には、パリのユネスコで日仏共催による初の「ヨーロッパ紙芝居会議」があり、平和へとつながる共感の文化「カミシバイ」のもつ意味をたしかめあった。

演じかたのポイント

演じかたも、紙芝居の形式と特性から導きだされてくる。作品を演じる前にまず大切なのは、どんな作品を選ぶかだ。その作品になにが書かれているか、自分が共感できるか、紙芝居の特性を備えているかどうかについて考えてほしい。

紙芝居には、大きく分けて観客参加型（作品の構成が、観客の参加を必要とする型）と、物語完結型（作品の構成が、作品そのもののなかで完結している型）の二つがある。そのなかから優れた作品を選んでほしい。

①演じる前に

文章を下読みして、内容を自分自身のものにする。絵もよく見ておき、画面の番号も確認すること。

②始まり

必ず三面開きの舞台を使う（紙芝居への集中を生む）。

演じ手は、舞台の横に、観客と向かいあって立つ（コミュニケーションを予感させる）。

舞台の扉を順番に開き、作者名とタイトルを読む（作品世界が出ていき、広がる予感）。

③内容を演じる

演じ手は、舞台の横に立って観客と向かいあい、自分自身の声で演じる。その際に、

・舞台のうしろに隠れないこと。舞台のそばからはなれないようにしてほしい。
・声色は使わないこと。声色を使うと、演じ手だけが目立って、作品世界が深まらない。
・作品世界をはなれたパーフォーマンスをおこなわない。
・作品内容を勝手に変えて演じることはしない。

作品内容をコミュニケーションによって深め、豊かなものとしていくこと、すなわち、「作品の世界が出ていき、広がること」「集中とコミュニケーションによる作品世界への共感」を特性として生かす演じかたを目指したい。

④抜く、差しこむ

三面開きの舞台を使う（画面を抜くときには、舞台のかたちが出ていくことを強め、差しこむときには、次の場面への集中をつくる）。

間を大切にしながら画面を抜き、画面を差しこむ（作品世界への集中と深まりをつくる）。

⑤終わり

終わりを表すことばを大切に表現する。最初の画面にもどさないこと。
三面開きの扉を順番に閉める（出ていき広がった作品世界が、舞台のなかにもどる）。

紙芝居を「演じる」ことは、芝居を演じるのとも異なっているし、裏面に書かれた文章を単に読めばいいわけでもないことが、これでわかっていただけただろうか？　一枚一枚の場面の抜きかた、差しこみかた、間のとりかた、コミュニケーションのとりかた……すべてを総合したものが演じかたである。絵本とはちがい、紙芝居は演じられてこそはじめて意味をもつものなのだ。

一見単純なようでいて、紙芝居の世界は奥が深い。皆さんも、子どもたちの前で何度か紙芝居を演じ、「共感の喜び」を実感していただければと思う。

（紙芝居文化の会）

■参考資料

●「紙芝居文化の会」会報第一号（二〇〇二年）～第三号（二〇〇三年）、第七号（二〇〇五年）
●加太こうじ『紙芝居昭和史』岩波現代文庫　二〇〇四年
●まついのりこ『紙芝居の演じ方Q＆A』童心社　二〇〇六年

第9章 ノンフィクション――知識の本

1 概説

ノンフィクションとはなにか

本は、大きく「フィクション」と「ノンフィクション」の二者に分けられる。「フィクション」は、著者が想像力によって創作した作品で、詩、物語、戯曲などが該当する。一方「ノンフィクション」は、事実に基づいて書かれた作品で、創作を交えないのが原則である。

この章では、フィクションをのぞいたすべての子どもの本をとりあげる。図書館が採用している日本十進分類法でいえば、0類の総記から9類の文学（文学論などの一部）にまでわたる分野であり、「知識の本」と呼ばれることもある。

児童書出版の半分を占めるノンフィクション

国立国会図書館国際子ども図書館のデータ（二〇一九～二〇二二年）[1]によると、納本された児童書のうち「文学・語学」と「絵本」は、年間の全点数、約六〇〇〇点の五割を占めている。残りの五割が、「科学・技術」「政治・経済・産業・社会」「伝記」「スポーツ・遊戯」などに分類されている。これはノンフィクションの正確な割合とはいえないが、一般的に子どもの本というと物語や絵本を想定しがちだが、そうではないことを示している。

ノンフィクションは、明治期からすでに子どもたちから求められ、同時に教育現場からも需要があり、近年とくに出版点数が増え続けている。図書館では、星や宇宙、恐竜、虫や動物などの生きもの、伝記、国旗、乗りもの、料理、工作、折り紙、スポーツなどのノンフィクションをたくさんの子どもが手にとり、高い人気がある。

子どもは、この世界の森羅万象の不思議、地球誕生からいまにいたるまでの歴史の歩み、身のまわりや社会のありよう、世界の人びとの暮らしなどに驚異の念を抱き、好奇心をもち、もっと知りたいと思う。そのとき子どもに満足と喜びを与えてくれるのが、ノンフィクションである。知識を得るだけでなく、実際に本に描かれたことを試してみたり、遊んでみたり、自分の世界を豊かに広げることができる。

楽しく読める本こそ、良いノンフィクション

子どもにとって読書は心の冒険であり、それはお話でも知識の本でも変わらない。自分のいまいる場所を遠くはなれて、本の世界へ存分に心を飛ばすことができるのは、子ども時代だけである。そのような読書が、人の心に一生消えぬ刻印を残す。そしていま読んだ本がおもしろかったら、子どもは次の本へと手を伸ばすだろう。

ノンフィクションと聞くと、一般に「知識が身につく」「役に立つ」と考えられがちだが、それより大切なことは、読んで「楽しい」ということである。

かつてこのことを実践した百科事典がある。平凡社の『児童百科事典』はまえがきで「もし、ここに、若い人たちが偶然めくったページに読みふけってしまうほどの、おもしろい百科事典があったら、また、いやいや勉強のために引いた項目から、すぐさまはげしい好奇心をそそられ、志をよびさまされるほどの、たのしい百科事典があったらどうだろう」と述べ、そのような本を送りだしたいとうたっている。

たとえば「絵」の項目では、冒頭に幾千万年もの昔から自然にも絵があった、影法師や水に映る景色がそれであると読者の興味をそそり、おもむろに絵と人類の歴史、絵の主題、見方などを豊富な写真とともに語りおこしている。ひとつの項目を読むだけで、一冊の本を読んだような満足感が得られ、今日でも百科事典の金字塔と呼ばれる所以である。

ノンフィクションにおけるフィクション的手法

児童図書館員の先駆者、リリアン・スミスは、『児童文学論』のなかで、フィクションとノンフィクションとの相違を「著者の意図の相違にある」とし、ノンフィクションの場合には「著者は、読者に分かち与えたい知識を」もつと述べている。しかしながら、読者の側の読みかたによって、ノンフィクションかフィクションか、判断が分かれることもある。たとえば『こいぬがうまれるよ』は、子イヌが誕生してから二か月間の成長を女の子の語りをとおして描いた写真絵本である。これを、イヌの誕生と成長の記録ととらえればノンフィクションとなるし、女の子が自分のイヌを手にするまでの喜びを描いた物語だととらえればフィクションとなる。

フィクション的手法を効果的に使った作品として、『イーダ　美しい化石になった小さなサルのものがたり』がある。前半では原生林で生まれた小さなサル、イーダの一生が描かれ、後半で一転して四七〇〇万年の時を経て、化石となったイーダが、どのような地で発見されたか、その時代にどんな生きものが生息していたかなどが科学的に述べられる。前半のイーダの物語が、じつは科学的な知見に基づいていることがわかり、四七〇〇万年前の命の営みと化石のつながりに、読者は納得し、想像をふくらませるだろう。

「調べる本」と「読みとおす本」

ノンフィクションには、大きく分けると、「調べる本」と「読みとおす本」がある。「調べる本」とは、百科事典や図鑑などの参考図書がその代表であるが、読者は調べたいページだけを読むという使われかたを想定した本のことである。一方、「読みとおす本」とは、最初から最後まで読みとおすことを想定して書かれた作品で、個人の著作が多い。最後まで読むことで、読者は対象となる事柄を理解し、身近なことに新たな知識や視点を与えられ、ときには思いもおよばなかった広く深い世界を経験する。知識を増やすだけでなく、読む前とあととでは世界がちがって見えることさえあろう。

世代を超えて読み継がれるノンフィクション

絵本や文学には、長年子どもに支持され、おとなからも評価されてきた本があり、一〇〇年を超える命を保ち、世代を超えて読まれているものも多い。しかし、ノンフィクションでは時代を超えることのできる本はまれである。科学や技術、学問の進歩は著しく、一〇年や二〇年も経てば最先端の知識や技術も古くなり、新たな発見や発明がなされる。社会のありかたや社会通念、問題意識、世界の情勢などの変化も激しいからである。

しかしながら、ノンフィクションでも読み継がれている本は存在している。ひとつは科学の原理原則や自然現象をとりあげた本で、その内容が時代によって変化することがないからである。『よわいかみつよいかたち』では、官製はがきと一〇円玉を使った簡単な実験をとおして、子どもは〝強いかたち〟の存在を発見する。その強いかたちが街の工事現場などで使われていることを知って驚く。出版から半世紀以上たったいまも、この本を読んで実験を楽しむことができる。

〈シートン動物記〉や〈ファーブル昆虫記〉などの古典的な作品をはじめ、動物や昆虫の観察記録も、息長く愛読されている。豊かな自然を舞台に、著者の鋭い観察眼がとらえた生き物の世界は、古い作品のほうが新刊よりも魅力的で、生き生きしていることも多い。DNAやCTなどの新知識や最新技術を生かした本も求められているが、まず自然と素朴に出会い、不思議の念を抱くことが子どもにとって喜びとなり、好奇心を育てる機会となるだろう。『ホタルの歌』は、いまから半世紀以上前、赴任先の小学校で、光の柱のように点滅するホタルの群生を見た教師が、クラスの子どもたちと三年間、飼育と観察を続けた記録である。インターネットはもちろん、参考書もないなかで、川から卵を見つけ、発見と失敗を重ねながら、飼育する日々が語られ、試行錯誤のくり返しや発見の喜びを読者も追体験できる。

また、人間の生きかたや考えかたをめぐる考察のなかには、古い本であっても世代を超えて新しい読者によって、新しいメッセージとして受けとめられる作品もある。『君たちはどう生きるか』は、中学生のコペル君が、おじさんとの対話や手紙をとおして社会と個人のありかたに目覚め、広い視野を獲得していく物語である。初版は戦前だが、親が子にすすめる、教師が生徒にすすめるというように、世代を超えて読まれ続け、漫画化も後押しとなって、いまなお読まれ続けている。『サンタクロースっているんでしょうか？』は、一〇〇年以上前に、ある女の子が「サンタクロースはいるのか」という問いをアメリカの新聞社に寄せ、新聞社が真摯に答えた文章を本にしたものだが、季節がめぐるたびにマスコミなどでとりあげられ、その真理をついたことばに新しい読者を獲得し続けている。

改訂によるアップデート

文学において作者が内容を改訂する例は少ないが、ノンフィクションではしばしば改訂によって命を長らえることがある。『せいめいのれきし　地球上にせいめいがうまれたときからいままでのおはなし』は、半世紀以上愛読されてきたが、二〇一五年、地球や宇宙、生物の進化などの知識や情報を更新した改訂版が刊行された。これにより、生命のバトンがいまあなたにわたされたという劇場仕立ての豊かな物語と美しい魅力的な絵は、これからも子どもたちに手わたされることになった。

『せかいのひとびと』は、ページいっぱいに、地球上のさまざまな人びとの姿や服装、家、風習などを描きこみ、人びとの多種多様性をたたえた絵本である。冒頭にあげられた世界の人口を随時更新している。自然と巧みに共存してきた日本人の暮らしを再考し、現代に警鐘を鳴らす富山和子の『川は生きている』など〈自然と人間〉シリーズは挿絵や写真を入れ替え、版を変えて読まれ続けている。

そのほか新しい発見や状況の変化を訂正し、自著の責任を果たしている作家や出版社も多い。

ノンフィクションの著者

ノンフィクションの著者は、大きく二つに分けられる。ひとつは、その分野の専門家である。専門家として新しい研究成果をふまえながら、俯瞰的な視野に立って、本質的なことを過不足なく書くことができる。専門家ならではの研究対象に対する熱意がおのずと伝わり、子どもによっては、将来の夢や希望を見つけるきっかけになる。

もう一方は、専門家ではないが、子どもと同じような視点に立って、素朴な疑問や好奇心をもつことのできる作家である。独自の調査や専門家への取材などをとおして好奇心をはたらかせ、いくつにも分かれた専門分野にこだわることなく、複数にわたる学問領域を自由な発想で結びつけることができる。

著者に求められる姿勢

ノンフィクションは、書かれた時点で最新の事実や知見をとりあげているのは当然だが、大切なのは、著者の対象に対する姿勢や情熱である。最先端の知識を羅列しただけの新しい本よりも、情報は最先端でなくても、構成、内容、書きかた、図やイラストなどがわかりやすく、読者の好奇心をそそり、楽しく読める本が、求められている。また、学問にはまだわからないことが多く、常に新しい研究によって進歩発展していることを示唆する姿勢も必要である。

人は、子ども時代に得た知識だけで生涯をすごすわけではなく、そのつど新しい知識を獲得していく。そのことを視野に入れると、単純に新しい研究成果が反映されているか否かだけで、ノンフィクションの評価をすることはできない。

読者対象への配慮

児童文学が、読者対象によってテーマやストーリー展開、表現などが異なっているように、ノンフィクションでも対象年齢による配慮が求められる。幼児から小学校低学年を対象とした『たんぽぽ』では、身近な場所に咲くタンポポを実際に確認できるように、基本的なことをとりあげている。小さな花が集まって花をつくっていることを、二四〇の小花を並べて示すなど、具体的な描きかたをしている。一方の中学年以上を対象とした『タンポポ観察事典』では、写真を豊富に使って、タンポポの特性を多方面にわたってとりあげている。

イラスト・図・写真の重要性

ノンフィクションでは、文だけではなく、イラスト・図・写真が興味をひきつけ、理解を深める重要な役割を担っている。イラストには対象物の本質をつかみ、テーマや対象年齢に合わせて、写実的なものからデザイン性の高いものまでさまざまある。柔らかな毛や張りつめた血管まで描きこまれた『どうぶつのおかあさん』には、幼い子がくり返し見てもあきない動物の存在感がある。同じ動物でも『これがほんとの大きさ！』では、本物の大きさどおりにつくられた貼り絵が生きものの特徴をとらえ、ページから飛び出すような迫力がある。『はなのあなのはなし』は、深刻になりがちな体の話だが、漫画家のユーモラスな絵が、親しみやすい。『マップス　新・世界図絵』は、世界各地の名所や動植物、有名人などを描きこんだ大型の絵地図で、三頭身の人物などこっけいであたたかみのある絵が楽しく、知らない土地へ興味を誘われる。

適格な図がはさまれていることも重要である。『こうら』は、恐竜の時代から生きていたカメが、なぜそんなにも長く生き続けられたのかをこうらの仕組みから説き明かしている。ゾウのイラストの背後に白亜紀のカメ、アルケロンの影を重ねて描き、その大きさを示している。またうろこと骨の二種類のこうらが、レンガのように、ずれて重なっているためにこうらが強いことをイラストで見事に伝えている。『ならの大仏さま』は、イラストと図を多用して大仏一三〇〇年の歴史をたどっている。建立にあたった「造東大寺司」の仕組みをイラストで表している。「造仏所」「鋳所」など仕事の種類を絵によって示し、さらに責任者、技術者、工人、作業者と階級を分けて、その仕事の具体的な内容と人数も描きこみ、人びとの仕事ぶりが伝わってくる。

一方写真は、近年カメラや撮影技術、印刷技術の進歩によって、ますます広く採用されている。『アリの世界』は、一九七一年初版、一九九七年に改訂されたが、両者ではその写真の質が全く異なる。旧版は、アリが力もちであることを示すために、虫の死骸に群がるアリを、改訂版はアリがチョウの羽を帆のように運んでいる様子をとらえている。青空をバックにした白い羽の写真は、芸術的で深い印象を残す。女王アリが自分の体からタマゴをひきだす瞬間までとらえ、その生命力に驚かされる。『植物記』は、身近な植物を撮影した二〇〇〇枚を季節やテーマに合わせて組み写真にしている。ユニークな植物のかたちや生態を著者独自の視点で楽しむことができる。

写真とイラストを巧みに組み合わせた本もある。『世界あちこちゆかいな家めぐり』は、世界中のおもしろいかたちの家を取材し、外観の写真と家のなかの家具や日用品を描いたイラストで構成されている。写真とイラストの両者を見ることで、個性的な家でのユニークな暮らしが浮かびあがるとともに、そこに普遍的な営みがあることに気づかされる。

ノンフィクション絵本の隆盛

近年、絵本の出版が盛んであるが、ノンフィクション絵本もますます増えている。これまでは科学絵本が多かったが、社会科学、人文科学、伝記などを扱った絵本も次々と出ている。多様な表現や材料を使った絵本、最新技術を駆使した写真絵本など、ノンフィクションの読者を広げている。絵本といっても、テーマによっては対象年齢が高いものもある。

2 資料紹介

ノンフィクションを日本十進分類法にしたがってとりあげる。

①0類＝総記

『本のれきし5000年』は、パピルスの巻きものや粘土板、木簡から近代印刷による本の誕生まで、本の歴史を美しい写真と絵でたどる。同様に本をテーマにした『本はこうしてつくられる』では、ひとりの作家が思いついた話が、出版社や印刷所、書店、図書館など多くの人の働きを経て読者に届くまでを、ネコが主人公のコマ割りの絵本で描いている。一見やさしそうだが、校正の手法や印刷の仕組みなど本格的な内容である。

② 2類＝歴史・地理・伝記

[歴史]

小中学校で歴史を学ぶことから、多くの歴史関係の本が出版されている。〈Jr.日本の歴史〉（全七巻）は、ていねいに書かれた文章やコラムに導かれながら、通史として興味深く読むことができる。各巻ごとに専門家が分担執筆しているので、最新の研究成果が盛りこまれ、それぞれの時代が浮かびあがってくる。『日本の歴史の道具事典』は、旧石器時代の石器から江戸時代の農具や瓦版までさまざまな道具を紹介した写真図鑑で、美しい写真と的確な解説がわかりやすい。歴史学者の網野善彦の『日本の歴史をよみなおす』は、村や町、文字、貨幣などが中世にどのような転換期を迎えたかを興味深く語り、読者に新しい歴史の見方を示してくれる。同様に歴史の常識をくつがえしてくれるのが『グローバリゼーションの中の江戸』である。鎖国していた江戸時代に、西洋の水玉模様や眼鏡、インド更紗など海外の文化や文物が暮らしに巧みにとり入れられていた事実から、世界と日本の関わりを読み解いていく。また一五世紀から明治初めまで存続し、アジア諸国との貿易で独自の繁栄をした琉球王国を紹介する『琉球という国があった』も、知られざる王国の文化や思想を教えてくれる。

各国のさまざまな時代をテーマにしたユニークな絵本もたくさん出ている。一三世紀のイギリスの城で、小姓の修行をする少年の日々を描いた大型絵本『中世の城日誌　少年トビアス、小姓になる』は、戯画風の絵を隅々まで楽しみながら、小姓の日々を追体験できる。『エジプトのミイラ』は、古代エジプト人の死生観やミイラのつくりかたを、壁画風の絵と文で描いている。

戦争に関する本も多数出版されている。日本が参戦した第二次世界大戦をテーマにした本としては、原爆の仕組みや原爆投下後の広島を克明な絵により、時系列で追い、核兵器の問題を幅広くとりあげた『絵で読む広島の原爆』、幼い日に経験した自身の沖縄戦を描いた『白旗の少女』がある。『アンネの日記』は、歴史の本ではないが、過酷な隠れ家生活をおくりながらも信念をもち続けたアンネのみずみずしい感性が、時代や国を超えていまも若い人に支持されている。

【地理】

地理は、時代の変化にともなって常に新しい情報が求められる分野である。〈世界の子どもたち〉シリーズ（一九八六―八九）とその後継シリーズ〈世界のともだち〉（二〇一三―一六）は、写真家がひとりの子どもの家族とつきあいながら、その子の暮らしや学校生活などを紹介している。塾や習い事に忙しい子、漁業や牧畜などの家業を手伝う子、祈りや伝統的な芸能に奉仕する子などさまざまな国の多様な文化で育つ子どもたち。彼らの輝く一瞬をカメラがとらえている。そこには共通する子どもらしい笑顔と希望がある。

冒険ものとしては、『エンデュアランス号大漂流』がある。一九一四年に南極を目指して出発したエンデュアランス号は、海の氷結により難破、隊長シャクルトンのもと、隊員たちは過酷な漂流を続け、不屈の精神でついに生還する。隊員のひとりが撮影した写真が、彼らの生活をありありと伝えている。『いま生きているという冒険』は、アラスカ、北極と南極、七大陸最高峰など極限での冒険に挑戦した写真家の著者が、生きていることこそが冒険ではないかと読者に問いかけている。

【伝記】

子どもは、人の一生にどんなことが起きたかに興味をもつ。とくに、数奇な運命や過酷な冒険、崇高で強い信念のもち主に憧れ、主人公になりきって楽しんだり、自分の生きかたや将来の夢を重ねることもある。

伝記に興味をもち始める低中学年を対象にした伝記が、これまでもたくさん出版されてきた。しかし、人の一生を理解するには、その人が生きた時代や背景、業績のもつ意味などを知る必要がある。低中学年では、それを理解するのはむずかしく、どうしてもうわべの出来事だけをとりあげて、単純化された薄っぺらな人物を描きがちである。安易な伝記が多数出版され、子どもたちもよく読んでいる現状はいまも変わらない。

人の一生は冒険であるとするなら、『夢を掘りあてた人　トロイアを発掘したシュリーマン』はその代表であろう。シュリーマンは、幼い日に読んだトロイア滅亡の物語を終生信じ続け、商人として大成功したのちに、莫大な財産を使って「トロイア」を発掘した。正に物語の主人公のような波乱万丈の生涯だが、それが実際にあったということが、子どもの心をとらえる。

『アンデルセン　夢をさがしあてた詩人』では、だれもが知る童話作家アンデルセンが、貧しい境遇と周囲の無理解に苦しみながら、想像力をはばたかせ、独自の世界をつくりだした生涯をていねいにつづり、作品の背景にある詩人の憧れや信念を浮き彫りにしている。発明に携わった人として『ライト兄弟空を飛ぶ夢にかけた男たち』は、失敗を重ねながら飛行機の制作に取り組む兄弟を、豊富な写真とともに紹介している。

現代人の自伝には『ぼくはマサイ　ライオンの大地で育つ』がある。ケニアのマサイ族の戦士として一族とともに暮らす一方で、寄宿舎生活をしながら勉学に励む「ぼく」の豊かな生きかたが、興味深く語られる。

近年は、伝記絵本も出版されている。『雪の写真家ベントレー』は、雪の結晶に魅せられ、長年の研究の末、写真に収めることに成功したベントレーの生涯を素朴な木版画で描いている。

③3類＝社会科学

社会科学も変化の激しい分野で、常に新しい本が求められる。子どもの本としては、世界の状況、自治体や国の仕組み、家族、仕事、福祉、民俗学などがある。

『ローザ』は、アメリカの公民権運動のきっかけをつくったローザ・パークスと彼女を支持する人びとの、静かな信念に満ちた行動を描いている。形式は絵本だが、人権や自由をテーマにした内容は、年長者向きである。『ちいさな労働者　写真家ルイス・ハインの目がとらえた子どもたち』は、一九世紀から二〇世紀にかけて、鉱山や農場、工場で働かされる子どもの写真を撮り、アメリカ社会に発表した写真家ルイス・ハインの生涯と作品を紹介し、「子どもの権利」がつい一〇〇年前からようやく認められてきたことを告げている。


ベリイマンは、『なぜ、目をつぶるの？　このすばらしい愛と協力のきずな』をはじめ、障碍児や病児の写真集を発表している。写真とそれに添えられた簡潔な説明から、懸命に生きる子どもたちとそれを支える理学療法士や家族のあたたかい愛情が伝わり、読者のもつ偏見を静かに問いただしている。子犬が盲導犬として訓練を受け、やがて家族の一員に迎えられるまでを写真で描いた『もうどうけんドリーナ』、ダウン症の弟を家族の一員として迎えた四人の兄姉が、素直な絵とことばで語る『わたしたちのトビアス』もあたたかく、また示唆に富んだ本である。

『はがぬけたらどうするの？　せかいのこどもたちのはなし』は乳歯が抜けたとき、世界各地の子どもたちはどんなことをしているかを教えてくれる。『ズボンとスカート』では、男の子はズボン、女の子はスカートというのはほんとう？と問いをもちこみ、世界の多様な民族衣装を紹介している。

④ 4類＝科学

福沢諭吉が物理学の初歩を説いた『訓蒙窮理図解』を皮切りに、科学の本は、明治以来の長い歴史をもっている。一九二三年に創刊された雑誌『子供の科学』（誠文堂新光社）がいまなお刊行され続けていることからもわかるように、科学の本の需要は昔もいまも大きい。

一九六九年創刊の月刊科学雑誌〈かがくのとも〉（福音館書店）は、幼児を対象に、動物、植物、宇宙、衣食住など自然や社会の事柄を一冊一テーマで刊行した画期的な科学絵本である。創刊号の『しっぽのはたらき』、二二号の『ちのはなし』、三五号の『こっぷ』など、のちに多くの作品が単行本化され、いまも読まれている。

翌一九七〇年に刊行を開始した〈科学のアルバム〉（あかね書房）は、動植物や天文、地学など自然をテーマに、美しいカラー写真を使って、基礎的な知識を動植物のライフサイクルや時間的な経緯など、子どもが理解できる体系にしたがってわかりやすく描いている。二〇〇五年には新装版が出ている。〈科学のアルバム〉をきっかけに、各社から写真による科学の本のシリーズが続々と刊行され、〈科学のアルバム〉の著者の多くが、そこでも活躍している。〈かがくのとも〉〈科学のアルバム〉はともに海外でも高く評価され、多くの国で翻訳されている。

遊びや実験をしながら科学を学ぶ本としては、『よわいかみつよいかたち』のほかに、ドライアイスを題材にした『ドライアイスであそぼう』、身近な不思議を実際に試してみようと呼びかける『科学でゲーム・ぜったいできる！』も人気のシリーズである。

幼い子どもが「どうして？」「なぜ」と知りたがる素朴な疑問には、しばしば深い真理が潜んでいる。それに答える本としては、紙面に一本の線を引いて地面の上と下を図式的に描き、植物と動物の成長と食物連鎖を明快に教えている『じめんのうえとじめんのした』、バケツから飛び出した水のしずくが、空に昇ったり、雨になって川を流れたり、つららになったり、と数々の冒険をしながら循環する水の仕組みをユーモラスな物語として描いた『しずくのぼうけん』がある。同じテーマの『ひとしずくの水』は、一滴の滴が水面に落ちる瞬間など、目で見ることのできない水の多彩な姿を美しい写真でとらえ、水の性質や循環について知ることができる。

算数・数学といえばむずかしく考えがちだが、隠れている動物を探し出して、数を数える『いくつかくれているかな？　動物かずの絵本』、1と2だけで数を数える『ウラパン・オコサ　かずあそび』など、子ども同士遊びながら読む本も多い。

宇宙関連の本には、新事実の解明や高性能な望遠鏡の出現などにより、美しく、驚異的な写真が載っている。そんななかで、『星座を見つけよう』は、〈ひとまねこざる〉シリーズの著者H・A・レイがユーモラスな絵で図説した星座の本である。説得力のあるイラストと説明が、写真よりわかりやすい。

宇宙探査に取り組む人びとを描いた『月へ　アポロ11号のはるかなる旅』、地球を舞台にした『深く、深く掘りすすめ！〈ちきゅう〉世界にほこる地球深部探査船の秘密』など、未知の世界を探求し続ける人びとの話は、好奇心を刺激する。『シンデレラの時計　人びとの暮らしと時間』は、〈シンデレラ〉に登場する時計の話を皮切りに、時計の発展と人びとの暮らしの関係を説いたユニークな読み物である。

地球や地学に関する本としては、『モグラはかせの地震たんけん』がある。男の子と動物たちが、地下にあるモグラはかせの研究所で地震の仕組みを学ぶという物語仕立てで、複雑な地球内部やプレートの動きをわかりやすく説明している。

日本中の土を集めて一覧し、分析した『土のコレクション』、鉱物への興味からこども鉱物館を開いた著者による『こども鉱物図鑑』、思いがけないかたちの雪と氷の写真を集め、それに鋭い観察とユーモラスなひとことを添えた『あんな雪こんな氷』など、対象への著者の愛情や熱意を感じる個性的な本も多い。

恐竜をはじめとする古生物学は子どもにもっとも人気の分野で、新しい発見も多く、〈小学館の図鑑NEO〉や〈講談社の動く図鑑MOVE〉〈フレーベル館の図鑑NATURA〉などの図鑑が最新の発見を反映している。迷子になったオルニトミムスの子どもが森をさまよう物語仕立ての『恐竜物語　ミムスのぼうけん』、恐竜の発掘や博物館にまで視野を広げた〈ようこそ恐竜はくぶつかんへ〉(全六巻)、恐竜研究家が自身の歩みを生き生きとつづった『ぼくは恐竜探検家!』など、読者対象も手法もさまざまな関連書が多数ある。

植物は、全般を扱った本や、アサガオやサクラなど一種類の植物がテーマの本、山や庭、ある地域など特定の場所をとりあげた植物誌などさまざまである。

冬芽をアップの写真でとらえ、そのユーモラスな姿にことばを添えた『ふゆめがっしょうだん』、オジギソウやヒマワリなど動く瞬間と仕組みをとりあげた『植物は動いている』など、植物の驚くべき生態に目を見張らされる。『ジャガイモの花と実』は、仮設実験授業の提唱者板倉聖宣が、自身の体験から説き起こし、ジャガイモの花の不思議と品種改良について説いた異色の作品である。

動物をとりあげて、その生命力や不思議に触れる本には、しっぽを見てなんの動物の尾かをあてるクイズ形式の『しっぽのはたらき』、自然の動物の相互関係を謎解きの形式で語った『ミイラになったブタ　自然界の生きたつながり』がある。

お話仕立てで生きものの生態を伝える幼い子向けの絵本には『かまきりのちょん』『ぼく、だんごむし』『かわせみのマルタン』がある。イヌの誕生と成長をモノクロの写真と的確な文章でつづった『こいぬがうまれるよ』は、子イヌが袋に入って生まれてきたり、ふさがっていた耳の穴が開いたりする写真に、子どもは驚きの声をあげる。

同様に物語のように楽しめる本に、『クワガタクワジ物語』がある。小学二年の太郎くんが捕まえたクワガタムシのクワジが三回の夏を過ごした記録であり、読者は太郎くんに寄りそって、一喜一憂しながら読んでいくだろう。

ユニークな図鑑としては、クモの巣を七区分にして紹介した美しい写真図鑑『クモの巣図鑑　巣を見れば、クモの種類がわかる！』、鳥の羽毛まで描き分けた画家による『野鳥の図鑑　にわやこうえんの鳥からうみの鳥まで』がある。

意外に知られていないミミズの食物や生殖の仕組みなどをとりあげた『ミミズのふしぎ』、日本のカエル四三種の前足や後ろ姿を一覧した『ずら～りカエルならべてみると…』など、生きもの好きはもちろん、そうでない読者も興味をもたずにいられない。

専門家が自身の研究活動を書いた本は、知識だけでなく著者の生涯をかけた情熱に圧倒される。無人島でたったひとりで観察を始め、ついに絶滅寸前のアホウドリを救った著者による『風にのれ！アホウドリ』、クジラの尾びれの模様が人間の指紋のように一頭ずつ異なることに着目し、尾びれの写真をもとにクジラの回遊を調査する壮大な構想にとり組む日々を語った『クジラ　大海をめぐる巨人を追って』、ノラネコ一匹ずつに名前をつけて、こっそり後をつけて行動を観察しながら、ネコの暮らしやルールを研究する『ノラネコの研究』は、いずれも専門家の著作である。

子どもにとって、自分の体も〝不思議〟のひとつである。『あなたのはな』『はははのはなし』『おなら』などは、疑問に答えると同時に、自らの体の存在に気づかせてくれる。

⑤５類・６類＝工学・産業

工学には、環境、建築、乗り物、手芸、料理、産業には、農業、園芸、漁業などがある。

その時々に応じて次々と出版されている乗りものの本のなかで、『ぼくは「つばめ」のデザイナー九州新幹線800系誕生物語』は、九州新幹線のデザイナーが、自身の子ども時代や新幹線を設計するうえでの考えかたなど、ものづくりの基本を教えてくれる。随所に挿入された著者のデザイン画からも仕事の一端が伝わる。乗りもの絵本作家の第一人者による『飛行機の歴史』は、神話からスペースシャトルまで、「空を飛ぶ」ものを五〇〇枚の精密な絵と解説で紹介し、子どもからおとなまで魅了する。

食べものの本では、ふたりの男の子がポップコーンをつくりながら、トウモロコシの種類や原産地のアメリカから世界に広がった歴史を調べていく『ポップコーンをつくろうよ』、一家で伝統の天然氷をつくり、氷室で保存、夏にかき氷にして供する様子を美しい写真でとらえた『かき氷　天然氷をつくる』がある。

『森はだれがつくったのだろう?』は、人びとが去った農地で、二〇〇年の時をかけて広葉樹林が出現するありさまを、繊細なペン画で描いている。『おじいちゃんは水のにおいがした』は、琵琶湖のほとりの漁師の日常が静かにとらえられ、自然の恵みを受ける暮らしの豊かさをうたっている。

⑥7類＝芸術・スポーツ

芸術は、絵画、工作、音楽、演劇、スポーツ、遊びなどがあり、実用書がかなりの割合を占めている。色の三原色を三人の子どもたちのダンスを通してみせる『いろのダンス』、錯視を縦横に楽しむ『だまし絵・錯視大事典』、世界各地の工芸品を博物館のように並べ、それにまつわる著者の体験や知識を解説した『少年民藝館』など、多様な視点で絵や工芸を楽しむ本がある。

演劇では、使い走りの「おいら」を狂言まわしに、江戸時代の歌舞伎を紙面に再現した『絵本　夢の江戸歌舞伎』、噺家が手ぬぐいと扇子を手に高座で話しだすと、熊さんやご隠居が見えてくる落語の仕組みや魅力を桂米朝が語る『落語と私』がある。

遊びの本としては、自然のなかでのあらゆる状況に応じて、どう生き抜くか、どう楽しむかを具体的に図示した『冒険図鑑　野外で生活するために』が実践にも役立つ。

（公益財団法人東京子ども図書館　杉山きく子）

課題

①本文139ページの『たんぽぽ』と『タンポポ観察事典』のように、同じテーマを異なる年齢層に対して書いている本を複数あげ、年齢別配慮について調べなさい。

②『アンネの日記』については、解説を加えた本や簡約版、絵本バージョンなど、この手記を題材にした本が非常にたくさん出版されている。これらをできるだけたくさん調べて比較し、どのような改変や追加説明がなされているか、また子ども向けとして優れてわかりやすいものはどれか、考えなさい。

③伝記にとりあげられる対象である人びとは、時代を追って「偉人」であることから、「個人」であることに変化してきている。秋元寿恵夫の『人間・野口英世』（偕成社文庫　一九八三年）を読み、「伝記」のありかたについて論じなさい。

■註

（1）国立国会図書館国際子ども図書館「国際子ども図書館の蔵書からみる国内の児童図書の出版状況（子どもの読書活動推進　子どもの読書に関する情報提供）」https://www.kodomo.go.jp/info/publication/index.html

■本文に出てきたブックリスト

できるだけ入手可能な版をあげた。

●児童百科事典編集部〈児童百科事典〉（全二四巻）平凡社　一九五一―五六年
●リリアン・H・スミス『児童文学論』石井桃子、瀬田貞二、渡辺茂男訳　岩波現代文庫　二〇一六年
●ジョアンナ・コール『こいぬがうまれるよ』ジェローム・ウェクスラー写真　つぼいいくみ訳　福音館書店　一九八二年
●ヨルン・フールム、トルシュタイン・ヘレヴェ『イーダ　美しい化石になった小さなサルのものがたり』エステル・ヴァン・フルセン絵　遠藤ゆかり訳　河野礼子監修　創元社　二〇一五年
●加古里子『よわいかみつよいかたち』新版　童心社　一九八八年
●アーネスト・T・シートン〈シートン動物記〉（全一五巻）今泉吉晴訳・解説　童心社　二〇〇九―一一年
●ジャン＝アンリ・ファーブル〈完訳ファーブル昆虫記〉奥本大三郎訳　集英社　二〇〇五―一七年
●原田一美『ホタルの歌』未知谷　二〇〇八年
●吉野源三郎『君たちはどう生きるか』ポプラポケット文庫　二〇一一年
●ニューヨーク・サン新聞社社説『サンタクロースっているんでしょうか？』中村妙子訳　東逸子絵　偕成社　一九七七年
●バージニア・リー・バートン『せいめいのれきし　地球上にせいめいがうまれたときからいままでのおはなし』改訂版　石井桃子訳　真鍋真監修　岩波書店　二〇一五年
●ピーター・スピアー『せかいのひとびと』松川真弓訳　評論社　一九八二年
●富山和子『川は生きている』新装版　講談社青い鳥文庫　二〇一二年
●平山和子『たんぽぽ』福音館書店　一九七六年
●小田英智『タンポポ観察事典』久保秀一写真　偕成社　一九九六年
●小森厚『どうぶつのおかあさん』薮内正幸絵　福音館書店　一九八一年
●スティーブ・ジェンキンズ『これがほんとの大きさ！』佐藤見果夢訳　評論社　二〇〇八年
●やぎゅうげんいちろう『はなのあなのはなし』福音館書店　一九八二年
●アレクサンドラ・ミジェリンスカ、ダニエル・ミジェリンスキ『マップス　新・世界図絵』徳間書店児童書編集部訳　徳間書店　二〇一四年／『マップス　新・世界図絵　愛蔵版』二〇一九年
●内田至『こうら』金尾恵子絵　福音館書店　一九八八年
●加古里子『ならの大仏さま』復刊ドットコム　二〇〇六年
●栗林慧『アリの世界』新装版　あかね書房　二〇〇五年
●埴沙萠『植物記』福音館書店　一九九三年
●小松義夫『世界あちこちゆかいな家めぐり』西山晶絵　福音館書店　二〇〇四年

●辻村益朗『本のれきし5000年』福音館書店　一九九二年
●アリキ『本はこうしてつくられる』松岡享子訳　日本エディタースクール出版部　一九九一年
●平川南ほか編〈Jr.日本の歴史〉（全七巻）小学館　二〇一〇―一一年
●児玉祥一監修『日本の歴史の道具事典』岩崎書店　二〇一三年
●網野善彦『日本の歴史をよみなおす』ちくま学芸文庫　二〇〇五年
●田中優子『グローバリゼーションの中の江戸』岩波ジュニア新書　二〇一二年
●上里隆史『琉球という国があった』富山義則写真　一ノ関圭絵　福音館書店　二〇二〇年
●リチャード・プラット『中世の城日誌　少年トビアス、小姓になる』クリス・リデル絵　長友恵子訳　岩波書店　二〇〇三年
●アリキ『エジプトのミイラ』神鳥統夫訳　佐倉朔監修　あすなろ書房　二〇〇〇年
●那須正幹『絵で読む広島の原爆』西村繁男絵　福音館書店　一九九五年
●比嘉富子『白旗の少女』講談社青い鳥文庫　二〇〇〇年
●アンネ・フランク『アンネの日記　増補新訂版』深町眞理子訳　文春文庫　二〇〇三年
●〈世界の子どもたち〉偕成社　一九八六―八九年
●〈世界のともだち〉偕成社　二〇一三―一六年
●エリザベス・コーディー・キメル『エンデュアランス号大漂流』千葉茂樹訳　あすなろ書房　二〇〇〇年
●石川直樹『いま生きているという冒険』増補新版　新曜社　二〇一九年
●インゲ・フォン・ヴィーゼ『夢を掘りあてた人　トロイアを発掘したシュリーマン』大塚勇三訳　岩波書店　一九六九年
●ルーマ・ゴッデン『アンデルセン　夢をさがしあてた詩人』改訂版　山崎時彦、中川昭栄共訳　偕成社　一九九四年
●ラッセル・フリードマン『ライト兄弟　空を飛ぶ夢にかけた男たち』松村佐知子訳　偕成社　一九九三年
●ジョゼフ・レマソライ・レクトン『ぼくはマサイ　ライオンの大地で育つ』ハーマン・ヴァイオラ編　さくまゆみこ訳　さ・え・ら書房　二〇〇六年
●ジャクリーン・ブリッグズ・マーティン『雪の写真家ベントレー』メアリー・アゼアリアン絵　千葉茂樹訳　BL出版　一九九九年
●ニッキ・ジョヴァンニ『ローザ』ブライアン・コリアー絵　さくまゆみこ訳　光村教育図書　二〇〇七年
●ラッセル・フリードマン『ちいさな労働者　写真家ルイス・ハインの目がとらえた子どもたち』千葉茂樹訳　あすなろ書房　一九九六年
●トーマス・ベリイマン『なぜ、目をつぶるの？　このすばらしい愛と協力のきずな』ビヤネール多美子訳　サビーネ・ギュールブランドセン、ロルフ・レアンデルソン監修　偕成社　一九八一年
●土田ヒロミ『もうどうけんドリーナ』日紫喜均三監修　福音館書店　一九八六年
●セシリア＝スベドベリ『わたしたちのトビアス』山内清子訳　偕成社　一九七八年

●セルビー・ビーラー『はがぬけたらどうするの？　せかいのこどもたちのはなし』ブライアン・カラス絵　こだまともこ訳　フレーベル館　一九九九年
●松本敏子『ズボンとスカート』西山晶絵　福音館書店　一九九二年
●川田健『しっぽのはたらき』藪内正幸絵　今泉吉典監修　福音館書店　一九七二年
●堀内誠一『ちのはなし』改訂版　福音館書店　一九七八年
●谷川俊太郎『こっぷ』今村昌昭写真　日下弘AD　福音館書店　一九七六年
●板倉聖宣、藤沢千之『ドライアイスであそぼう』新版　丹下京子絵　仮説社　二〇一二年
●V・コブ、K・ダーリング『科学でゲーム・ぜったいできる！』木下友子訳　田沢梨枝子イラスト　さ・え・ら書房　一九八七年
●アーマ・E・ウェバー『じめんのうえとじめんのした』改訂　藤枝澪子訳　福音館書店　二〇〇一年改訂
●マリア・テルリコフスカ『しずくのぼうけん』ボフダン・ブテンコ絵　内田莉莎子訳　福音館書店　一九六九年
●ウォルター・ウィック『ひとしずくの水』林田康一訳　あすなろ書房　一九九八年
●パット・ハッチンス『いくつかくれているかな？　動物かずの絵本』偕成社編集部文　偕成社　一九八四年
●谷川晃一『ウラパン・オコサ　かずあそび』童心社　一九九九年
●H・A・レイ『星座を見つけよう』草下英明訳　福音館書店　一九六九年
●ブライアン・フロッカ『月へ　アポロ11号のはるかなる旅』日暮雅通訳　偕成社　二〇一二年
●山本省三『深く、深く掘りすすめ！〈ちきゅう〉世界にほこる地球深部探査船の秘密』友永たろ絵　くもん出版　二〇一六年
●角山榮『シンデレラの時計　人びとの暮らしと時間』ポプラ社　一九九六年
●松岡達英『モグラはかせの地震たんけん』ポプラ社　二〇〇六年
●栗田宏一『土のコレクション』フレーベル館　二〇〇四年
●八川シズエ『こども鉱物図鑑』中央アート出版社　二〇〇七年
●高橋喜平『あんな雪こんな氷』講談社　一九九四年
●〈小学館の図鑑NEO〉小学館
●〈講談社の動く図鑑MOVE〉講談社
●〈フレーベル館の図鑑NATURA〉フレーベル館
●松岡達英『恐竜物語　ミムスのぼうけん』ジェームス・H・マドセンJr.、小畠郁生監修　小学館　一九九一年
●アリキ〈ようこそ恐竜はくぶつかんへ〉神鳥統夫訳　リブリオ出版　一九九九年
●小林快次『ぼくは恐竜探検家！』講談社　二〇一八年
●長新太『ふゆめがっしょうだん』冨成忠夫、茂木透写真　福音館書店　一九九〇年
●清水清『植物は動いている』新装版　あかね書房　二〇〇五年

●板倉聖宣『ジャガイモの花と実』藤森知子絵　仮説社　二〇〇九年
●スーザン・E・クインラン『ミイラになったブタ　自然界の生きたつながり』ジェニファー・O・デューイ絵　藤田千枝訳　さ・え・ら書房　一九九八年
●得田之久『かまきりのちょん』福音館書店　一九七三年
●得田之久『ぼく、だんごむし』たかはしきよしえ　福音館書店　二〇〇五年
●リダ・フォシェ『かわせみのマルタン』F・ロジャンコフスキー絵　石井桃子訳編　童話館出版　二〇〇三年
●中島みち『クワガタクワジ物語』偕成社文庫　二〇〇二年
●新海明『クモの巣図鑑　巣を見れば、クモの種類がわかる!』谷川明男写真　偕成社　二〇一三年
●藪内正幸『野鳥の図鑑　にわやこうえんの鳥からうみの鳥まで』福音館書店　一九九一年
●皆越ようせい『ミミズのふしぎ』ポプラ社　二〇〇四年
●高岡昌江『ずら～りカエルならべてみると…』松橋利光写真　アリス館　二〇〇二年
●長谷川博『風にのれ!アホウドリ』フレーベル館　一九九五年
●水口博也『クジラ　大海をめぐる巨人を追って』金の星社　二〇〇四年
●伊澤雅子『ノラネコの研究』平出衛絵　福音館書店　一九九四年
●ポール・シャワーズ『あなたのはな』ポール・ガルドーン絵　松田道郎訳　福音館書店　一九六九年
●加古里子『はははのはなし』福音館書店　一九七二年
●長新太『おなら』福音館書店　一九八三年
●水戸岡鋭治『ぼくは「つばめ」のデザイナー　九州新幹線800系誕生物語』講談社　二〇〇四年
●山本忠敬『飛行機の歴史』福音館書店　一九九九年
●トミー・デ・パオラ『ポップコーンをつくろうよ』福本友美子訳　光村教育図書　二〇〇四年
●伊地知英信『かき氷　天然氷をつくる』細島雅代写真　岩崎書店　二〇一五年
●ウィリアム・ジャスパソン『森はだれがつくったのだろう?』チャック・エッカート絵　河合雅雄訳　童話屋　一九九二年
●今森光彦『おじいちゃんは水のにおいがした』偕成社　二〇〇六年
●アン・ジョナス『いろのダンス』なかがわちひろ訳　ベネッセコーポレーション　一九九一年
●椎名健監修『だまし絵・錯視大事典』あかね書房　二〇一五年
●外村吉之介『少年民藝館』筑摩書房　二〇一一年
●服部幸雄『絵本　夢の江戸歌舞伎』一ノ関圭絵　岩波書店　二〇〇一年
●桂米朝『落語と私』新装改訂　ポプラ社　二〇〇五年
●さとうち藍『冒険図鑑　野外で生活するために』松岡達英絵　福音館書店　一九八五年

ブックトークをやってみよう——黒沢克朗（くろさわ・かつろう）

ブックトークとは

ブックトークの目的は、本を紹介することで、子どもたちに本に対しての興味を起こさせることです。一冊の本を紹介して、その本に興味をもつという直接的な目的もありますが、間接的には読書一般に興味をもってもらうことです。学生に「いままでにブックトークをしたことがありますか？」と質問をすると、九分九厘の学生はしたことがないと答えます。実際に、そうでしょうか？　自分が読書をしておもしろかった本は、友人や家族などに粗筋を話したことがありませんか？　自分が読んで楽しかった作品を紹介するのも、ブックトークなのです。このように形式ばらないインフォーマルなブックトークに対して、一定のグループ（学校のクラス、読書会のメンバー）に対してするのが、フォーマルなブックトークです。これからフォーマルなブックトークについて述べてみたいと思います。

ブックトークの対象

最近の子どもたちは、就学前なのにひらがなを完全に読めています。ひらがなを読めているからといっても、内容は理解できているのでしょうか。たとえば「か・さ・じ・ぞ・う」と読めても、おじぞうさんがどんなものなのか想像できているのでしょうか。たとえひらがなが読めたとしても、作品全般の内容を理解できない子どもたちには、ブックトークをするよりも、一冊丸ごと本を読んでやればよいのです。ですから、ブックトークの対象は小学校三年生くらいからが妥当ではないかと私は考えています。

また、子どもだけではなくおとなにとっても、ブックトークは楽しく、有意義です。

ブックトークのしかた

・その作品の粗筋をすべて話す。子どもにとっては一冊の本を読んだ気になり、満足感を得ることができます。しかし、読んだ気になってしまうので、自ら読んでみようという子どもが少なくなってしまうという難はあります。

・お話が盛りあがったところで本の紹介を終え、あとは自分で読んでみるようにすすめます。子どもたちは、そのストーリーがどのように展開していくのか興味津々なので、その場で読んでみたくなります。子どもたちからは「結末はどうなったの?」「あと少し紹介して」「ケチ!」などの不満の声があがります。しかし、紹介した者としては、子どもたちの不満そうな顔がたまらなく小気味よいときもあります。

・その本の一部だけを紹介する。短編の一部分、詩やことばあそびを読んだりするのは効果的です。

テーマの決めかた

基本的には、子どもたちの想像力をかきたて、知的好奇心を刺激し、本の楽しさを伝えるものを選ぶことです。テーマは、第一に季節に合わせるとより効果的です。春には桜、夏には怪談、秋には月、冬には雪というように、季節を優先するとよいと思います。ただし、これらのテーマは季節限定ですので、はじめてなさるかたはいつでも使えるテーマ(学校生活、宝物、おしゃれ、推理・探偵、食べものなど)を選んだほうがよいのではないかと思います。

第二に、子どもたちが興味をもっているようなテーマにすることです。そのためには、子どもたちと直に話し、さまざまに情報をキャッチしておくことが大切です。第三は、新刊本のなかで子どもたちに読んでもらいたい本はないかと考え、その本とテーマを合わせることも必要です。二〇二二年に出版された『えんどうまめばあさんとそらまめじいさんの　いそがしい毎日』（松岡享子原案・文　降矢なな文・絵）を例にとってみましょう。働きもののおばあさんとおじいさんが仲よく暮らしています。ふたりにはひとつだけ困ったところが……。テーマとしては「えんどうまめ」「そらまめ」「おじいさん・おばあさん」「働きもの」などが考えられます。

ブックトークの準備

紹介する本が決まったら、本を紹介する順番を決めます。最初と最後には、いちばん読んでもらいたいと思う本を用意するとよいと思います。まんなかあたりには、子どもたちがふっと気が抜けるような本、ゲーム的要素の強い本を選ぶとよいでしょう。

・原稿を書く。

どこにポイントをおくか、つなぎの文章をどうするか、最初に下原稿を書き、次に自分で数回読んで完全な原稿に仕上げていくことが必要です。

・時間配分を考える。

ブックトークに用いる時間は事前にわかると思うので、その時間内に何冊の本を紹介するのか、どの本をメインにするのか、それに合わせて時間の配分をします。いざ本番のときには、時間どおりにはけっしていかないので、臨機応変に対応できるようにしておかなければなりません。当初、その本の紹介を七分と考えても、子どもたちとのやりとりなどで九分かかってしまったときは、次の本では二分減らさなければなりません。自分が思ったとおりにはできないだろうということを、最初からイメージしておくのも大切なことです。

・本に付箋をつけておく。

子どもたちに挿絵を見せたり、一部分を読むところなどには、事前に付箋をつけておく。そのほうがスムーズに紹介ができます。

・最初の挨拶、最後の挨拶、紹介する本と本とのあいだのつなぎのことばを考える。

導入をどうするかが、いちばんのポイントです。最初に子どもたちの心をとらえることができるかどうかが、成功する鍵でもあります。

紹介する本以外にも、必要な資料や小道具などを用意しておいたほうがよいでしょう。たとえば、「魔女のはなし」のときは魔女のぬいぐるみを、「たまごのはなし」のときは本物のたまごを用意したり、ダチョウのたまごが掲載されている図鑑を用意して、子どもたちの目先を変えるのもひとつの手です。しかし、メインはあくまでも本の紹介です。

いざ本番

子どもたちの顔をよく見ながら紹介をします。最初は子どもたちの顔を見る余裕がないかもしれませんが、子どもたちはどんな顔をしているか、どんなところで反応をしたか、子どもの表情ひとつで本の紹介がはやくなったり、力が入ったりと、ブックトークの醍醐味をそこで感じとります。また、本を紹介しているときに子どもたちが発したことばに対して、受け答えをうまくします。しかし、あくまでも簡単明瞭にしなくては本来の目的とかけはなれてしまうので、注意が必要です。そして、本は手にもち、子どもたちによく見えるようにしなければなりません。

ブックトークが終わったあとに

紹介した本は子どもたちに知らせるべきものなので、リストを作成しておき、ブックトークが終わったあとに配布するようにしたほうがよいと思います。また、ブックトークで紹介した本は複数用意し、子どもたちがすぐ手にとれるようにしておくべきです。子どもたちが本に興味をもったときにすぐ対応しないと、その興味は別のところにいってしまいます。現在はコンピュータの普及にともない、貸出状況が瞬時のうちに把握でき、次回のブックトークのときの参考になります。また、ブックトークをしたときには、テーマ、紹介した本、子どもたちの反応などの記録をとっておくようにしましょう。

おわりに

以上、簡単にブックトークのことをまとめてみましたが、どうぞ肩の力を抜いてブックトークに挑戦してみてください。自分が大好きで、子どもたちにも読んでほしいなあと思う本をブックトークをすると、自然に熱が入り、子どもたちにも伝わっていきます。どうぞ、テクニックがどうだこうだという前に、本を深く読み、味わってみてください。

（調布市立図書館司書）

■ブックトークをするうえでの参考資料

●児童図書館研究会編『ブックトーク２』児童図書館研究会　二〇〇三年
●図書館活用資料刊行会編『はじめてのブックトーク』図書館流通センター　二〇〇二年
●キラキラ読書クラブ『キラキラ応援ブックトーク　子どもに本をすすめる33のシナリオ』岩崎書店　二〇〇九年
●徐奈美『今日からはじめるブックトーク　小学校での学年別実践集』少年写真新聞社　二〇一〇年

おはなし（ストーリーテリング）について——島本まり子（しまもと・まりこ）

子どもはおはなしが大好きです。字が読めなくても、本が好きでなくても、語り手のことばをきいて物語の世界に入り、主人公になりきって楽しみます。さあ、あなたも物語を覚えて子どもに語りましょう。

おはなしとは

「おはなし」は、ストーリーテリングや素話ともいい、物語を覚えてなにも見ずに語るもので、図書館や文庫で主に子どもに対しておこなわれています。ここでいう「おはなし」は、落語や漫才のような芸能や舞台で上演される朗読劇とはちがい、身ぶり手ぶりや声色などの特別な技術、演出はいりません。ただ、物語を覚えて子どもに語ればいいのです。目的は、子どもに物語を楽しんでもらうことです。

優れた物語には、人間の生きかたや知恵、自然の摂理など、大切なエッセンスやメッセージが秘められています。昔話によくある正直者は得をするとか、悪いことをするとばちがあたるなどの教訓も、子どもはおはなしの流れのなかで自然に受けとめます。また、おはなしのなかで主人公とともにした体験や感じた気持ちは心の奥に残ります。ところがおとなは、おはなしで子どもになにかを伝えたり、教えようとして、教育的、道徳的なテーマを選んだり、終わったあとで教訓をたれたり、理解できたかきいたり、感想をいわせたりしがちです。すると子どもは、それに敏感に反応したり、胡散臭く感じたりしてしまい、次からおはなしを素直にきくことができなくなります。おとなはよけいな手を加えず、おはなしの力を信じて、子どもに物語を届けることが大切です。おはなしがきける年齢は、個人差がありますが、耳で物語をきいて理解し、想像することができる四、五歳くらいからがよいでしょう。

おはなしの選びかた

図書館では、おはなしのもとにする本や本文を「テキスト」と呼んでいます。昔話集や童話集からテキストを選ぶ際に気をつけることは、いくら文学的ですばらしい文章でも、黙読と音読では印象がちがい、耳できくとわかりにくいいいまわしや難解なことばがあることです。また、子どもにわかりやすい美しい日本語で書かれ、文法的にまちがいがないこと、耳できいて理解し、イメージしやすいよう、「いつ」「どこで」「だれが」「だれと」「なにを」「どうした」かが時系列できちんと表され、ストーリーが明快であるかも重要です。テキストに向く本として、『おはなしのろうそく1〜34（続刊）』（東京子ども図書館）や〈子どもに語る〉シリーズ（こぐま社）のように、語りやすい訳や文章にしたものもありますので、利用されるといいでしょう。

はじめておはなしをするときや、おはなしを選ぶのに迷うときは、昔話がおすすめで、年齢や性別にかかわらず、よくきいてくれます。昔話は口承文芸で、無駄がなくシンプルで話がどんどん展開する、なんでも極端に表現する、くり返しが三回ある、小さい者や弱い者が最後に幸福になる、勧善懲悪などの特徴があり、子どもが理解しやすいものが多いのです。昔話の特徴や文法などについては、グリム童話と口承文芸の研究をされている小澤俊夫氏の著書『昔ばなし大学ハンドブック』（読書サポート）ほかに詳しいので、ぜひ一度読んでみてください。また、日本の昔話には『日本昔話百選』（稲田浩二・稲田和子編著　三省堂）のように方言で書かれたものがあります。方言で語るのが苦手であれば、地方独特の味わいはやや薄れますが、『日本の昔話　全五巻』（おざわとしお再話　福音館書店）のような共通語の本から選んでもよいでしょう。

おはなしの長さについては、子どもの集中力などの個人差や、語る物語の数、実施時間にもよりますが、目安として、一話が、幼児や低学年には数分から一〇分前後、中高学年には一五分から二〇分前後のものがいいでしょう。ただ、短くても、幼児や低学年向きでないものもあるので注意してください。

私が小学校でおこなったおはなしの例をあげると、低学年には「おいしいおかゆ」「七羽のからす」（グリムの昔話）、「三びきの子ブタ」（イギリスの昔話）、「腰折れ雀」「鳥呑爺」（日本の昔話）、中高学年には「小鳥になった美しい妹」（ギリシアの昔話）、「小さなこげた顔」（アメリカの昔話）、「仙人のおしえ」（日本の昔話）、「黒いお姫さま」（ドイツの昔話）などです。おはなしの選びかたやプログラムの組みかたについては、『これから昔話を語る人へ　語り手入門』（松本なお子著　小澤昔ばなし研究所）や『おはなし会ガイドブック　小学生向きのプログラムを中心に』（茨木啓子ほか編著　こぐま社）などが参考になります。いろいろなテキストを読み、自分が気に入って語りたいと思うものを選びましょう。

おはなしを覚えるときは、必ず声に出し、場面の区切りごとに覚えて最後に全部を通すようにするといいでしょう。子どもの前でよどみなく語れるよう、くり返し練習します。大げさな抑揚や声色は必要ありません。ことばのイメージをしっかりつかみ、場面を思い浮かべながら自然に語りましょう。

おはなしをするとき

語り手もきき手も集中できるよう、広すぎず、なるべく外の音がしない静かな環境で実施したいものです。図書館では、おはなしのための部屋でろうそくを灯し、照明を少し暗くして実施しているところがあります。おはなしの前に歌を歌ったり、小さなベルを鳴らすところもあり、このようなちょっとした工夫で、子どもを現実からおはなしの世界へいざなうことができます。教室では、声が届かなかったり、拡散しないように、子どもをなるべく前のほうに詰めて座らせます。椅子の場合は、語り手を囲むように三、四列の扇形に並べます。もし可能ならカーテンを閉め、ろうそくを灯して照明を消すと雰囲気が出ます。ろうそくを灯すときは、危険のないよう、安定感のある燭台にろうそくを立て、途中で火が消えないよう、開いた窓やすきま風にも注意します。そして「これはおはなしのろうそくです。ろうそくに火がついたら、おはなしが始まります」と静かにいって、マッチで火をつけます。子どもが騒ぐようなら、静かにするよう約束させ、落ち着いたら「最初のおはなしは、(○○の昔話で)○○○」とタイトルをはっきりいって、ひと息おいて語り始めます。終わったら「おしまい」といって、軽くお辞儀をし、拍手がやんだら「次のおはなしは……」と続けます。

全部終わったら火を消しますが、私がいままでしていた方法をご紹介すると、「おはなしが終わったので、おはなしのろうそくを消してもらいます。これは不思議なろうそくで、消す前にお願いごとをすると、いつかかなうといわれています。きょうがお誕生日(いなければ前後でいちばん近い日)の人はいますか?」ときいて子どもに出てきてもらい、「消す前に心のなかでお願いごとをしてください」といいます。このとき、私は、消す子だけでなく、ほかの子どもにもその場で願いごとをしてもらいます。みんな手を合わせて目をつぶったりして真剣です。一〇秒くらい待ってから「では、○○さんにろうそくの火を消してもらいます」と促し、吹き消したら拍手して席にもどってもらいます。これが盛りあがり、こちらがメインではないかと苦笑するときもありますが、子どもは火を消すことを楽しみにしながらもおはなしをよくきいてくれます(高学年にも楽しみにしている子がいます)。その後、テキストにした本を紹介します。もちろん、ろうそくを使わなくてもおはなしはできます。おはなしの世界への導入と現実の世界にもどるときの終わりのことばや合図をきちんとしましょう。

おはなしをしていると、子どもが物語にいろいろな反応をしたり、満足そうな表情をすることがあります。そんな様子を見ると、私はおはなしをしてきてよかったと心から思います。おはなしをするかたが、おはなしをとおして子どもとよい時間をすごされることを願っています。(元浦安市立図書館司書)

第10章 子どものための詩――わらべうたから現代詩まで

この章では、これまでとはちがい、物語よりも原初的な要素――つまり物語をつくりあげている「ことば」自体――に焦点をあてる。つまり、ここではそのことばのもつ力を音、意味、視覚などの多方面から最大限に生かした言語芸術である「詩」のなかでも、とりわけ子どもをターゲットとしたものと、その詩を生んだ母体である伝承の詩、つまりわらべうた（伝承童謡）である。

ことばをもち、意思伝達ができるということは、人間がほかの動物ともっとも大きくちがうところである。生まれたばかりの子どもはことばを知らないが、耳から聞き、まわりの状況を判断し、認識し、次第に音を発することを学んで、それに付される意味の決まりを知る。語彙数は、事物の認識にともなって増えていき、やがて「文法」と呼ばれる規則を使って文章をつくれるようになっていく。身につけた規則を応用して、新しい表現方法も獲得していく。

子どものことばの発達においては、認識と知覚と応用が同時に進行していく。その過程は、言語学にとってとも興味深いものである。

言語学的にいうと、ことばには「音」「意味」「文法」という三つの側面がある（それぞれを扱う学問が音韻論、意味論、統語論である）。ことばを学び始めた子どもは、まずその「音」の側面を、文字を介することなく耳でとらえる。このことは、子どもの文学にとって詩が大きな地位を占めるひとつの理由である。おとなにとっては、ことばは意味伝達の手段であり、ことばの三要素のなかでは、意味と文法がより重要性をもつように思われる。しかし、詩や、子どものことばにとって、意味と同等に——否、意味よりももっと——重要なのが、「音」なのである。

詩という文学形式は、小説などが生まれるよりもずっと昔から存在するジャンルである。これを一般的に定義するのはたいへんむずかしいのだが、「一切の事物について起こった感興や想像などを一種のリズムをもつ形式によって叙述したもの」（『広辞苑』第六版）、「最高の順序に並べられた最高の言葉」「人生の批評」（『ブリタニカ国際大百科事典』）などと説明される。

詩には定型詩と自由詩があり、前者は一定のリズム（韻律）や音の決まり（韻）を用い、一定の形式にことばをあてはめて内容を表す詩であり、日本では伝統的な短歌や俳句がこれに相当する。現代詩は自由詩の要素が強い。その半面、英語では、音の強弱の「格」のパターンを決め、押韻、頭韻など韻を踏み、行数を規定したものが定型詩で、ふつうの詩は定型詩のかたちをとることが多い。そう考えてみると、詩とは、リズムや音、かたち（表意文字の要素をもつ日本語では、これに加えて視覚）が、ほかの文学形式よりずっと重要視されるジャンルと考えてもいいかもしれない。

これをさらにおしすすめ、意味よりも音が大切と考えるあまり、意味がひっくり返っても意に介さず、逆にそうしてひっくり返った意味のおかしさを積極的に楽しんだり、既成の固定概念を破壊するのに利用したりするのが、「ナンセンス」詩である。

では、詩のなかでも、とりわけ子どものための詩というのはどういう要素をもっているのだろうか。これは、児童文学を規定するより困難である。しいていうならば、①詩人が子どもをターゲットに書いていること、または②その詩が子どもの生活や心的状況にきわめて細やかな理解を示し、子どもの心に響く内容をもっていること——などがあげられるだろうが、論理的理解力よりも感性に訴える側面が強い詩の場合、おとな向け、子ども向けを厳密に判別するのはむずかしい。

にもかかわらず、詩のなかには「児童詩」があり、「少年詩」があり、国語の教科書にも多くとり入れられている。おまけに詩は短くて、ストーリー性や構成力がなくてもいい（ほんとうはいけないのだが）ありのままの感情を表現する最短の方法と（誤って）考えられている向きがあり、子どもたちに詩をつくらせることも、教育現場では重要視されている。しかし、その際の指導には、そもそも詩がもっている「音」「リズム」「型」の限定のなかでの表現の巧みさなどはいささかないがしろにされて、「思ったことをありのままに」「素直な心で」といった情緒的な側面ばかりが強調されているきらいがある。詩を書くときにも味わうときにも、元来のことばのもつ力にこそ注目したい。

物語が昔話などの伝承文芸にルーツをもつように、詩のルーツは伝承童謡である。日本では、口伝えに継承されてきた子どものうたは「わらべうた」とか「伝承童謡」と呼ばれ、子どものための詩の源泉となっている。そのなかに含まれるものには、遊び唄、子守唄、数え唄などがあるが、相手をののしる悪口唄、からかい唄などもはずせない。メロディのあるものもあり、調子よく唱えたり、叫ぶだけのものもあり、地方によってことばがちがっていたり、メロディがちがっていたりする。作者不詳の古いものがほとんどだが、例外的によく知られているものもあるし、近代になってからつくられたものもある。

遊び唄には、「かごめかごめ」「はないちもんめ」などお遊戯にともなうもの、「ずいずいずっころばし」など手あそびに使うもの、「下駄隠し」などの鬼決め唄などがあり、子どもたちのあいだで伝承されてきて、歌詞の意味が不明になっているものもある。

子守唄には「眠らせ唄」と「子守のなげき唄」の二種類があるといわれる。「ねんねんころりよおころりよ」という日本でいちばんよく知られている子守唄は眠らせ唄だが、「五木の子守唄」などは、幼いころに奉公に出され、盆と正月しか家に帰れなかった児童労働者の「子守」が、泣く子をきらい、つらい仕事をなげく唄である。

数え唄は、数字を覚えるためだけでなく、単調な仕事や、きりもなく見える階段をあがるときなどの、気晴らしとしても口ずさまれる。「いち、に、さんまのしっぽ……」など、語呂あわせになっている場合が多い。悪口唄でも、「○×ちゃん、○がつく○屋の○助、○って○られて○り殺された」などというのは、相手の名前にかこつけて語呂あわせではやしたてる、音の効用を重視したものといえよう。わざと汚いことばや、おとながいやがるようなタブー語を叫ぶ子どもがよくいるが、これは悪口唄に共通する、故意に規則を破り、音を発することによる気分の発散を、意識せずとももくろんでいるのである。

明治時代になると、学校制度の発足にともなって学校で教える「唱歌」も多く作詞作曲された。「ふるさと」「春の小川」など、いまでも愛唱されている歌が多い。ついで大正時代には、伝承童謡にならって北原白秋（一八八五―一九四二）、西条八十（一八九二―一九七〇）、野口雨情（一八八二―一九四五）らが子どものための詩を数多く創作した。これらは「童謡」と呼ばれ、子どもの目線や子どもの立場を生かしつつ、芸術性の高さを達成した。「ゆりかごのうた」（白秋）、「かなりあ」（八十）、「赤い靴」（雨情）などが有名である。とりわけ北原白秋は、大正時代を代表する児童雑誌『赤い鳥』において、子どもの詩作の添削をおこない、指導にあたった。

童謡は、メロディがあって歌うものが多いが、もちろん純粋にことばだけの詩も書かれ続ける。金子みすゞ（一九〇三―三〇）、サトウハチロー（一九〇三―七三）、まど・みちお（一九〇九―二〇一四）、工藤直子（一九三五―）、谷川俊太郎（一九三一―二〇二四）らが、子どものための詩を数多く発表している。

残念なのは、わらべうた集にも詩集にも、絵本として魅力のあるものが少ないことである。その少ないもののなかの名作は、谷川俊太郎詩、瀬川康男絵の『ことばあそびうた』(一九七三)であろう。日本語のおもしろさを最大限に生かしたことばあそびの詩に、独特の版画風の絵がマッチして、魅力的な絵本になっている。

短歌や俳句などの定型詩は、むずかしいという先入観があるが、制限された字数で詩をつくるということをもっと遊んでもいいのではないか。そんな試みが絵本になったシリーズの一冊が、岸田衿子(一九二九―二〇一一)の『どうぶつはいくあそび』(一九九七)である。また、現代俳句を紹介しつつ、それを絵で表現し、ちょっとした解説を添えた村井康司編の〈めくってびっくり俳句絵本〉シリーズ(二〇〇九―)も、子どもたちに定型詩を身近に感じてもらうための入門書として楽しい。

英語圏の国々には、伝統童謡として「ナーサリー・ライム」「マザー・グース」と呼ばれるものがある(イギリスでの正式名称は「ナーサリー・ライム」であるが、アメリカや日本では、一般に「マザー・グース」という呼びかたが広まっている)。日本のわらべうた同様、歌い継がれてきた歴史をもち、やはり遊び唄、子守唄、数え唄などが含まれるが、そのほかにも歴史をうたったもの、物語り唄、ナンセンス唄、なぞなぞなど、非常に多岐にわたっており、現在まで生き残っている数も格段に多い。

ナーサリー・ライムの大きな特徴は、絵本の誕生から現在にいたるまで、数知れぬ絵本作家が視覚化に挑戦し、優れた絵本を非常にたくさんのこしているという点である。そのおかげもあって、ナーサリー・ライムの人気登場人物や、有名な場面――たとえばハンプティー・ダンプティー、コック・ロビン、バイオリンを弾くネコ、クロツグミが飛び出すパイ、陽気なコールの王さまなどのキャラクターやイメージ――は、英米の文化にしっかりと根づき、日本のわらべうたとは比べものにならないほど、人口に膾炙《かいしゃ》している。

大正時代に北原白秋訳で『まざあ・ぐうす』として日本に紹介されて以来、日本でも英語の伝承童謡は親しまれ、いろいろな人が翻訳している。昭和に入って谷川俊太郎の翻訳が出版されたときは、ちょっとしたブームにもなり、この訳にメロディをつけて歌ったレコードも販売された。

ナーサリー・ライムには、音韻や韻律を重視するあまりに意味を軽んじて、その結果、新たな、そしてこっけいな意味が生じる「ナンセンス」が含まれるものが多い。そのユーモアや、とぼけて、残酷で、わけのわからない楽しさは、英語圏の人びとの文学的源泉となっており、その点でも日本とは比べものにならない共有財産をもっていることになる。

英語圏では、詩人が自作を朗読する伝統も健在で、子どものための詩も、文学者・児童文学者を問わず多くの人びとが傑作をのこしている。日本ではもっぱら物語作者として有名だが、ロバート・ルイス・スティーブンソン（一八五〇―一九四）の『ある子どもの詩の庭で』（原著一八八五）、ウォルター・デ・ラ・メアの『孔雀のパイ』（原著一九一三）、エリナー・ファージョンの『ロンドンのわらべうた』（原著一九一六　未訳）などが有名だ。A・A・ミルン（一八八二―一九五六）も『ぼくたちが小さかったころ』（原著一九二四）、『ぼくたちはもう六歳』（原著一九二七）という、クマのぬいぐるみとクリストファー・ロビンが登場する二冊の詩集を書いている（翻訳では、『クリストファー・ロビンのうた』としてまとめて紹介されている）が、クマのプーさん自身、典型的な子どもの詩人である。プーさんは字を書いたり読んだりすることはできないが、ことばの調子をうまく合わせ、歩きながら即興の詩をつくって口ずさむ。このように自然に口の端にのぼってくることばを歩きながらリズムに合わせて構成するというのは、とりもなおさず子どもの詩の原点なのである。

課題

①谷川俊太郎の『ことばあそびうた』のなかの詩をひとつ選び、音・意味・視覚がどのように工夫されているか分析しなさい。
②マザー・グースの歌のなかからひとつを選び、自分なりの翻訳を工夫してみなさい。
③絵のない詩集から詩を一篇選び、それを絵に描いてみなさい。

■ブックリスト

本文であげた本については出てきた順に、それ以外は著者のアイウエオ順に並べる。できるだけ入手可能な版をあげた。

〈本文に出てきた作品〉

●谷川俊太郎『ことばあそびうた』瀬川康男絵　福音館書店　一九七三年
●谷川俊太郎『ことばあそびうた・また』瀬川康男絵　福音館書店　一九八一年
日本語の音の楽しさが百パーセント味わえる詩の絵本。ことばあそびによって生まれるナンセンスな意味も楽しい。
●岸田衿子『どうぶつはいくあそび』片山健絵　のら書店　一九九七年
動物たちが詠む俳句とかわうそ師匠の批評が、くすっと笑える。スズメやネコの詠んだ俳句には、人間語の翻訳つき。
●村井康司編〈めくってびっくり俳句絵本〉（全五巻）とくだみちよほか絵　岩崎書店　二〇〇九—一〇年
見開きページにひとつの俳句。左ページが折り込みになっており、開くと解説がついている。シリーズ一は「手のひらの味」、食べものに関する俳句が一四首。ほかに短歌編もある。絵本で楽しむ日本の定型詩のシリーズである。
●〈マザー・グースのうた〉（全五巻）谷川俊太郎訳　草思社　一九七五—七六年、七七年
谷川俊太郎によるマザー・グースの訳で、邦訳としてはいちばん多くの詩が収められている。堀内誠一の絵も楽しく、不気味でかわいいという伝承の歌の本質をとらえている。別巻一冊あり。
●ロバート・ルイス・スティーヴンソン『ある子どもの詩の庭で』イーヴ・ガーネット絵　間崎ルリ子訳　瑞雲舎　二〇一〇年
少年時代の夢や憧れ、遊びや不思議をうたった詩を集めた詩集。
●ウォルター・デ・ラ・メア『孔雀のパイ　詩集』エドワード・アーディゾーニ絵　間崎ルリ子訳　瑞雲舎　二〇〇〇年
マザー・グースの歌がルーツになったナンセンス詩や妖精のうたなど、幼心の詩人といわれるデ・ラ・メアの詩が、アーディゾーニの挿絵とともに楽しめる、子どものための詩集。

●A・A・ミルン『クリストファー・ロビンのうた』E・H・シェパード絵　小田島雄志、小田島若子訳　晶文社　一九七八年
『クマのプーさん』の先駆けとなった、ミルンによる詩集。クリストファー・ロビンの目から見た日常の詩が集められている。

〈もっと読みたい人のために〉

●『木はえらい　イギリス子ども詩集』谷川俊太郎、川崎洋編訳　岩波少年文庫　二〇〇〇年
現代っ子の日常をありのままにうたう、六人の詩人たちの詩集。元気でユーモラスな七二編。

●金子みすゞ『ほしとたんぽぽ』上野紀子絵　JULA出版局　一九八五年
「わたしとことりとすずと」など有名な一五編の詩に、上野紀子の淡彩画がよくマッチした詩の絵本。

●北原白秋『からたちの花がさいたよ　北原白秋童謡選』与田凖一編　岩波少年文庫　一九九五年
四季をうたった白秋の童謡集から二〇〇編を集めて、初山滋の絵を添えた詩集。

●儀間比呂志『沖縄のわらべうた』沖縄タイムス社　一九九九年
沖縄生まれの版画家が、わらべうた三〇編を選んで絵をつけた大型絵本。英訳つき。

●工藤直子『のはらうた』（全五巻）童話屋　二〇〇八年
野原に住むありとあらゆる生きものの声が聞こえてくる。そんな詩を集めた楽しい詩集。

●サトウハチロー『詩集おかあさん　セレクト版』日本図書センター　二〇〇二年
西条八十に師事した童謡詩人の人気詩集「おかあさん」から、とくに有名なものを選んで一冊にまとめた詩集。

●谷川俊太郎『かみさまはいるいない？』清川あさみ絵　クレヨンハウス　二〇一二年
「かみさまがにんげんをつくったのか、にんげんがかみさまをつくったのか」そんな詩に、清川あさみの刺繡のイラストがコラボレーションする絵本。

●アーサー・ビナード『さがしています』岡倉禎志写真　童心社　二〇一二年
ヒロシマの原爆記念資料館に収められた写真——鍵の束、焼け焦げたお弁当箱、よそ行きのドレスなどなど。それらの目撃者が語る八月六日の朝の記憶を詩のかたちで表現した写真絵本。

●ひろかわさえこ『あいうえおのきもち』講談社　二〇一一年
「あ」というおとは、どんなきもち？「く」という字はどんなかお？　文字と音から浮かぶ連想を詩にうたった絵本。

●真島節子絵『あんたがたどこさ　おかあさんと子どものあそびうた』こぐま社　一九九六年
まりつきうた、手あそびのうた、楽しく遊べるわらべうたと、遊んでいる子どもとお母さんの絵がついた絵本。楽譜つき。

●まど・みちお『おさるがふねをかきました』東貞美絵　国土社　一九八二年
幼い子ども向けの詩集。愛唱されている歌が多く集録されている。

子どもの本をおとなが読むということ——細江幸世（ほそえ・さちよ）

おとなの本には、ことばがむずかしすぎたり、漢字が読めなかったり、描かれる世界の関係性が複雑すぎたりして、子どもには読めないものがたくさんあります。「では、子どもの本は？」と眺めてみると、現代では多くの絵本のように、すっかりおとなの好む雑貨感覚で選ばれ、読まれるものも多くなってきました。おとなにとって、子どもの本は、わからないことばも読めない文字もない、単純で簡単な本だと思われているようです。でも、ほんとうにそうでしょうか？

大きく見わたして、子どもの本とおとなの本のちがいは、「読み手」と「書き手」が一致しているかどうかということでしょう。子どもの書いた童話が本になって話題になることもありますが、たいていの子どもの本は、おとなが書き、子どもが読む……供給者と享受者の年齢層が重なりません。

社会的にも未分化で、見聞も狭い子どもに向かってなにかを語ろうとすると、よほど心して立ち向かわない限り、教条的な陳腐な表現や安易な結末でまとめてしまうので、子どもの本は、おとなから「甘い」「つまらない」などという評価がくだされてしまいがちでした。このように児童文学は、「子どもだまし」で正統な文学ではないという扱いを受けていた時代が長くあったのです。

アメリカでは、一九五〇年代半ばに〝I can read book〟というシリーズが生まれました。おとなに読んでもらうのではなく、子ども自らが文字を追ってお話を楽しむために、各ページにイラストを入れたり、手にする子どもの年齢に合わせてワード数を決めたりという工夫がされた読みものです。E・

H・ミナリックとモーリス・センダックの『こぐまのくまくん』から始まるシリーズ（福音館書店）やアーノルド・ローベルの『ふたりはともだち』に始まるシリーズ（文化出版局）などがそれにあたります。

おとなに読んでもらったり、一語一語、指でたどりながら自分で声を出して読む物語は、「耳から入る物語」です。ページにたくさんの行があると、どこを読んでいるのか混乱してしまうようなこの年ごろの子どもは、いったん、文字を音声に変え、その音の羅列からことばをとりだしてイメージし、物語世界に入っていかなくてはならないのです。

イラストは物語世界の一部を描き出し、子どもの理解の手助けをしてくれます。けれど、絵本のように描きこんで、その世界に浸らせるわけではありません。あくまでも、子どもの頭のなかに物語世界がつくられ、動き始めるのを待っているのです。

たとえば『もりのへなそうる』（渡辺茂男作　山脇百合子絵　福音館書店）は、五歳と三歳の兄弟が、お弁当と地図を持って家の裏の森に探検に出かけるお話。小さな弟が「ぴすとる」を「しょっぴる」といいまちがえたり、お兄ちゃんの話すことばをまねしてくり返す子どもの、ことばを獲得するまでの様子を鮮やかにとらえている描写が見事です。少し大きい子どもは、優越感を持って、ほほえましく笑うことができ、耳で聞いてもおもしろく、すぐに覚えて遊び始めます。この本を読んだあと「たがも（卵のこと）たべたい」だの、「ぼか、おにぎり、すきなんだな」といって、なんどいっしょに大笑いしたことでしょう。

家の裏の森に〝散歩〟ではなく〝探検〟にいくことで、いつもの場所を非日常の空間にしてしまう想像の力。日常と地続きの空想の世界を楽しむことで、読者である子ども自身の生活もふくらみ、色鮮やかとなるのです。

〝幼児期〟という〝人〟の原型をかたちづくる時期に、五感を広げ、自然と存分にふれあい、ことばと遊び、まわりの人たちと声をかけあうことの大切さを感じさせる物語がいかに必要であるかを、子どもに本を手わたす人には知っておいてほしいと思います。淡々とした展開は、子どもと接することの少ないおとなの読者にはものたりなく思われるかもしれません。けれども、低い視点から覗く世界の広さを自分のものにしていくためには、ゆったりとした展開とともに子どもの皮膚感覚をダイレクトに刺激するリズムや唄にあふれたテキストが必要なのです。

子どもが保護者であるおとなに見守られていた世界から一歩踏み出して、自分や友だちとの世界を大事に考えるような年ごろになると、幼年童話では満足できなくなってくるでしょう。小学校中・高学年、中学生が主人公となる児童文学では、「いじめ」や「ひきこもり」「家庭崩壊」がモチーフとして出てきたり、過酷ともいえる現代の状況のなかでも自分をしっかり保って生きていく子どもの姿を、子どもの目線で描いたものが、かなり刊行されてきました。語り口や文体が軽くても問題のありようが深刻なこのような物語を、どれほどの子どもが自ら手に取るかは、よくわかりません。

この時期の子どもたちの本で大切なのは、彼らにとっての「リアル」ということでしょうか。ファンタジーであっても、実際の学校生活を舞台にした本であっても、物語のなかでのキャラクターたちのやりとりやことばづかいが生き生きと感じられるもの、テンポのいいものが、子どもには好まれる傾向にあります。

実際の子どもの姿を物語に描くには、作家が自分の子ども時代のイメージを押しつけるようでは、共感を得ることはできません。いまを生きる子どもの様子に心を寄せて、実際の子どもたちがことばにできない気持ちをすくいあげ、物語に織りこんでいく姿勢が大切です。そのためには、現代の風俗を追いかけるだけではなく、自らの子ども時代へと降りていくことも必要になってくるはず。現代の子どもたちにも通底する不安や悲しみ、すぎさっていくことへのとまどいやおそれ、出会いの喜びや抱えている希望を、作家自身のなかにある「子ども」と重ねあわせ、物語につむぎ直すことが、児童文学の本領であり、それがいまを生きる子どもたちにエールをおくることになるのです。

近年、流行のファンタジーであれば、もう読者は子どもだけとは限りません。書籍だけではなく映画、マンガ、ゲームにまで展開され、流通しています。子どもの文化と思われていたものが、サブカルチャーとしておとなたちにも消費されていく傾向は、一九九〇年代前後、日本におけるYA（ヤングアダルト）文学の興隆とも重なっているように思います。

おとなにとって、YA文学は児童文学のなかでも手にとりやすく、わかりやすい本といえるでしょう。主人公はティーンエイジャーで、離婚やドラッグ、セックスなど現代を生きるおとなにとっても切実なことがとりあげられ、内面的にも自分の居場所探しや、人間関係の築きかたなど、ほとんど一般小説で語られることと変わりません。実際、現役の高校生や大学生が作品を手がけてデビューすることも多く、読み手と書き手の層のギャップがほとんどないジャンルといえます。YA作品を書いてデビューした作家のなかには、そのまま一般小説を書いて直木賞を受賞した江國香織や森絵都、『バッテリー』（教育画劇）で幅広い層の読者を獲得したあさのあつこなど、子どもの本とおとなの本を軽々と行き来する作家がたくさん活躍する現状には驚かされます。

読者である「子ども」と「おとな」である自分、そして「内なる子ども」の声を重ねあわせたいと思いつつ、重ならない思いを抱え、それでもことばをつくし、彼らに届くように語ろうと、もがきながら書かれる作品――それこそが、時代を超えて読み継がれる児童文学となるのです。

（フリー編集者）

第三部

トピック編

第11章　読んでおきたい古典

状況や設定が古くなっても、そこに描かれている人間性の真実や人間関係のありかた、生きかたの問題は古びず、いまでも読まれてほしい古典的な児童文学というのがある。また、古い時代のものだからこそ、昔の子どもたちの生活や習慣、いまでは失われた文化を知るために読みたい古典というのもある。古い作品は、多くが長めであり、いまや歴史になってしまった時代背景を理解するために、読者対象は比較的年長者となってしまうが、これらの作品が源泉にあってこそのいまの児童文学であるのも確かであり、読書力のある子どもたちにはぜひすすめたい作品が多数ある。おとな向けの古典的作品の優れたリライトも含め、第一部、第二部で触れなかったものをいくつかを紹介する。ゆったりとした読書の時間を楽しみたい。

■ブックリスト

できるだけ入手可能な版をあげた。

〈日本の古典文学のリライト〉

●大岡信『おとぎ草子』岩波少年文庫　二〇〇六年

『御伽草子』は、室町時代から江戸時代にかけて成立した作者不詳の絵入り物語で、人びとに親しまれた昔話や説話が含まれている。そのなかから、「鉢かづき姫」「一寸法師」「酒呑童子」「浦島太郎」など七編を現代語訳したもの。

●川端善明『宇治拾遺ものがたり』岩波少年文庫　二〇〇四年

『宇治拾遺物語』は、鎌倉時代に成立した説話物語集。そのなかでもとくに日本を舞台とした「こぶとりじいさん」や「腰折れすずめ」など、鬼や仏や妖怪と人びとの物語四七編を現代語訳したもの。

〈外国の古典文学のリライト〉

●呉承恩『西遊記』（上・下）君島久子訳　福音館文庫　二〇〇四年
経典を求めて天竺（インド）まで旅する三蔵法師につきしたがう孫悟空、猪八戒、沙悟浄の三人の活躍を描いた伝奇物語。一六世紀ごろに成立したものを、年若い読者のためにリライトした物語。

●『ジャータカ物語　インドの古いおはなし』辻直四郎、渡辺照宏訳　岩波少年文庫　二〇〇六年
釈迦が前世、菩薩として修行していたときの逸話集。「アラビアン・ナイト」や「イソップ物語」、自らを食べものとして釈迦にささげたウサギの話などがあり、日本の「今昔物語」にも影響を与えている。これらを昔話風にまとめたもの。

●J・ベルヌ『神秘の島』（上・下）清水正和訳　福音館書店　一九七八年
南北戦争中、捕虜になった北軍の兵たちが奪った気球で脱出して絶海の孤島に不時着。サイラス技師を中心に、リンカーン島と名づけてサバイバル生活を始める。ところが、この島は近いうちに爆発する運命にあった……。

●ヴィクトル・ユゴー『レ・ミゼラブル』（上・下）清水正和編・訳　福音館書店　一九九六年
たった一本のパンを盗んで一九年も服役していたジャン・バルジャンは、司祭の真心に触れて改心する。本名を秘して産業を興して成功、市長にまでなったが、ジャンの過去を知った警察の手が伸びる。六月革命を背景に交錯する運命を描く、フランスの小説。

●チャールズ・ラム、メアリー・ラム『シェイクスピア物語』（上・下）安藤貞雄訳　岩波文庫　二〇〇八年
シェイクスピアの戯曲から、「お気に召すまま」「真夏の夜の夢」「ロミオとジュリエット」「リア王」など有名な喜劇と悲劇を子ども向けの小説のかたちに書き直した、ラム姉弟の作品の翻訳。

〈読み継がれる日本の名作〉

●芥川龍之介『くもの糸・杜子春』講談社青い鳥文庫　二〇〇七年
芥川の書いた子ども向けの短編一一編。地獄に落ちた大どろぼうが、お釈迦さまがたらしたくもの糸で助かろうとする話（「くもの糸」）、何度も仙人になろうとする若者の話（「杜子春」）のほか、「魔術」「トロッコ」「鼻」などが収められている。

●井上靖『しろばんば』偕成社文庫　二〇〇二年
事情があって、伊豆の山村で曽祖父の妾だったおぬい婆さんに育てられている耕作の、少年時代の物語。作者の自伝的な要素が強いといわれている。

●坪田譲治『風の中の子供』小峰書店　二〇〇五年
「正太樹をめぐる」「コマ」「一匹の鮒」など、明治期の少年の心を描いた短編集。

●夏目漱石『坊っちゃん』講談社青い鳥文庫　二〇〇七年
無鉄砲で正義漢の江戸っ子坊ちゃんが、四国の学校へ教師として赴任する。教師間の人間関係、生徒たちの悪さなどにまきこまれながらも自分を貫く、爽快な物語。

●宮沢賢治『銀河鉄道の夜』講談社青い鳥文庫　二〇〇九年
ジョバンニとカムパネルラは、銀河鉄道に乗って第四次元の世界へ、不思議な旅に出る……。その他、「オッペルと象」「水仙月の四日」など有名な短編と詩を収録。

●吉屋信子『花物語』（上・中・下）国書刊行会　一九九五年
りんどう、沈丁花、ヒヤシンスなど、花にこと寄せて語られる、少女たちの友情や愛憎の物語集。

〈読み継がれる外国の名作〉

●ジーン・ウェブスター『あしながおじさん　世界でいちばん楽しい手紙』曽野綾子訳　講談社青い鳥文庫　二〇一一年
孤児院育ちのジェルーシャは、文才を見こまれて女子大に進学させてもらうことになった。条件は、月に一度、本名を秘した後見人の「あしながおじさん」に、学校生活を報告する手紙を書くこと。やがて、「あしながおじさん」の意外な正体が明らかになる。

●チャールズ・ディケンズ『クリスマス・キャロル』脇明子訳　岩波少年文庫　二〇〇一年
よくばりでけちで冷酷なスクルージは、クリスマスなんか大きらい。ところがイヴの夜、元同僚だった死んだマーレイがやってきて、彼の生きかたに反省を促す。過去・現在・未来を表す幽霊につれられて時空を旅したスクルージは、すっかり反省し、新しくやり直す決心をする。

●フランシス・ホジソン・バーネット『秘密の花園』猪熊葉子訳　福音館文庫　二〇〇三年
孤児のメリーはだれからも愛されない少女だったが、ヨークシャーの田舎にあるおじの屋敷にひきとられてから、見捨てられていた廃園を蘇らせることに夢中になる。同時に、いとこのコリンとともに、だんだんに子どもらしさをとりもどしていく。

●サムイル・マルシャーク『森は生きている』湯浅芳子訳　岩波少年文庫　二〇〇〇年
気まぐれな女王が、真冬にマツユキソウの花がほしいといいだした。継母にいいつけられて冬の森のなかに花を探しにいった女の子は、そこで一二の月の精に出会う。ロシアの昔話をもとに書かれた戯曲。

●モーリス・メーテルリンク『青い鳥』末松氷海子訳　岩波少年文庫　二〇〇四年
チルチルとミチルは、幸福の象徴である「青い鳥」を探して、不思議な旅に出る。思い出の国、未来の国、夜の御殿などをめぐり、さまざまな体験をして、やがて意外なところに鳥を見つける。

●セルマ・ラーゲルレーヴ『ニルスのふしぎな旅』（上・下）菱木晃子訳　福音館書店　二〇〇七年
動物をいじめるのが好きで、だれからも愛されないニルスは、妖精トムテに小人にされてしまい、ガチョウの背に乗ってスウェーデンの国中を旅することになる。さまざまなことを見聞きし、経験をつみ、変化していくニルスの、冒険の物語。

第12章 児童文学の世界地図

世界地図を広げて、その各地の児童文学事情を考えてみると、児童文学がどの国にもどの民族にも普遍的にあるものではないことが明らかになる。そのうえ、児童文学の質やレベルにも大きな差がある。かつて植民地をもったことがあるくらい経済的に余裕のある国でなければ、子どものためにわざわざ本を書こうとか、出版しようとかいうようなゆとりは生まれない。子どもの本は、じつは世界の貧富の格差のたまものなのである。

はやくから児童文学が栄えたのはヨーロッパ諸国で、とりわけ英語圏については第一部第2章で詳しく述べた。いちはやくそれをとり入れて成功したのが日本だったといえよう。その他の国々でも、ドイツやフランスはもちろんのこと、ノルウェーのセルマ・ラーゲルレーヴ（一八五八―一九四〇）、フィンランドのトーベ・ヤンソン（一九一四―二〇〇一）、スウェーデンのアストリッド・リンドグレーン（一九〇七―二〇〇二）、デンマークのハンス・クリスチャン・アンデルセン（一八〇五―七五）、オランダのマインダート・ディヤング（一九〇六―九一）、イタリアのイタロ・カルヴィーノ（一九二三―八五）、というふうに、その国を代表し、国際的に知られている児童文学作家は、少なくともひとりはあげられる。

中東、アフリカ、南アジアなどの国々にも、そこを舞台にした作品はたしかに存在する。しかし、それらの多くは、紛争や民族抗争、抑圧、貧困、病に苦しむ子どもたちの現状を、英語圏の作家が英語圏の子どもたちに向けて啓蒙的に描いた物語なのである。デボラ・エリス（一九六〇―）やヘニング・マンケル（一九四八―二〇一五）、エリザベス・レアード（一九四三―）などの作家は、たしかに現地に赴

⑧エチオピア
『路上のヒーローたち』

⑨ケニア
『ぼくの心は炎に焼かれる　植民地のふたりの少年』

⑩シリア
『シリアからきたバレリーナ』

⑪アフガニスタン
『泥かべの町』

⑫パキスタン
『シャバヌ　砂漠の風の娘』

⑬ベトナム
『ツバメ飛ぶ』

⑭韓国
『木槿の咲く庭　スンヒィとテヨルの物語』
『半分のふるさと　私が日本にいたときのこと』

⑮北朝鮮
『ソンジュの見た星　路上で生きぬいた少年』

第12章●児童文学の世界地図

①スウェーデン
『忘れ川をこえた子どもたち』
『ミオよわたしのミオ』

②オランダ
『ぼくとテスの秘密の七日間』

③イタリア
『わたしはあなたは　ベアトリーチェがアジザの、アジザがベアトリーチェの伝記を書く話』

④ルーマニア
『モノクロの街の夜明けに』

⑤アルメニア
『アルメニアの少女』

⑥メキシコ系アメリカ
『四月の野球』

⑦ネイティヴ・アメリカン
『はみだしインディアンのホントにホントの物語』

き、しっかりとした調査をもとに、困難な状況を生きるそれらの国の子どもたちの姿を生き生きと描いている。努力は十分評価に値するが、残念ながら、物語としてはどれも同工異曲となりがちなことは否定できない。

最近、多くの難民や移民を受け入れている国々では、やってきた子どもたちがどう異文化になじんでいくか、受け入れ側の国の子どもたちが彼らをどう理解し共生していくかといった物語が増えてきたのは、時局を反映してのことだろう。ニキ・コーンウェルはルワンダからイギリスにやってきた少年の物語を、キャサリン・ブルートンは、マンチェスターで難民認定を待つシリアの少女の物語を書いている。

それぞれの国に伝えられた昔話の再話は、ますます多彩なかたちで紹介されるようになっており、その国の文化や風習、生き生きとした人びとの生きざまを伝えていておもしろい（第二部第4章　伝承文学のブックリスト参照）。昔話絵本も非常に増えた。

この世界地図には、各国を舞台とする児童文学を埋めこんでみた。ものによってはその国の過去の歴史が書かれた作品もある。しかしそれはいまようやく出版ができたという事情もあるのだ。地図が平等に児童文学の代表作を載せられる日はまだ遠そうだ。とはいえ、自分のよりどころを求め、アイデンティティを大切にしつつ、多文化共生を目指す試みは、子どもの本から始めていかねばならないのかもしれない。

■**ブックリスト**

できるだけ入手可能な版をあげた。

①**スウェーデン**

●**マリア・グリーペ『忘れ川をこえた子どもたち』大久保貞子訳　冨山房　一九七九年**

スウェーデンの貧しい村に住むガラス職人のふたりの子どもが、ある日突然行方不明になる。心を閉ざした領主夫人と、その夫人につくそうと努める領主にとらわれたのだ。スウェーデンの昔話や伝説をちりばめたファンタジー。

●アストリッド・リンドグレーン『ミオよわたしのミオ』大塚勇三訳　岩波少年文庫　二〇〇一年
ストックホルムに住む孤児のボッセは、あるとき自分が「はるかな国」の王子ミオであることを知り、別世界へ。しかし、「はるかな国」は悪い騎士カトーに脅されていた。ミオは白馬にまたがり、騎士を倒すために危険な城へと赴く。

②オランダ
●アンナ・ウォルツ『ぼくとテスの秘密の七日間』フレーベル館　二〇一四年
家族で避暑地の島に遊びにきた夏休み、語り手のサミュエルは、母とふたりで暮らす活発な少女テスと出会った。彼女は見たこともない父親をフェイスブックで探しあて、その恋人ともども島に招待しようと、母には内緒で画策していた。テスに協力するサミュエルの目を通して、家族とは、血のつながりとはなにかを問う。

③イタリア
●ジューズィ・クアレンギ『わたしはあなたは　ベアトリーチェがアジザの、アジザがベアトリーチェの伝記を書く話』よしとみあや訳　解放出版社　二〇二三年
お互いの伝記を書きあいっこするプロジェクトで、ペアになったベアトリーチェは八歳で三年生、アジザはモロッコから来たばかりの一〇歳だけど、二年生の少女。話したこともなかったふたりは生い立ちを語り、インタビューをしあい、書くことでお互いへの理解を深めていく。異文化交流と共生の物語。

④ルーマニア
●ルータ・セペティス『モノクロの街の夜明けに』野沢佳織訳　岩波書店　二〇二三年
一九八九年、独裁政権下のルーマニアで、密告者になった高校生クリスティアンは東欧諸国の自由化の動きを知り、密告という任務を利用して革命の試みに協力しようとする……。

⑤アルメニア
●デーヴィッド・ケルディアン『アルメニアの少女』越智道雄訳　評論社　一九九〇年
第一次世界大戦下、青年トルコ党によるアルメニア人の虐殺事件を背景に、七歳の少女ヴェロンがシリアへ追放される。旅の途中で次々と家族を失っていきながらも、ついにはギリシャからアメリカに逃れるまでの一〇年を描く。

⑥メキシコ系アメリカ
●ギャリー・ソト『四月の野球』神戸万知訳　理論社　一九九九年
チカーノ（メキシコ系アメリカ人）の子どもたちの日常を描く短編集。弱小野球チームに入った兄弟の話、ダンスパーティーに着ていく服がなくて白い服を黒く染めた少女の話など。

⑦ネイティヴ・アメリカン
●シャーマン・アレクシー『はみだしインディアンのホントにホントの物語』さくまゆみこ訳　小学館　二〇一〇年
主人公は、ネイティヴ・アメリカンのアーノルド、一四歳。生まれ育った保留地から、突然、白人だらけの外のエリート校へ転校することに決める。新しい環境で苦心しつつ、かっこ悪い自分をもてあましつつ居場所を探す彼の、一人称語りの物語。

⑧エチオピア

●エリザベス・レアード『路上のヒーローたち』石谷尚子訳　評論社　二〇〇八年
父を恐れて家出したダニと、田舎に売られて逃げだしたマモのふたりは、アディスアベバで偶然出会い、路上生活を始める。

⑨ケニア

●ビヴァリー・ナイドゥー『ぼくの心は炎に焼かれる　植民地のふたりの少年』野沢佳織訳　徳間書店　二〇二四年
一九五〇年代のケニアで、ともに育ったイギリス人の少年と黒人の少年がそれぞれの視点から交互に語る物語で、歴史の動きや支配被支配の関係が個人の人間関係にどう影響をおよぼすかを浮き彫りにする。

⑩シリア

●キャサリン・ブルートン『シリアからきたバレリーナ』尾﨑愛子訳　偕成社　二〇二二年
イギリスで難民認定を待つアーヤは、バレエ教室に通うことに生きる希望を見出す。

⑪アフガニスタン

●デボラ・エリス『泥かべの町』もりうちすみこ訳　さ・え・ら書房　二〇〇四年
タリバン政権下のカブール。髪を切って男装していた少女ショーツィアは、脱出してパキスタンの難民キャンプにたどり着く。しかし、泥かべに囲まれたそこにも、なんの希望もなかった。

⑫パキスタン

●スザンネ・ステープルズ『シャバヌ　砂漠の風の娘』金原瑞人、築地誠子訳　ポプラ社　二〇〇四年
主人公は、パキスタンの砂漠でラクダを放牧して暮らす一二歳の少女シャバヌ。厳しいイスラムの慣習に縛られつつ、自分らしく生きようと模索するさまを描く。続編『ハベリの窓辺にて』は、一二歳で年上の男の第四夫人となったのちの物語。

⑬ベトナム

●グエン・チー・フアン『ツバメ飛ぶ』加藤栄訳　てらいんく　二〇〇二年
ベトナム戦争中、兄と姉を殺されて解放戦線テロ「ツバメ隊」に入った一四歳の少女クイ。おとなになってから、そのときの拷問の後遺症に悩みつつ、敵方の遺族の心を思いやる。

⑭韓国

●リンダ・スー・パーク『木槿の咲く庭　スンヒィとテヨルの物語』柳田由紀子訳　新潮社　二〇〇六年
アジア・太平洋戦争下の朝鮮。一〇歳の少女スンヒィと兄テヨルの物語。日本の統治下、国花のムクゲが伐採され、創氏改名が強要されても、ふたりの正義感は揺るがない。しかし、そのうちテヨルは家族を守るために日本の軍隊に入隊し、特攻兵に志願する。

●イサンクム『半分のふるさと　私が日本にいたときのこと』福音館文庫　二〇〇七年
広島に生まれ、一五歳で終戦を迎えて韓国に帰った在日韓国人の著者の自伝的作品。差別を受けながらも民族の誇りを忘れない姿勢を貫きつつ、日本に対する愛憎なかばする気持ちがつづられている。

⑮北朝鮮

●リ・ソンジュ&スーザン・マクレランド『ソンジュの見た星　路上で生きぬいた少年』野沢佳織訳　徳間書店　二〇一九年
平壌で育った少年が軍人だった父の失脚により町を追われ、両親を亡くして浮浪児として路上で生きていかざるをえなくなった。一六歳で韓国に亡命するまで、ソンジュのサバイバルの日々を描く。一九九〇年代の北朝鮮の想像を絶する状況の記録である。

翻訳の現場から――こだまともこ

もう何十年も前のこと、ケンブリッジ大学で開かれた児童文学のシンポジウムに参加しました。イギリス、アメリカをはじめ、世界各国から集まった作家、研究者、編集者、図書館員、教師たちが大学の寄宿舎に泊まって、講演を聞いたり、分科会で意見を述べあったりしながら一週間をすごすというものです。

ある日の朝食の席で、同じテーブルについたひとりが、マンロー・リーフの『はなのすきなうし』（ロバート・ローソン絵）が子どものころとても好きだったと、話しだしました。すると、まわりにいる人たちが「わたしもよ！」「わたしは、フェルジナンドがコルクの木の下にすわっているページが大好きだった！」と、目を輝かせて、口々にいいだしたのです。遠くはなれた国で同じ絵本を読んでいた人たちが、子どものころの思い出を共有して語りあえる幸せに、朝の光につつまれたテーブルのまわりが暖かくなりました。こういう体験ができたのも、アメリカで生まれた傑作絵本がいろいろなことばに翻訳されて海をわたり、子どもたちの手に届けられていたおかげです。子どもの本の翻訳について考えるとき、いつもこの幸福な朝の情景が目に浮かびます。

翻訳家は、ピアニスト？

「翻訳って、どういう仕事なの？」と、きかれることがあります。「横のものを縦にするだけじゃないの？　わたしにもできそう」と、遠慮のないことをずけずけという人もいます。わたしはつねづね、翻訳家というのはピアニストのようなものだと思っています。もっとも、ステージで脚光を浴びるピアニストのように華やかではなく、役者の陰にいる黒衣《くろご》のような、地味な存在ですが。

ピアノに限らず、楽器を演奏するには、まず楽譜を読むことから始めなければなりません。そして、その楽譜を音にして聴衆に届けるわけです。翻訳家にとっての楽譜は原書、演奏が訳文、聴衆が読者です。演奏家ならだれでも、自分が楽譜から読みとったものを、できるかぎり誠実に聴衆に届けたいと思うことでしょう。けれども、プロであろうと素人であろうと、同じ曲を弾いて同じ演奏になることは絶対にありえません。そうならないのは、いくら正確に楽譜を読んでいても、そこから感じとるものがちがうし、演奏家としての表現方法や作品の解釈がちがうからです。

翻訳についても、同じことがいえます。原書の外国語を正確に読みとっていても、感じかたや受けとりかたは読み手によってさまざまですし、それを訳して表現する文章もちがいます。わたしは、翻訳の専門学校で長いこと教えていますが、勉強を始めたばかりの人たちが最初にびっくりするのも、そこのところで、「原文は短くて簡単なのに、それぞれの訳文がこんなにちがうんですね!」と、よくいわれます。原書から読みとったものを日本語で書く……という単純な仕事ですが、横のものを縦にするという作業よりは、少しばかりやっかいです。

まずは、じっくりと原書を読むことから

楽しみや気晴らしのために本を読むときは、細かいところまでじっくり読まずにストーリーだけを追っていくこともあるのではないでしょうか。けれども、翻訳するときの読みかたは、そうはいきません。細かい単語のひとつひとつ、前置詞にいたるまで徹底的に読まなければなりませんし、それ以上に行間を読んで、作者がいいたいけれどことばにしないでおいていることも読みとらなければなりません。外国語を正確に理解するだけでなく、その作品を丸ごと読みとる力が必要とされるわけです。うまくいえ

ないのですが、そんなふうに読んでいるうちに、外国語で書かれた原文と、わたしの頭のなかにある日本語が、パチッパチッと火花を散らし始めるのです。

こうして何度も原作を読み返したあとで、いざ日本語に書きかえる作業に入ります。もちろん原文を横に置いて訳していくのですが、全部訳しおわったら、訳文を一日か二日、寝かせておきます。それから今度は、原文を見ずに一読者として訳文だけを読んでいき、日本語としておかしいところや辻褄の合わないところをチェックして直します。それが終わったら、また原文と照らしあわせて、日本語はなめらかになったけれど原文からあまりにもはなれてしまった……というような個所を修正していきます。こういう作業を死ぬまでくり返すことができたら、おそらく世にもすばらしい翻訳ができるのではといつも思うのですが、残念ながら締切があるのでそういうわけにはいきません。

児童文学の翻訳は、やっかい

訳すもののジャンルがちがっていても、翻訳家はたいてい以上のような仕事のしかたをしていると思いますが、児童文学の翻訳家は、そのほかにおとな向けのものを訳しているかたがたには想像もできない作業をしなければなりません。おとな向けの作品の翻訳は、原作にできるかぎり忠実に、いかに原文に肉薄できるかが勝負だと思いますが（わたしも、おとな向けの作品を訳すときは、そのように心がけています）、児童文学は、むしろ読者のほうに寄りそって訳していかなければなりません。

「児童文学の作者は、いつも無名である」といった作家がいます。子どもは、大好きな作家の本だから、つまらなくても我慢して最後まで読むということはしません。おもしろくなかったら、演奏会の途中でも席を立って帰ってしまう冷酷な聴衆のようなものです。こんな自分の気持ちに正直な読者に最後のページまでめくってもらうために、訳者も（そして、編集者も）いろいろな工夫をしなければなりません。

たとえば、長いパラグラフを途中でいくつかに分けるとか、理解しにくいことばや日本の子どもたちになじみのない事柄が出てきたら、小むずかしい訳注を入れるより上手に文章にまぎれこませて説明するとか……。児童文学以外の翻訳者にとっては、肝をつぶすような大胆な、暴挙といえるような作業です。実際、ミステリーの翻訳家たちとの集まりでこういう話をしたら、みんな目を丸くしていました。もちろん、児童文学の翻訳家といえども原文にできるだけ忠実に訳したいと思っていますから、以上のような工夫をするときに翻訳者としてのうしろめたさを感じることもしばしばありますが。子どもたちになじみのない文化や、歴史的な知識のギャップから生じるむずかしさを乗り越えながら、いかに原書に近い訳書をつくることができるか……それが、児童書の翻訳のむずかしいところでもあり、また楽しいところでもあります。

前述のシンポジウムで、イギリスの参加者から「わたしたちイギリス人は、ずいぶん傲慢だと思う。日本にも優れた児童文学作品がたくさんあるのは知っているけど、ほとんど訳されていない」といわれました。昔から、外国児童文学の翻訳は多いが、日本の子どもの本が海外で出版されることは少ないといわれてきましたが、現在はどうなのでしょうか？　いろいろな外国の児童文学も読みたいけれど、日本の優れた児童文学を世界じゅうの子どもたちに読んでもらうために、日本語の本を外国に紹介する翻訳者もどんどん増えていってほしいと願っています。

（翻訳家）

第13章 戦争と平和を考える

1 日本での取り組み

戦後の日本では、「戦争児童文学」[1]なるジャンルが成立した。これは、子どもたちに戦争の現実を語り聞かせ、平和の大切さを説くという確固としたメッセージがある文学であり、主に味わったばかりのアジア・太平洋戦争の敗戦体験をつづることから始まった。[2]それらは内容から、ざっと次のように分類できるだろう（以下、できるだけ入手可能な版をあげた）。

①子どもたちの体験

●石浜みかる『あの戦争のなかにぼくもいた』国土社　一九九二年

キリスト教徒の父は特高に逮捕され、母の実家に身を寄せた三人きょうだいは非国民といじめられる。そのうちに原爆の投下、終戦の日が訪れ……。

●奥田継夫『ボクちゃんの戦場』ポプラ社　二〇〇一年

学童疎開は、子どもの命を守るというより将来の兵員確保のためにおこなわれた。島根県の村に疎開した「ボクちゃん」のほんとうの戦争は、そこから始まった。飢えといじめに耐えかねて大阪へ逃げ帰ろうにも、大阪は空襲で焼け野原になっていた。

●早乙女勝元『猫は生きている』田島征三絵　理論社　一九七三年

東京大空襲の炎のなか、母とはなればなれになってしまった昌男は火から逃れて川に飛びこむが、ノラネコの稲妻とその子ネコたちを助けようとして力つきる。大胆な筆遣いで描かれた大型絵本。

●長崎源之助『向こう横町のおいなりさん』偕成社　一九七五年

横浜の下町。子どもたちのたまり場はお稲荷さんの境内。旅芝居の一座、ナガちゃん対どんがらぴーと呼ばれる紙芝居屋ふたりの勢力争い、そんな日常に戦争の影が忍び寄り、子どもたちは出征するどんがらぴーをわけもわからず盛大に送りだす。

②原爆

●菅聖子『シゲコ！　ヒロシマから海をわたって』偕成社　二〇一〇年
一三歳で被爆したシゲコは、やけどの治療のために原爆乙女として渡米する。そこで自分の使命を見出し、看護師として定住を決心する。実際の話で、シゲコの写真も多数収められている。

●中澤晶子『ワタシゴト　14歳のひろしま』汐文社　二〇二〇年
修学旅行で広島を訪れた中学生たち五人は、もう戦争とは遠い存在だ。それぞれの悩みを抱えながら、資料館の展示を見て、それぞれのかたちで戦争と自分と他者に関わっていく。続編に引率する教師の立場から見た『あなたがいたところ』、日常にもどってきた中学生の『いつものところで』がある。

●松谷みよ子『ふたりのイーダ』講談社青い鳥文庫　一九八〇年
祖父母を訪ねて広島に近い母の実家へいった直樹とゆう子。空き家になった洋館で、イーダという少女を探して歩きまわる不思議な椅子を発見し、その謎を解こうと調べ始める。じつは、洋館の住人は広島へ出かけて原爆にあい、帰ってこなかったのだ……。

●朽木祥『光のうつしえ　廣島・ヒロシマ・広島』講談社　二〇一三年
戦後二五年目の灯篭流しの日、被爆二世の希未は、母が元安川に流す灯篭のうち、名前の書いていない白いほうはだれのためなのだろうという疑問を抱き、周囲の人たちに記憶や体験談を聞き始める。

③沖縄本土戦・基地問題

●池上永一『ぼくのキャノン』角川文庫　二〇一〇年
自然豊かな島の守り神さまは帝国陸軍の九六式カノン砲「キャノン様」。しかしその下には、とんでもない秘密が眠っていた。少年たちの活躍する奔放な冒険ストーリーの背後に、沖縄戦の壮絶な歴史が見え隠れする。

●桜井信夫『デイゴの花　語りつぐ戦争平和について考える』国土社　二〇一一年
戦後四〇年、ようやく語ることができた母親の話は、隠れ潜んだガマのなかで、日本兵に命じられてわが子を手にかけたことだった。

●岸川悦子『かえってきてキジムナー』新日本出版社　二〇〇〇年
戦後の沖縄。米軍基地から聞こえてくる戦闘機の爆音が怖くて、ゆいは声を失い、学校にいけなくなった。祖母は、昔自分が疎開していた村にゆいをつれていく。回復したゆいは、沖縄の妖怪キジムナーの住める平和を沖縄にと、願い始める。

④兵士の体験

●乙骨淑子『ぴいちゃあしゃん　ある少年兵のたたかい』理論社　一九七五年
通信兵として中国大陸にわたった杉田隆は一六歳。通訳の少年イェン・ユイを通じて若い中国人とも知り合いになり、次第に戦争に疑念を抱くようになる。加害の意識を抱きつつ、日本軍兵士としての立場を捨てきれず悩む隆だったが……。

●幅房子『ビルマの砂　失われた青春のときよ』理論社　一九九〇年
戦後四〇年経ってビルマから届いた兄の追悼記録。軍国少女だった自分を思い出しつつ、わずか一九歳で戦死した兄の足跡や最期を知る妹の話。

しかし、じかに戦争を体験した日本の人びとの経験談は、「不条理な被害をこうむったという被害者意識ばかりが強く、戦局の全体を見わたすことができていない」という批判を受けて、日本がアジア諸国でおこなった加害の事実を直視しようという動きが出てくる。そして、中国や朝鮮などアジアへのまなざしがこれに加わる。

⑤満州、朝鮮における日本人、日本軍

●赤木由子『二つの国の物語　全一冊』理論社　一九九五年
満州で暮らす少女ヨリ子は、中国人や朝鮮人の子どもたちと遊びながら成長するが、だんだん自分たち日本人のおかれた立場に気がつき始める。前線の写真を見て、戦争の狂気の現実を知った彼女。やがて敗戦。引き揚げの苦しい旅を体験して日本に帰るまでが描かれる。もともとは三部作。

●中脇初枝『世界の果てのこどもたち』講談社文庫　二〇一八年
戦時下の満州で出会った三人の少女たちは、それぞれの身分や国籍のちがいにもかかわらず友だちになるが、珠子は中国戦災孤児となり、帰国した茉莉は空襲で家族を失い、美子は在日韓国人として差別を受ける。かつて世界の果てで遊んだ三人の運命を描く。

●松谷みよ子『屋根裏部屋の秘密』偕成社文庫　二〇〇五年
祖父の遺言の秘密を解こうとしていたエリコたちは、祖父が戦時中の満州で七三一部隊の主任医師をしていたことを知る。細菌武器のための人体実験の事実を知った孫たちは……。

●三木卓『ほろびた国の旅』講談社　二〇〇九年
戦時中、満州で暮らした経験のある卓は、大学受験に失敗した年、図書館で突然、戦時中の大連にタイム・スリップし、子どものころの自分がいかに差別的であり軍国少年だったかを思い知る。

だが、問題は被害か加害かに拘泥することではなかろう。なぜ戦争が起こるのか。なぜ戦時下には、「戦争反対」をいうことができなくなるのか。責任を負うべきは一部の人だけなのか——問うべきことは多い。歴史の流れの一部として、巨視的な視点も必要である。過度なセンチメンタリズムで子ども読者の涙に訴えたり、ただ悲惨な体験を話して聞かせたりというだけでは、もはや戦争児童文学はその役目を果たさないであろう。戦争はなぜ起こるのか。それを子どもにもわかるように説いた物語がほしい。

⑥戦争はなぜ起こるか

●アリス・ウォーカー『なぜ戦争はよくないか』ステファーノ・ヴィタール絵　長田弘訳　偕成社　二〇〇八年
平和で豊かな風景に忍び寄る、どろどろしたおそろしいもの。抽象化され、絵画化された戦争の姿に、不気味さと不吉さを託し、訴える絵本。

●ダニー・ネフセタイ『どうして戦争しちゃいけないの？　元イスラエル兵ダニーさんのお話』あけび書房　二〇二四年
埼玉在住のもとイスラエル兵が、パレスチナ、イスラエルの歴史を解説しつつ、いま進行中の戦争について、軍事力をもつことの脅威について語る。

●デイビッド・マッキー『六にんの男たち』中村浩三訳　偕成社　一九七五年
努力して富を手にしたとたん、それを守らねば、それを増やさねばという欲望にとりつかれる男たち。余裕のできたぶんを守備兵にまわし、暇をもてあました守備兵がたまたま矢を放ち……。寓話的に語られる、戦争の起こる理由。

いまや、多くの子どもたちにとって戦争児童文学は、「だから、戦争はいけないと思いました」と感想を書けばよけて通れる、怖くて悲しくて重くていやな本となっている。戦争児童文学が、逆に子どもたちの戦争ものぎらいを誘発しているのでは、元も子もない。アジア・太平洋戦争から遠く隔たってはいるものの、いまなお世界中で紛争の絶えない今日であるからこそ、「伝えかた」に工夫が必要なのである。児童文学創作や評論の場では新たな戦争児童文学の試みがなされていても、小学校の教科書に載っている平和教材がいかにも古く、生徒の実情に合っていないことも問題である。

では、日本以外の国での戦争児童文学はどうなっているのだろうか。

2 諸外国での取り組み

日本と同様、第二次世界大戦の敗戦国であるドイツは、とりわけナチス・ドイツを生み育てたことについて、自らの責任を問う文学が多い。ごくふつうの人びとが、どういう経過で、どういうかたちで、狂気のなかにとりこまれていったかを克明に描き、「流されていった人びとも、なにも反対しなかった人びとも、ナチスを支えた責任を共有しているはずだ」という強い自責の念が貫かれている。

同時に、ナチスが他国でどうであったか、ナチスの支配下におかれたオランダ、ポーランド、デンマークでの出来事や、難民を受け入れたアメリカ、またフランス警察がじつはナチスに与していた事実の発見など、さまざまな視点からの作品がある。

イギリスでは、子どもの疎開体験や、空襲のなかを子どもだけで生き抜いた物語、戦時下の少年の生活の物語など、戦争を描く児童文学はあまたあるが、どれもがほかに自立したテーマをもち、戦争児童文学である以前に、「児童文学」である（以下、できるだけ入手可能な版をあげた）。

①ナチス・ドイツ

●アンドレア・ウォーレン『ヒトラーのはじめたゲーム』林田康一訳　あすなろ書房　二〇〇七年

ポーランドのユダヤ人少年ジャックは、希望を捨てず、厳しい現実をゲームと思いなすことで、過酷な収容所生活を生き延びた。

●ジャッキー・フレンチ『ヒットラーのむすめ』さくまゆみこ訳　鈴木出版　二〇〇四年

オーストラリアの小学生マークは、アンナが語る「ヒットラーにもし娘がいたら」という物語を、知らず知らず夢中で聞くようになり、同時に自分の生きる現代の戦争や虐殺にも興味をもち始める。最後にヒットラーの娘の意外な正体がほのめかされる。

●ジャン・モラ『ジャック・デロシュの日記　隠されたホロコースト』横川晶子訳　岩崎書店　二〇〇七年

エマが祖母の遺品のなかから見つけた日記は、ナチスに協力する若き日の祖父がつけたものだった。祖父母の過去を知って悩むエマと祖父の日記の引用が交互に描かれ、衝撃的な結末を迎える。

●ハンス・ペーター・リヒター『あのころはフリードリヒがいた』上田真而子訳　岩波少年文庫　二〇〇〇年

ぼくの隣の家にはユダヤ人のシュナイダー一家が住んでいて、同い年のフリードリヒは友だちだった。ところが……。平凡なふつうの市民が次第にナチスに洗脳されていき、隣人のユダヤ人を差別し、追い出し、犠牲にする。その過程を、静かな筆致で描く。

②戦時下の経験

●ロバート・ウェストール『〝機関銃要塞〟の少年たち』越智道雄訳　評論社　一九八〇年
ドイツ軍の空襲を受けるイングランド北東部の町で、少年チャスたちは、戦闘機や武器の破片、弾丸などを集め戦争コレクションをしていた。ドイツの機関銃を手に入れた子どもたちは、防空壕を改造し「要塞」をつくって戦争ごっこを始めるが……。

●ロバート・ウェストール『弟の戦争』原田勝訳　徳間書店　一九九五年
はじめてふつうの人びとがテレビ中継で「戦争を見る」ことになった湾岸戦争。人よりも少し共感力の強い弟のアンディに、イラクの少年兵ラティーフの心が憑依してしまったのは、そのときだった。兄が一人称で語り、このありえない出来事をとおして認識を新たにしていくさまが描かれる。

●キンバリー・ブルベイカー・ブラッドリー『わたしがいどんだ戦い1939年』大作道子訳　評論社　二〇一七年
ロンドンの下町に暮らす少女エイダは足が不自由で母から疎まれていたが、弟の集団学童疎開について家から逃げだそうと決意する。疎開先でのさまざまな出会い、経験によって自身の道を切り開くエイダと、深まる戦局が描かれる。続編あり。

③兵士の経験

●バーナード・アシュリー『リトル・ソルジャー』さくまゆみこ訳　ポプラ社　二〇〇五年
ユスル人に家族を殺され、復讐のために少年兵になって戦っていたカニンダは、赤十字に保護され、ロンドンへ送られる。彼はそこで地元の少年たちの抗争にまきこまれ……。

●アレン・ネルソン『ネルソンさん、あなたは人を殺しましたか？　ベトナム帰還兵が語る「ほんとうの戦争」』講談社　二〇〇三年
海軍に志願してベトナムへ赴き、殺人機械のごとく戦っていた著者は、帰国後、悪夢にさいなまれて苦しんでいた。知人の依頼で戦争体験を話しに小学校へ出向いた彼は、子どもたちの率直な質問に答え始める。

●イシメール・ベア『戦場から生きのびて　ぼくは少年兵士だった』忠平美幸訳　河出書房新社　二〇〇八年
留守をしているあいだに村中の人びとが惨殺された。少年は、逃亡の末に捕らえられ、洗脳されて政府軍の少年兵となるが、ユニセフに救出される。ニューヨークへ脱出してから、平和を訴え続ける姿を描く。

④未来の戦争の脅威

●ロバート・C・オブライエン『死の影の谷間』越智道雄訳　評論社　二〇一〇年
核戦争でアメリカ中が滅びてしまったなか、奇跡的に放射能を免れた谷で、たったひとり生き残った一六歳のアン。畑や家畜の世話をしながら必死で暮らしていたところ、ルーミスという男が、放射能防御服を着て谷にたどり着く。

●レイモンド・ブリッグズ『風が吹くとき』さくまゆみこ訳　あすなろ書房　一九九八年
引退して平和に暮らす老夫婦。突然、戦争のニュースが入ってきて、ふたりは政府のパンフレットどおりに防空壕をつくり始める。だが、一瞬の閃光ですべては失われ、被爆したふたりは、それでも救援がくることを信じているが……。

⑤日系人の体験

●ヨシコ・ウチダ『トパーズへの旅　日系少女ユキの物語』柴田寛二訳　評論社　一九七五年
カリフォルニアのバークレイで暮らす一一歳のユキは、日系二世の少女。その幸せな日々を一変させたのは、日本軍による真珠湾攻撃だった。父はつれさられ、ユキの家族は偏見と差別にさらされたうえ、日系人強制収容所へのつらく厳しい旅を強いられる。

●シンシア・カドハタ『草花とよばれた少女』代田亜香子訳　白水社　二〇〇六年
一二歳のスミコは、真珠湾攻撃を機に日系人強制収容所に送られる。不安に沈む収容所の人びとのあいだで、スミコは、花好きの老人と、地元のネイティヴ・アメリカンの少年とともに庭をつくり、花を育てることに打ちこむ。

アジア・太平洋戦争のみが戦争ではない。現在、世界のあちこちで起こっている状況をも、子どもたちにきちんと把握してもらいたい。戦争と平和を考える子どもの本を紹介する優れたブックリストの題名は、『きみには関係ないことか』である。そして、最新版で最初に紹介されているのは、「いま地球のどこかで」起こっている戦争についての本である。子ども読者がもっと知りたいと思うような、自分たちにも関わりのあることとして受けとめられる、説得力のある文学が求められる。過去に学び、現状を知る。そして、戦争のない世界のためになにができるかを考える、きっかけになるような本が望ましい。

■註

（1）戦争児童文学というジャンルのなかには、戦前・戦中の好戦文学も含めるべきだとの意見もある。
（2）ここでは、直接の手記や体験記ではなく、聞き書きや創作の作品を主にあげている。

■参考資料

●鳥越信、長谷川潮編著『はじめて学ぶ日本の戦争児童文学史』ミネルヴァ書房　二〇一二年
●京都家庭文庫地域文庫連絡会編『きみには関係ないことか　戦争と平和を考えるブックリスト'03～'10』かもがわ出版　二〇一一年

第14章 絵本のいろいろ

絵本の定義については、第一部第1章に述べたとおりである。子どもにとっての絵本体験は、平均的には次のような段階を追って広がっていく。

乳児にとって、絵本は色のついたおもちゃである。眺め、さわり、めくり、もちあげ、ひっくり返し、ときにはなめてみて、五感で存在を感じとる。

少し長じて幼児となり、読み聞かせが受容できるようになると、〝耳で聞いて、目で見る〟というかたちで体験していくことになる。聞きながら絵のすみずみまでを見ることになるので、おとなが見落としてしまうような絵の細部を見てとることもある。好きな場面を先どりして見たがったり、順番にページをめくろうとする読み手の意向をまったく無視して、途中でやめてしまったり、逆にさかのぼったりする。絵本のシークエンスは、あまり問題ではない。

物語の流れを把握するのは、次の段階だ。このころになると、おなじみの絵本はもう覚えてしまって、字が読めなくても絵を見てことばを暗誦することができる場合もある。読み手がまちがえると、鋭く指摘したりする。

字を読むことを覚えても、ひとり読みが好きな子と、読んでもらうのが好きな子がいる。読み聞かせは、おとなと子どもが同時に一冊の本を共有する、まれな瞬間である。それはなるべく尊重したい。また、ひとりで読むのが好きな子には、自分のペースがある。この時期くらいになると、年齢差と同様、個人差が大きくなるので、個々の読者の個性を尊重してあげたい。

絵本は、絵とことばの総合芸術であり、種類も多い。主な種類について概観し、例をあげておこう。(1)

1　赤ちゃん絵本

子どもが出会う、はじめての絵本。ものの絵本、擬音語、擬声語の絵本、遊びの絵本などがあるが、〇歳からの子どもが楽しめるような、単純な絵とリズミカルなことばでできている。しばしば「ボードブック」と呼ばれる厚紙仕様で、ぬれても水がしみにくく、破れにくいようにつくられている。

赤ちゃん絵本の評価はむずかしい。おとなにはどこがおもしろいのかわからない絵本が、赤ちゃんには大人気というような例が、けっこうあるからだ。

■ブックリスト

できるだけ入手可能な版をあげた。

●安西水丸『がたんごとんがたんごとん』福音館書店　一九八七年
がたん、ごとん、走る汽車に乗せてもらうのは、哺乳瓶、リンゴ、ネコ……。

●谷川俊太郎『もこもこもこ』元永定正絵　文研出版　一九七七年
擬音語ばかりでできた絵本。もこもこ、にょきにょき出てくるものが楽しい。

●マーガレット・ワイズ・ブラウン『おやすみなさいおつきさま』クレメント・ハード絵　瀬田貞二訳　評論社　一九七九年
静かなくり返しのことばが眠りを誘う、おやすみなさいの絵本。

●ディック・ブルーナ『ちいさなうさこちゃん』石井桃子訳　福音館書店　一九六四年
単純な線と原色のはっきりした絵で忘れがたいキャラクターを生み出したシリーズ一冊目。「うさこちゃん」は「ミッフィー」と訳されているものもある。

●前川かずお『おひさまあはは』こぐま社　一九八九年
大きな口をあけておひさまが笑うと、みんなが楽しく笑いだす。

●松谷みよ子『いないいないばあ』瀬川康男絵　童心社　一九六七年
ネコやクマや、いろいろな動物がいないいないばあ。ページめくりが楽しい。

●松谷みよ子『おふろでちゃぷちゃぷ』岩崎ちひろ絵　童心社　一九七〇年
おふろぎらいも一掃？　楽しいおふろあそび。

2 物語絵本

絵本といわれて多くの人が思い浮かべるのは、この種のものであろう。絵という媒体が併用されていることで、経験値の少ない子ども読者でも、未知のものを受け入れることができる。空を飛んだり、変身したりするようなファンタジーでも、ものが主人公になったり、動物が擬人化されたりすることがあっても、すんなりと物語のなかに入っていける。ページをめくるという動作のなかに、時間と空間の経過が表現され、次々と展開する場面にひきつけられて、物語を受容できる。

絵本がとくに幼児のものであるということはないのだが、幼い子どもにもとっつきやすい、複合メディアであることはまちがいない。

創作絵本

画家と作家が絵本作家として同一人物であることもあれば、別人が協力しあってかいたものもある。物語が先にあって、あとから画家が絵をつけるという場合もある（まれに、絵が先行するものもある）。

ユダヤ系アメリカ人のモーリス・センダック（一九二八—二〇一二）は、画家としても、絵本作家としても作品をつくっており、『かいじゅうたちのいるところ』（原著一九六三）や『まどのそとのそのまたむこう』（原著一九八一）など、独特の線とかたちの絵、ときにはシュールな物語展開は、子どもにもおとなにもファンが多い。ユダヤ人として、ひそかにホロコーストの記憶を絵のなかに潜めていることも有名である。『わたしたちもジャックもガイもみんなホームレス』（原著一九九三）では、ファンタスティックな世界のなかに、貧困や戦争やスラムや虐待などさまざまな社会問題を描きこんでいる。

アメリカで活躍する絵本画家は、出自も多様である。オランダ生まれのレオ・レオニ（一九一〇—九九）、フランス人のトミー・ウンゲラー（一九三一―二〇一九）らは、自らの文化をもちこみつつアメリカという人種の坩堝《るつぼ》で活躍する。さまざまな職業を経て作家になったジョン・シェスカ（一九五四―）とレイン・スミス（一九五九―）のペアは、ときには毒をもったパロディとウィットに富んだ精神にあふれ、『くさいくさいチーズぼうや&たくさんのおとぼけ話』（原著一九九二）は、昔話や童話のパロディであるだけでなく、絵本という形式自体を前景化し、ひっくり返してみせる。どちらかというと本というものを読みなれた、年長の読者向けの作家である。

イギリスのジョン・バーニンガム（一九三六―二〇一九）は、ほぼひとりで創作する絵本作家である。モノクロ線画とカラーページの使い分け、右ページと左ページの意味のちがいなどを駆使して、ことばでの説明なしに子どもの空想の友だち（『アルド・わたしだけのひみつのともだち』（原著一九九一））や、心のなかのファンタジー（『なみにきをつけて、シャーリー』（原著一九七七））を描き出すことにたけている。

絵とことばがまったくちがうストーリーを語るという、絵本ならではの究極の表現をやってのけたのが、パット・ハッチンス（一九四二―二〇一七）の『ロージーのおさんぽ』（原著一九六八）で、文章はたった一文、「メンドリのロージーが散歩に出て、家に帰りました」と語るだけだが、そのあいだの絵の連続は、キツネに襲われかけるメンドリの危機と、偶然に救われる幸運のくり返しを語っている。

同じくイギリスのアンソニー・ブラウン（一九四六―）は、絵も文も自分でかいた絵本のなかに、自作のほかの絵本を引用したり名画をこっそり潜ませたりと、細部にいろいろな遊びを描きこむので、何度眺めても発見のある絵本になっている。『すきですゴリラ』（原著一九八三）、『おんぶはこりごり』（原著一九八六）などがその例で、おとなよりも子どもたちのほうが、絵の遊びの発見については得意だ。

■本文に出てきたブックリスト

できるだけ入手可能な版をあげた。

●モーリス・センダック『かいじゅうたちのいるところ』神宮輝夫訳　冨山房　一九七五年
いたずらがすぎたマックスは、晩ごはん抜きで寝室へ追いやられる。すると、マックスの部屋はいつのまにかジャングルに変わり、マックスはボートに乗ってかいじゅうたちのいるところへ船出。男の子の反抗心と小さな冒険を描く。
●モーリス・センダック『まどのそとのそのまたむこう』脇明子訳　福音館書店　一九八三年
ゴブリンにつれさられた妹を助けようと、お母さんのレインコートを着て旅立つアイダの冒険。
●モーリス・センダック『わたしたちもジャックもガイもみんなホームレス　ふたつでひとつのマザーグースえほん』神宮輝夫訳　冨山房　一九九六年
マザー・グースの歌にこと寄せて、現代の都会のスラムの子どもたちを描く。
●レオ・レオーニ『あおくんときいろちゃん』藤田圭雄訳　至光社　一九六七年
あおくんときいろちゃんは、大の仲よし。ふたりがいっしょになると、みどりいろになってしまって……。色という抽象的なものを主人公にした絵本。
●トミー・ウンゲラー『ゼラルダと人喰い鬼』田村隆一、麻生九美訳　評論社　一九七七年
人食い鬼を手なづけたゼラルダ。昔話をもとにした話。最後のページの絵が意味ありげ。
●ジョン・シェスカ『くさいくさいチーズぼうや&たくさんのおとぼけ話』レイン・スミス絵　青山南訳　ほるぷ出版　一九九五年
徹底的に人をくったパロディ絵本。よく知られている話をパロディにしているだけでなく、本の決まりごと、ＩＳＢＮまでひっくり返している。
●ジョン・バーニンガム『アルド・わたしだけのひみつのともだち』谷川俊太郎訳　ほるぷ出版　一九九一年
だれにも見えないけれど、少女にはいつもアルドがついていてくれた。等身大のウサギの姿をした、子どもの架空の友だちの話。
●ジョン・バーニンガム『なみにきをつけて、シャーリー』辺見まさなお訳　ほるぷ出版　二〇〇四年
海辺にピクニックに出かけた両親とシャーリー。口うるさく小言をいう母親の散文的な現実と、シャーリーの天がける空想の世界が、見開きで対比して描かれる。
●パット・ハッチンス『ロージーのおさんぽ』渡辺茂男訳　偕成社　一九七五年
メンドリのロージーが、晩ごはんの前に農場を一周する散歩に出かける。ロージーをつけねらうキツネにはまったく気がつかずに。
●アントニー・ブラウン『すきですゴリラ』山下明生訳　あかね書房　一九八五年
お父さんとふたりで暮らす少女は、お父さんが忙しいのでちょっとさびしい。心に描く理想的な父親像を、ゴリラに託して夢見る。
●アンソニー・ブラウン『おんぶはこりごり』藤本朝巳訳　平凡社　二〇〇五年
ピゴットさんとふたりの息子は、お母さんが突然家出したので大弱り。「あんたたちはぶたよ！」というお母さんのことばどおりブタになってしまった三人は……。男女の役割を考え直させる絵本。

日本の子どもたちにとって永遠のロングセラー絵本は、中川李枝子（一九三五―二〇二四）と山脇百合子（一九四一―二〇二二）の姉妹が文と絵を担当した『ぐりとぐら』（一九六三）であろう。リズミカルな文章は、節をつけてうたうように読めるし、赤と青の服が印象的なネズミのキャラクター、大きなかすてらをつくるなどの魅力的なストーリーで、幼い子どもたちの心をとらえてきた。

ナンセンスの絵本といえば、長新太（一九二七―二〇〇五）が有名である。『キャベツくん』（一九八〇）や、『ぼくのくれよん』（一九七七）など、論理では説明のできないおかしさ、絵のインパクト、ほら話のスケールで、年齢を超えてファンが多い。上野紀子（一九四〇―二〇一九）となかえよしを（一九四〇―）の『ねずみくんのチョッキ』（一九七四）も、絵本ならではのおもしろさにあふれている。

筒井頼子（一九四五―）と林明子（一九四五―）のペアによる『はじめてのおつかい』（一九七六）、林と瀬田貞二（一九一六―七九）が組んだ『きょうはなんのひ？』（一九七九）などは、子どもの日常を淡々と描きながら、魅力的な展開を見せてくれる絵本である。

一見、子どものなぐり描きのように見えるダイナミックな絵が特徴の片山健（一九四〇―）、荒井良二（一九五六―）も人気が高い。後者は、日本人ではじめてアストリッド・リンドグレーン賞を受賞した。

長谷川集平（一九五五―）の『はせがわくんきらいや』（一九七六）は、出版された当時、子どもが書いたような白黒の文字と絵で構成されたかきかたはもちろん、森永砒素ミルク事件の被害者である当人が、その事件を告発した社会的なテーマをもった絵本として、話題を呼んだ。絵本といえばかわいらしい色と絵柄と、ほんわかとした内容しか想定していない人びとには、相当衝撃的な絵本であっただろう。障碍のあるはせがわくんを「きらいや」といいながらも、理解し、ともに生きようと変化していく「ぼく」の態度が描かれている。

■本文に出てきたブックリスト

できるだけ入手可能な版をあげた。

●中川李枝子『ぐりとぐら』大村百合子絵　福音館書店　一九六七年
　仲よしの野ネズミのふたご、ぐりとぐらは、大きな大きなかすてらをやきました。

●長新太『キャベツくん』文研出版　一九八〇年
　「ぼくをたべるとキャベツになるよ！」キャベツくんとぶたやまさんの、珍妙なやりとり。キャベツくんシリーズの一冊目。

●長新太『ぼくのくれよん』講談社　一九九三年
　七色のクレヨンは、ゾウのクレヨン。これで絵を描くと、不思議なことが……。

●なかえよしを『ねずみくんのチョッキ』上野紀子絵　ポプラ社　一九七四年
　ねずみくんは、すてきなチョッキが自慢。みんながうらやましくて借りにきて……。

●筒井頼子『はじめてのおつかい』林明子絵　福音館書店　一九七七年
　五歳のみいちゃんが、はじめて牛乳をひとりで買いにいく。小さな冒険物語。

●瀬田貞二『きょうはなんのひ？』林明子絵　福音館書店　一九七九年
　ある朝、まみこがおかあさんとおとうさんにしかけた、手紙探しあそび。次々に手紙が指し示すところを探していくと……。

●片山健『コッコさんのかかし』福音館書店　一九九六年
　コッコさんのつくったかかしは、毎日、夜も昼も、四季を通じて畑に立っている。

●荒井良二『たいようオルガン』偕成社　二〇〇八年
　太陽がオルガンを弾くと、明るい朝がきて、ゾウのバスが走り始める……。

●長谷川集平『はせがわくんきらいや』復刊ドットコム　二〇〇三年
　子どもがなぐり書きしたような字、関西弁のことば、子どもが描いたような絵で絵本の通念を破った。

昔話絵本

　採用する再話テキストがちがい、画家がちがい、かかれた時代がちがうと、これほどのバラエティが出てくるのかと、絵本の可能性と多様性に驚くのが、同じ昔話を定本にした絵本を複数比べたときである。たとえば、バーナディット・ワッツ（一九四二—）とサラ・ムーン（一九四〇—）と片山健の「あかずきん」を比較してみれば、その差は歴然としている。

　グリムの再話をもとに愛らしいあかずきん像を描いたワッツの絵本では、オオカミはイヌのようでちっとも怖くないし、おばあさんやあかずきんが食べられるその瞬間の絵は、省略されている。その代わり、あかずきんが花を摘む場面は、見開きを二回使ってしっかりと描かれている。

サラ・ムーンの白黒写真の絵本は、あかずきんが食べられて終わるペローの再話を使っている。現代のパリと思しき街角を、ひとりで走る少女に迫る黒い車の影。そして最後には寝乱れたシーツの写真で終わるショッキングな展開で、ペローの話を現代の都会の危険の物語に読み替えている。

また、フランスの古い昔話を樋口淳が再話し、オオカミをだまして自力で逃げ帰るたくましい少女の姿を、片山健が大胆なクレヨン画で描いている。

「シンデレラ」「ねむりひめ（眠りの森の美女／いばらひめ）」「ラプンツェル」も、複数の比較が興味深い。どうせ同じ物語だからとたかをくくらずに、しっかりと見比べてみたいものである。フェリクス・ホフマン（一九一一―七五）、エロール・ル・カイン（一九四一―八九）など、昔話絵本を得意とする優れた画家も多い。数例をブックリストにあげておいた。

日本の昔話では、瀬川康男（一九三二―二〇一〇）、赤羽末吉（一九一〇―九〇）、太田大八（一九一八―二〇一六）らの絵が、雰囲気をよく伝えて優れた昔話絵本をつくっている。〈松谷みよ子のむかしむかし〉シリーズなど、出版社がシリーズを企画しているものもある。アイヌの昔話のオキクルミの話や、沖縄のキジムナーなども、絵本で見ることができる。

最近では、ずいぶんいろいろな国の昔話を絵本で読むことができるようになった。できれば、その国の画家による絵で読みたいものである。もちろん、赤羽末吉の『スーホの白い馬』（一九六七）や、梶山俊夫の『クムカン山のトラたいじ』など、日本人画家が中国や韓国の昔話に絵をつけた優れた例もある。

■ブックリスト

できるだけ入手可能な版をあげた。

●グリム再話『赤ずきん』バーナディット・ワッツ絵　生野幸吉訳　岩波書店　一九七六年
グリムの再話に、ワッツの描くかわいいあかずきん。森の花の描写が美しい。
●ペロー再話『赤ずきん』サラ・ムーン写真　定松正訳　西村書店　一九八九年
シャルル・ペロー原作。写真で構成された絵本。大都会のかたすみで少女を待ち受ける、現代版オオカミを描く。
●樋口淳『あかずきん』片山健絵　ほるぷ出版　一九九二年
自力で逃げ帰る力強い女の子。オオカミが口をあけたところの迫力ある絵が特徴的。
●ペロー再話『シンデレラ　ちいさいガラスのくつのはなし』マーシャ・ブラウン絵　松野正子訳　福音館書店　一九六九年
ペローの「サンドリヨン」を絵本化。コールデコット賞受賞の絵本。
●ペロー再話『シンデレラ　または小さなガラスのくつ』エロール・ル・カイン絵　中川千尋訳　ほるぷ出版　一九九九年
繊細で装飾的な、独特の絵柄のシンデレラ。
●グリム再話『ねむりひめ　グリム童話』フェリクス・ホフマン絵　瀬田貞二訳　福音館書店　一九六三年
スイスの画家ホフマンによる、本格的な挿絵。
●グリム再話『いばらひめ』スベン・オットー絵　矢川澄子訳　評論社　一九七八年
あっさりとしてやさしい感じの挿絵。
●グリム再話　バーバラ・ロガスキー『ラプンツェル　グリム童話より』トリナ・シャート・ハイマン絵　大庭みな子訳　ほるぷ出版　一九八五年
ちょっとミステリアスな、ハイマンの挿絵。
●グリム再話『ラプンツェル　グリム童話』マイケル・ヘイグ絵　酒寄進一訳　西村書店　一九九一年
ちょっと変わった、おとなっぽい絵のラプンツェル。
●松谷みよ子『やまんばのにしき』瀬川康男絵　ポプラ社　一九六七年
ちょうふくやまのやまんばは、赤ん坊を産んで「もち」が食いたくなった。危険をおかして山へむかったあかざばんばは、お返しに「なくならない錦」をもらって帰った。
●松居直『ももたろう』赤羽末吉絵　福音館書店　一九六五年
「宝はいらん、お姫様を返せ」といって帰ってくるももたろうの話。
●平野直『やまなしもぎ』太田大八絵　福音館書店　一九七七年
末息子が、おかあさんのほしがっている「やまなし」をとりに出かける話。
●萱野茂『オキクルミのぼうけん』斎藤博之絵　小峰書店　一九九八年
アイヌの幼い神オキクルミが、悪魔と戦う話。
●田島征彦『とんとんみーときじむなー』童心社　一九八七年
沖縄の妖怪キジムナーの話。

●大塚勇三『スーホの白い馬　モンゴル民話』赤羽末吉絵　福音館書店　一九六七年
馬頭琴の由来を語る昔話。
●松谷みよ子『クムカン山のトラたいじ』梶山俊夫絵　ほるぷ出版　一九九一年
朝鮮の民話から。

3　しかけ絵本

飛び出す絵本、穴のあいた絵本、音が出る絵本など、視覚以外の感覚にも訴える絵本で、おもちゃに近いものもある。広く親しまれているエリック・カール（一九二九―二〇二一）の『はらぺこあおむし』（一九六九）は、ページがすすむごとに、その幅がだんだん広がっていく。そこに描かれた食べものにうがたれた穴があおむしの食べたあとを示しており、ダイナミックな経験が得られる。

長い物語をダイジェストにして、飛び出す絵本に仕立てたものがよく見られる。とっつきやすさが物語への導入になり、その絵本で遊べるという劇場的効果があるが、安易なおもちゃ化には気をつけたい。

ジャネット（一九四四―九四）とアラン（一九三八―）のアルバーグ夫妻による〈ゆかいなゆうびんやさん〉シリーズは、絵本にしかけられた封筒に手紙が入っていて、その手紙にまた物語が書かれているという多層構造の絵本である。物語自体も昔話や古典的な児童文学のパロディになっていて、マルチメディア絵本の傑作の代表的なものである。ＣＤ―ＲＯＭ版（アメリカ版とイギリス版がある）もある。

■本文に出てきたブックリスト

できるだけ入手可能な版をあげた。

●エリック・カール『はらぺこあおむし』森比左志訳　偕成社　一九七六年
げつようびはリンゴをひとつ、かようびはナシをふたつ、くいしんぼうのあおむしが食べていくものがならぶ、カラフルな絵本。
●ジャネット・アルバーグ、アラン・アルバーグ〈ゆかいなゆうびんやさん〉（全三冊）佐野洋子訳　文化出版局　一九八七―九六年
ゆうびんやさんが、昔話の主人公やアリスやドロシーに手紙を届けるパロディ物語。実際に封筒に入った手紙がしかけられている。

4　マンガ手法を使った絵本、グラフィック・ノベル

マンガの手法――コマ割りや吹き出し――を使った絵本で、イギリスのレイモンド・ブリッグズ（一九三四―二〇二二）の絵本は、この手法で描かれている。『スノーマン』や、第13章でとりあげた『風が吹くとき』は、映画にもなった。ふつうの絵本でも、部分的に手法として吹き出しを使う場合もある。

マンガ、コミックというと軽く扱われがちであるが、「グラフィック・ノベル」は、同じ手法を使っても内容がシリアスで小説に匹敵するようなものを指し、長さもけっこうあるものについていう。マリコ・タマキの『ローラ・ディーンにふりまわされてる』はそんな一冊だ。ショーン・タン（一九七四―）の『アライバル』も、グラフィック・ノベルのひとつといえる。文字はいっさいなしで物語が進行するという点でユニークであるうえ、内容の重厚さで話題を呼んだ。

■本文に出てきたブックリスト

できるだけ入手可能な版をあげた。

●レイモンド・ブリッグズ『スノーマン』評論社　一九九八年

少年がつくったゆきだるまが命をもって……。マンガ仕立てのやさしい色あいの絵本。

●マリコ・タマキ『ローラ・ディーンにふりまわされてる』ローズマリー・ヴァレロ・オコーネル絵　三辺律子訳　岩波書店　二〇二三年

フレディはまた同性の恋人ローラにふられてしまった。どうしても彼女にひかれ続けて、いつかよりをもどしてしまうフレディは、プライドと依存のあいだでいつも悩み続ける。ローズマリー・ヴァレロ・オコーネルの絵に載せて描かれる恋愛小説。

●ショーン・タン『アライバル』河出書房新社　二〇一一年

ある一家が故郷をあとにして向かった新天地は……。字のない本。

■註

（1）絵本には、自然科学や社会科学を扱う知識の本が、かなり大きく重要なスペースを占めるが、これは第二部第9章「ノンフィクション」で扱っているので、ここでは触れない。

絵本の読み聞かせ

——浅沼さゆ子（あさぬま・さゆこ）

保護者が子どもに絵本を読んであげたり、図書館員がおはなし会で絵本を読んだり、公共図書館では常に絵本の読み聞かせがおこなわれています。まだ文字を読むことのできない子どもでも、絵を見ながらお話を聞くことによって、本の世界を十分楽しめるのが、読み聞かせです。絵本の読み聞かせは子どもが本を読むことの第一歩といえるでしょう。読み聞かせのもうひとつの魅力は、おとなが子どものために声に出して絵本を読むということです。心をこめて楽しそうに読んでもらえば、子どもは読書とは楽しいことなのだな、と思うでしょうし、さらには読んでくれたおとなと過ごしたひとときも、よい思い出として心に刻むことにもなります。このような絵本の読み聞かせを、子どもたちには、ぜひ、経験してもらいたいものです。

ここでは、私たち図書館員がおこなっている、集団の子どもたちへの絵本の読み聞かせをとりあげます。都立多摩図書館では、乳幼児と保護者、小学生などを対象におはなし会を実施しています。また、学校支援事業として、校外学習で来館する児童生徒におはなし会をおこなったり、私たちが学校に出かけておはなし会をおこなうこともあります。絵本を読むと、子どもたちはさまざまな表情や反応を見せてくれます。おはなし会のあと、読んだ絵本を抱えこんだり、「もう一回読んで」とせがむ子もいます。『木はいいなあ』（ジャニス・メイ・ユードリィ作　マーク・シーモント絵　西園寺祥子訳　偕成社）を読み終わると、すかさず頭の上で、まるで木の枝のように大きく手を広げて、「木はいいなあ」と絵本のなかのワンフレーズを大きな声でいった子などは、とても印象に残っています。

こうした子どもたちの様子を見ると、子どもは絵本（お話）がほんとうに好きなのだな、と感じます。

子どもたちは絵本が好きであることを、まずは信じて、私たちは、子どもと本を結びつける取り組み＝読み聞かせに取り組んでいます。実際に絵本を選ぶときは、参加者のおおよその年齢を考えます。絵本とはじめての出会いとなる〇～二歳ごろは、擬音語・擬声語などのことばの響きを楽しんだり、くり返しのような単純なストーリーを楽しむ絵本を。友だちと遊び始め、お話を聞けるようになってくる三歳くらいからは、子どものちょっとした好奇心、冒険心が満たされるストーリーの絵本を。五、六歳あたりになると、十分に物語の世界を楽しめるようになるので、創作物語絵本、昔話絵本、知識の絵本などさまざまなタイプのものを選びたいものです。さらには季節感などもとり入れ、また、複数の子どもが参加するので、遠くから見てもわかるような絵であるか等々考慮します。

選択できる絵本の範囲が広がってくるにつれ、なにを読むか迷うことも多くなるでしょう。そのうえ、集団の子どもたちが対象の場合は、子どもの興味・関心はさまざまで、なかにはふだんは本とのつきあいの少ない子もいるので、多くの子どもたちが楽しかったと満足してくれる絵本を選ばなければなりません。では、どんな絵本を選べばよいでしょうか。迷ったときに私たちが最初に選ぶのは、世代を超えて子どもたちに長いあいだ読み継がれてきた絵本です。このような絵本は、いまも子どもたちをひきつけます。以前、図書館でおこなったイベントで、不思議な感覚につつまれたことがありました。『三びきのやぎのがらがらどん』（ノルウェーの昔話　マーシャ・ブラウン絵　瀬田貞二訳　福音館書店）を読んだとき、読みながら子どもたちを見ると、全員が絵本を凝視しており、会場付近が一種の静けさにつつまれていました。この絵本は、日本で刊行されてから半世紀以上経ちます。迫力のある絵とともに、くり返しからなるわかりやすいストーリーやリズム感のあることばなどが聞き手をひきこんだのでしょうか。私たち図書館員は、何度も読み聞かせを経験していくうちに、長年子どもたちをひきつけてきた絵本のもつ要素を、ひとつひとつ考えることができるようになってくるのです。

はじめて出会う子どもたちへのおはなし会や、自分自身がはじめておこなうおはなし会では、このような子どもたちに長年親しまれてきた絵本を中心に、プログラムを組み立てていくとよいでしょう。中心とする絵本が聞き応えのある絵本だったら、読み聞かせの経験が少ない子どもも気軽に楽しめる、聞き手と読み手がやりとりできるような絵本を入れたり、物語の絵本と知識の絵本を組み合わせたり、動物が主人公の絵本を選んだら、人間が主人公の絵本も入れてみるなど、変化をつけるようにしながら複数の絵本を選んでいきます。

絵本は、文章がすべてひらがなで書かれていたり、場面ごとに文章の置き位置が変わったりして、案外読みにくいこともあります。お話自体をしっかりと把握するためにも、読み聞かせをする前には練習をするのがよいでしょう。くり返し練習をすれば、ページをめくるタイミングもつかめるようになります。だれかに読みかたを聞いてもらい、アドバイスをもらうのも有効です。よい絵本はお話そのものが楽しいのですから、意識して演じて読む必要はありません。ストーリーに沿って、心をこめて読めば、自然に抑揚はついてきます。また、「ガタゴト」のような擬音語は、もともとリズム感のある音を文字化したものなので、その音をイメージしながら読めば、リズム感がおのずとついてきます。これらの抑揚により、子どもたちは十分にお話を楽しむことができると思います。そして、おなかの底から声を出し、ゆっくりと読みます。とくに、小さな子どもが対象のときほど「ゆっくり」を心がけるようにしています。

よいおはなし会にするためには、会場設営も大切です。参加者全員が絵本を見ることができるように気を配って席配置をおこないます。そして読み手は聞き手に対面して真ん中に立ち（すわり）ます。読み手は姿勢を正しくして、片手で絵本をしっかりともちます。最初に表紙を見せながらタイトルを伝え、一ページずつめくりながら読み始めます。場面を飛ばしてしまったり、めくるのにもたついてしまうと、お話の世界が途切れてしまいますから、ページめくりには気をつけます。あらかじめページの端に、ページをめくるほうの手を添えかけておくと、一場面ごとにスムーズにめくることができます。読み終わった絵本は、おはなし会終了後にしばらく立てかけておいたり、読んだ絵本のプログラムを参加した子どもたちにわたすなどして、子どもが興味をもった本を自ら手にとることができるようにしてあげるとよいでしょう。

絵本を読んでいるとき、または読み終わったあとの子どもの反応は、やはり気になり、声をあげたり話しかけてくる子どもに関心がいきがちになります。以前、ある学校でおはなし会をおこなったとき、担任の先生が私たちに、「いろいろ発言する子の横で、ちょっと目立たなかった子がいたけれども、教室にもどってから、その子が絵本のことを話しかけてきましたよ」と伝えにきてくれました。このことは、表面的に目立たなくてもじつは絵本（お話）の世界に心を動かされている子がいる、本を読むことは子どもの内面に関わることなのだとあらためて心に留めた経験となりました。

ある特別支援学校で、年に何度か同じ子どもたちに読み聞かせをしたことがあります。一回目のおはなし会では、はじめて見る人に子どもたちは緊張したのか、最初から終わりまでずっと固い表情でした。二回目のとき読んだ絵本のなかに『ぐりとぐら』（中川李枝子作　大村百合子絵　福音館書店）がありました。二回目以降も、『ぐりとぐら』のシリーズを読み続けることにしました。何回目かのおはなし会のとき、この絵本を出したとたん、子どもたちがほほえんでこちらを見てくれました。この図書館の人は、この楽しい絵本を読んでくれる人だと、絵本と読み手を結びつけて読み聞かせを楽しんでくれるようになったのです。

絵本の読み聞かせを何度も経験することで、子どもは本の世界の楽しさをはぐくんでいきます。読み聞かせによって、子どもが自分の心に残る大好きな絵本を見つけてくれると嬉しいものです。これからも、私たちは経験を積みながら絵本を見る目を養い、慣れに慢心せず、謙虚な姿勢で読み聞かせに取り組んでいきたいと考えています。

（東京都立多摩図書館児童青少年資料担当）

第15章 幼年文学とYA文学

幼年文学とYA文学は、どちらも読者の対象年齢で分類された児童文学のジャンルであり、どちらも、子ども時代の長期化とともに比較的新しく分離された領域である。両ジャンルには、それぞれに、その対象年齢ゆえの特色と、可能性と、困難がつきまとう。具体的にそれを考えてみよう。

1　幼年文学

対象年齢は、「読んでもらうなら幼稚園から、自分で読むなら小学校低学年から」と表示されるあたりである。この点から考えると絵本も含むことになるが、ここでとりあげたいのは、挿絵がいっぱい入っていても絵本ではなく、ふつうの本にはじめて接する子どもたちのために書かれた物語のほうである（出版社によっては、これを「絵童話」と呼ぶ場合もある）。

幼年文学の作品は、絵本からふつうの本へ移行する段階に位置していて、読者が今後、長めの児童文学作品にスムーズに親しんでいけるかどうかを決める重要なファクターとなる。

この段階では、親や教師など、そばにいるおとなが本を選んで与える場合が多いのだが、内容がおもしろいかどうか、その子にとっていいかどうかといった判断が、おとなにはなかなかむずかしいという問題がある。またこのジャンルは、その特徴上、保守的になりがちなので、新しい技法やテーマに挑戦する作家側が、年長の読者に向けた作品へ偏っていき、優れた作品が生まれにくいという問題もある。

しかし、幼年文学の特徴を考えてみると、それは児童文学史のなかで、昔話から創作へ進化していくちょうどその段階にある要素を備えていて、ある意味で児童文学の真髄ともいえる存在だとわかる。

読者にとっては「絵を見る」ことから「字を読む」ことへの移行期であり、ジャンルの発展史からみると、昔話から創作への発展期として、また幼い子どもの発想、興味、期待を担うものとして、幼年文学の意味は非常に大きい。

幼年文学には——もちろん、日常的なリアリズムの手法で展開するものもあるが——昔話と同様に、ものや動物の擬人化が自然に受けとめられ、不思議なことが起こってもだれも驚かずに「あたりまえのこと」として受容するような、昔話的な世界が設定されていることが多い。たとえば、「生まれたばかりの赤ちゃんを祝福しに、にんじんさんとじゃがいもさんとたまねぎさんとソフトクリームさんがやってくる」「お料理上手のくまさんが、病気になったママの代わりに晩ごはんをつくってくれる」といった出来事が、一見リアリズム的に展開している子どもの生活のなかに起こっても、なんの不思議もない世界である（例は、松谷みよ子の〈モモちゃんとアカネちゃんの本〉シリーズから）。

であるから、主人公が擬人化された動物であることはよくあることで、その動物の性格に、幼い子どものの性質の一面が反映されていると解釈することもできる（たとえば、くまのパディントンの甘いもの好き、ピーターラビットのいたずら好きなど）。

物語は、昔話の要素を踏襲するものが多い。つまり、三度のくり返し、最後の成功、出かけて事件にあい、解決して帰ってくるという「行きて帰りし」物語のかたち、「安定→不安定→安定」という型で説明できる「めでたし、めでたし」のハッピー・エンディング、小さいものが大きいものに知恵で勝利するといったテーマ性などである。

昔話と同様、短い物語になりがちで、それゆえに同じ主人公を使ったシリーズものになる場合が多い。シリーズものは、主人公が永遠に同じ年齢で、同様の行動をくり返すパターンのものと、主人公がだんだん成長していくものとに分けられる（当然、後者はそのうち幼年文学ではなくなるので、数は少ない）。主人公が年をとらないままシリーズを重ねる不自然さは、主人公を動物にすれば解決できる場合もある。また、ほら話系の昔話をふまえたり、幼い読者のことばへの素朴な関心と興味を反映したような、ことばあそびを多用したナンセンス文学が多く見られるのも、幼年文学の特色である。

近年、こういった幼年文学の特徴に故意に挑戦するような作品も現れてはきているが、基本的に、幼い読者が自分を投影しつつ読めるような、比較的単純に表現された（中身が単純であるという意味ではない）作品が基本である。

■ブックリスト

できるだけ入手可能な版をあげた。

●ルース・スタイルス・ガネット〈エルマーのぼうけん〉（全三冊）ルース・クリスマン・ガネット絵　渡辺茂男訳　福音館書店　一九六三—六五年

捕らえられている竜を助けるためにどうぶつ島へ出かけた、エルマー少年の冒険。

●ディック・キング＝スミス〈ソフィー〉シリーズ（全六冊）デイヴィッド・パーキンズ絵　石随じゅん訳　評論社　二〇〇四年

ダンゴムシ、ゲジゲジ、ミミズ、ハサミムシ、ナメクジ、カタツムリを飼っている四歳のソフィーは、意志の強い女の子。大きくなったら女牧場主になりたいのだが……。

●ルーマー・ゴッデン『元気なポケット人形』アドリエンヌ・アダムズ絵　猪熊葉子訳　岩波書店　一九九一年

冒険が好きで元気な人形のジェインは、ギデオンという男の子と親しくなって楽しく暮らしていたが、あるときギデオンの友だちに見つかってしまい……。作者得意の人形物語。

●ドクター・スース『ぞうのホートンたまごをかえす』白木茂訳　偕成社　二〇〇八年

なまけ鳥のメイジーにたまごをかえすことをたのまれたホートン。木の上でいっしょうけんめいたまごを抱くのだが……。

●ルース・パーク〈ウォンバット〉（全八冊）ノエラ・ヤング絵　加島葵訳　朔北社　一九九九—二〇〇三年

のんびり寝てばかりのウォンバットの日記。ネズミのマウスとネコのタビーとの冒険など、シリーズ動物物語。

●アーサー・ミラー『ジェインのもうふ』アル・パーカー絵　厨川圭子訳　偕成社　一九七一年

ジェインは、寝るとき必ずピンクのもうふをもっていた。大きくなっても手放せない。でも、それはぼろぼろになってしまって……。

●アストリッド・リンドグレーン『エーミルはいたずらっ子』ビヨルン・ベリイ絵　石井登志子訳　岩波少年文庫　二〇一二年
スウェーデンの田舎の農場で、とびきりいたずらっ子のエーミルがまき起こす大騒動。

●アーノルド・ローベル『ふたりはともだち』三木卓訳　文化出版局　一九七二年
かえるくんとがまくんの、ほんわか友情物語。続編あり。

●あまんきみこ〈車のいろは空のいろ〉（全三巻）北田卓史絵　ポプラ社　二〇〇〇年
松井さんが運転する空いろのタクシー。ちょっと不思議な物語の連作。

●神沢利子〈くまの子ウーフの童話集〉（全三巻）井上洋介絵　ポプラ社　二〇〇一年
ウーフは、なんでできている？　好奇心いっぱいのクマのウーフの物語。

●石井睦美『すみれちゃん』黒井健絵　偕成社　二〇〇五年
おしゃまでおしゃれな女の子すみれちゃんは、自分の名前があまり気に入っていない。ひそかにフローレンスだったらいいのになあ、と思っている。そんなすみれちゃんに妹が生まれて……。4巻まで続くすみれちゃんクロニクルの第一冊。

●市川宣子『きのうの夜、おとうさんがおそく帰った、そのわけは……』はたこうしろう絵　ひさかたチャイルド　二〇一〇年
あっくんのおとうさんはときどき帰りがとってもおそくなる。そんなとき、おとうさんが話してくれるお話。

●たかどのほうこ『へんてこもりにいこうよ』偕成社　一九九五年
へんてこもりへ遊びにいった仲よし四人組。しりとりをして遊んでいたら、へんてこなことが起こった……。

●寺村輝夫『ぼくは王さま』和田誠絵　理論社　二〇〇〇年
たまご焼きが大好きな王さま。ゾウのたまごならさぞかし大きな目玉焼きができるだろうと、家来を派遣するが……。

●富安陽子『ドングリ山のやまんばあさん』大島妙子絵　理論社　二〇〇二年
二九六歳のやまんばあさんは、力自慢のスーパーおばあさん。いく先々で大騒動を起こす。

●中川李枝子『いやいやえん』大村百合子絵　福音館書店　一九六二年
チューリップ幼稚園で、いたずらっこのしげるやその友だちが楽しむ、遊びやいたずらの数々。

●中川李枝子『ももいろのきりん』中川宗弥絵　福音館書店　一九六五年
大きな大きなももいろの紙をもらったるりこは、それでキリンをつくり、きりこと名づけた。その背に乗ってクレヨン山へ……。

●松谷みよ子〈モモちゃんとアカネちゃんの本〉（全六冊）講談社　一九七四―九二年
モモちゃんは、パパとママとネコのプーといっしょに暮らしている。妹のアカネちゃんが生まれ、ママがパパとけんかしておわかれし、パパが死んで……。深刻な話も出てくるが、昔話の要素をちりばめつつ語られる、姉妹の物語。

●矢玉四郎『はれときどきぶた』岩崎書店　一九八〇年
則安君は、おかあさんに日記を見られたため、うそを書くことにした。そしたら、書いたことが全部ほんとうになって……。

2 YA文学

ヤングアダルトとは、中学生から高校生、大学生あたりまでを含む年齢層の読者を指す。この年齢になると十分におとな向けの一般小説も読めるので、従来、この年齢層の読者にターゲットをしぼって書かれた作品は少なかった。しかし、一九六〇年代くらいから、英米、そして日本でも、モラトリアム期の青少年独自の問題をとり扱ったYA文学が生まれてくる。親との衝突、新しい世界への目覚め、恋愛、性、将来の選択、価値観の変化など、おとなになる一歩手前で悩む若者の心情をすくいあげ、その年代のニーズに応えようとした小説である。児童文学のなかでも、テーマ、モチーフ、表現にもっとも制約が少なく、児童文学では一般にはタブーだと考えられてきた死、性、暴力も、オープン・エンディング、悲劇的な結末もあり、きわめて象徴的であったり、前衛的な手法で描かれたりすることもある。

それは同時に、文学性の高い読み応えのあるものと、読者のニーズに迎合した安易なものの両極端を含む結果となる。これらのすべてをYA文学と呼ぶことから、ひとによってYA文学についての評価やイメージがまるでちがっているという傾向にもつながっている。前者の作品がもっと広く一般の読者にも読まれてほしいのに、このレッテルゆえに誤解され、一過性の読み捨ての娯楽作として軽視される後者と混同されて正当な評価を受けにくいという状況があるのは、残念である。

ここでは、前者のなかからブックリストに例をあげる。

■ブックリスト

できるだけ入手可能な版をあげた。

●デイヴィッド・アーモンド『肩胛骨は翼のなごり』山田順子訳　創元推理文庫　二〇〇九年

引っ越してきたばかりの家で、マイケルがガレージに見つけたのは、アオバエの死骸とほこりにまみれた、やせおとろえた不思議な存在だった。不登校の少女と友だちになり、病気の妹の心配をしながら、この不思議な「天使」の世話をしようとするマイケル。

●ヴァージニア・ユウワー・ウルフ『レモネードを作ろう』こだまともこ訳　徳間書店　一九九九年
大学へいくための学費をためようと、ベビーシッターのバイトを始めた一四歳のラヴォーン。バイト先は、ふたりの子どもをもつシングルマザーのジョリーだった。格差社会の底辺で生きる彼女に共感を覚えていくラヴォーンと、ジョリーの友情を描く。

●ソン・ウォンピョン『アーモンド』矢島暁子訳　祥伝社　二〇一九年
失感情症のユンジェは、一五歳のとき、目の前で母と祖母が通り魔に襲われたときも平然としていた。だがこの事件で母は植物状態になり、ユンジェにいろいろ教えてくれる人がいなくなる。そんなとき彼はゴニという少年に出会い……。

●エイダン・チェンバーズ『おれの墓で踊れ』浅羽莢子訳　徳間書店　一九九七年
一八歳で死んだバリーの墓を破損したという理由で逮捕された一六歳のハル。ハルが描き始めた手記によって、ふたりの出会いと恋、その顛末が明らかになっていく。手記とソーシャルワーカーのレポートが交互に挿入され、事件は複眼的に描き出されていく。

●エミリー・バー『フローラ』三辺律子訳　小学館　二〇一八年
数時間前のことを覚えていられない記憶障害のある少女フローラは一七歳。病気のせいで過保護な両親からの自立の旅を描く。

●メルヴィン・バージェス『ダンデライオン』池田真紀子訳　東京創元社　二〇〇〇年
家出してきたタールとジェンマ。不法占拠した家で仲間たちと気ままな生活を始めるが、ドラッグの罠が彼らを待っていた。妊娠したジェンマはドラッグをやめようとするが……。落ちるだけ落ちて、はいあがることもしない若者たちの物語。

●ファン・ヨンミ『優等生サバイバル　青春を生き抜く13の法則』キム・イネ訳　評論社　二〇二三年
ジュノは首席で進学校に入学したが、現実はさらにきびしかった。韓国の超学歴社会のなかで道を見つける高校生たちの物語。

●あさのあつこ〈バッテリー〉（全六巻）角川つばさ文庫　二〇一〇―一二年
岡山に引っ越してきた中学生の巧は、天才ピッチャー。まっすぐに夢に向かって走る野球少年たちの物語。

●江國香織『つめたいよるに』新潮文庫　一九九六年
大事なイヌのデュークが死んだ翌日、電車で出会ったハンサムな男の子は……?　両親の留守中に子どもたちがくり広げるジャンクフードの祝祭など、幻想と現実が交じりあう短編集。

●荻原規子『樹上のゆりかご』中公文庫　二〇一一年
高校二年の上田ひろみは、なりゆきから生徒会執行部に関わることになる。学園ミステリーとでもいうような作品。

●如月かずさ『カエルの歌姫』講談社　二〇一一年
校内放送で学校のアイドルをプロデュースする企画に、ぼくは動画サイトに歌声をアップしている「雨宮かえる」を紹介する。あっというまに大人気になったこの「かえる」は、じつはひそかに女声でうたう練習を重ねた「男の娘」のぼくだったのだが……。

図書館は身近になった？——坂部　豪（さかべ・たけし）

先日、JRの駅ビルにあるちょっと大きな地元書店で本を選んでいると、五、六歳の男の子が通路を走りすぎた。すかさず女の子の声で、「図書館では走らないでって、いつもいってるでしょう」という注意がとんだ。男の子のお姉さんなのだろう。彼女にとっては、本がたくさんあるところは本屋さんではなくて、図書館なのだ。まさに、時代は変わったと感じた瞬間であった。

かつて、一九七〇年代に、日本全国に子どもたちに本を届けよう、公共図書館をつくろうという機運が高まり、大きな声となって、市民の運動が展開された。その結果、地方自治体による図書館設置が進んできた。四〇年を経てようやく、日本でも図書館が市民の身近なものとなってきたと感じることができたという意味で、感慨深いものがあった。

しかし、それで喜んでばかりはいられない。

ここには、二つの現実がある。

かつて、全国に多数あった小さな町の書店は、いまや経営が成り立たず、次々と閉店している。残っているのはチェーンで大規模化した書店か、事務用品やDVDなどにも業態を広げている書店か、家族経営でほんとうに小さく営業している書店ではないだろうか。日本書店商業組合連合会に加入している書店を数えてみても、ピーク時の一九八六年には一万二九三五店を数えたものが、二〇一一年で約四九〇〇店と半数以下になっている。結果、子どもたちが自由に本を選べる場所が減っている。

一方で、公共図書館の数は増えてきたとはいうものの、欧米とはいまだ大きな差があり、私立図書館を含む公共図書館数は一九九〇年の一九八四館が、二〇一一年四月一日現在で三二一〇館と増えてはいるが、書店にはまだ届かない。二〇一一年四月一日現在の公共図書館の利用登録者数は日本の人口の約四〇%で、約五三四四万四〇〇〇人である。ただし、日常的に公共図書館を使っている住民はもっと少ないと予想され、図書館が日本に定着したとは、まだいえない状況である。

本を借りるだけ?

現在、公共図書館はさまざまなサービスを展開し、市民にとって使いやすいものになりつつある。本を提供する(=借りる)ということだけでも、ひとつの自治体内に複数の図書館があった場合、他館からとりよせて提供するのは当然である。それだけでなく、県立図書館や県内のほかの自治体の図書館に求める資料があれば、相互貸借で借りて提供する。場合によっては、県内の大学図書館に依頼することもある。これは、いまや全国の図書館であたりまえになっている。

公共図書館でも市区町村立図書館は、予算の限界もあり、市民が一般的に利用する資料を収集している。都道府県立図書館は、より専門的な資料など市区町村立図書館の収集からもれる分野の収集を受けもち、市区町村立図書館の資料提供をバックアップしてくれる。

それだけではない。先日あった例では、芥川賞をとった作家の受賞当時の作品集が大学図書館も含めて茨城県内にはなかったため、鹿児島県立図書館の奄美分館から借用して提供したことがあった。

資料提供の最終手段は、国立国会図書館である。国会図書館は日本国内における資料の永久保存の最後の砦であるから、本を借用して借用先の図書館の館内で閲覧するか、ものによっては複写依頼をすることになる。先日も、同人誌『中庭同盟』にしか収録されていない小野不由美の作品を読むために、ファンが複写ページの調査依頼をしてきたことがあった。

もちろん、利用者個人が携帯電話やパソコンなどインターネット経由で公共図書館の資料検索をおこない、予約をすることができるのは、ごくふつうのサービスになっている。

情報の拠点・知の拠点

公共図書館に限らず、図書館は、単に資料を借りるところではなく、さまざまな情報を入手するところでもある。図書館には多くの情報が蓄積されている。そのなかにはインターネットでは手に入らないものもある。たとえば、以前、図書館の相談係のカウンターに、暴力団風の人たちが過去の新聞を探しにきたことがあった。幸いなことに求める記事はなんとか見つかり、複写をすることができた。あとでわかったことだが、対立する組同士が手打ちをすることになって、対立する原因になった何年も前の出来事の事情を確認するのに新聞がいいだろうということになったらしい。彼らのなかに、図書館にいけば昔の新聞があることを承知している人がいたのであろうか。それとも、だれかアドバイスをした人がいたのだろうか。

公共図書館が蓄積している情報は、新聞だけにとどまらない。とりわけ地域の情報、郷土の歴史に関わる情報は、かなり蓄積されている。たとえば、その地域が空襲を受けたなどという戦争にまつわる記録は、数多く収集されている。あるいは、大きな震災があった場合に自宅の建っている土地の地盤は大丈夫なのかどうかを確認するのに、地域の古い地図を探しに見える市民は多い。つまるところ、図書館はさまざまな媒体で地域の情報を記録する公的な拠点といえる。

これらの情報資源は、ただ集積しているだけでは、その存在を知られることなく宝のもち腐れになってしまう。それを再編集して、読みやすいかたちにして、市民、とくに子どもたちに提供することも試みられている。

さらに、地域の図書館は地域の人びとが集い、交流しあう拠点になる可能性も秘めている。市民が利用する施設のなかでは、図書館の利用者は多く、利用する年齢層も赤ちゃんからお年寄りまで幅広い。とくにパブリックなスペースで幼児が自己主張して選択権を行使できるのは、図書館ぐらいしか存在しない。たとえば、スーパーのレジで三歳の幼児がひとりでものを買うことはあまり考えられない。小さなお客さんも、図書館にとってはりっぱなお客さんなのである。

市民同士の交流の場として、展示ギャラリーを設置する図書館も増えている。地元公民館の講座の成果を発表したり、動物愛護の市民グループが動物愛護のPRに使ったりと、使いかたはさまざまである。図書館の利用者層はほかの施設と比べて幅広いので、訴求効果は高いと考えられる。

どんな図書館があるか

ひとくちに図書館といっても、さまざまである。自治体が設置運営する公立図書館にも、都道府県立図書館と市区町村立図書館があり、それぞれに役割が異なる。また、運営の形態も、直営が主であるが、民間に業務を委託したり、管理運営全体を民間にまかせる指定管理の手法も広まりつつある。しかし、公立図書館の指定管理で、指定管理を請け負った団体が収益をあげるためには、人件費を抑制する以外の方法はあまりない。結果として地域社会における低収入の固定化を招きかねない。

それ以外にも、さまざまな図書館がある。代表的なものは学校図書館である。小学校、中学校、高等学校、短期大学、大学と、それぞれの教育課程に応じて児童、生徒、学生が調べものをするための資料や読みものを用意している。なかでも小中学校の場合は、子どもたちの生活範囲が狭く、日常的に利用しやすいのは学校図書館である。しかし、全国的に見れば、小中学校では学校司書が配置されることが少なく、十分に活用されているとはいえない。子どもたちの読書意欲を満たすためには、学校図書館の充実も望まれるところである。

（元水戸市立見和図書館長）

図書館の本棚に並んでいるもの――市川純子（いちかわ・じゅんこ）

公共図書館の児童コーナーには、さまざまな本が並んでいます。大都市の図書館と小さな町の図書館、あるいは都道府県立図書館など、それぞれの規模と役割によって異なりますが、大きく分けると絵本・ノンフィクション・児童文学の三つのジャンルがコーナーを支える柱になります。そのなかで大きなスペースを占めるのは児童文学です。想像力をはたらかせて物語の世界に入りこみ、主人公と心を通わせてともに生きることができるのは、子ども時代の読書の特長です。そこで図書館は、ひとりひとりの子どもたちが楽しめる最善・最良・最高の作品を本棚に並べるように努力します。

図書館員の大切な仕事

古今東西の作品が並ぶのは一般向けの本棚と同じですが、子どもたちが本を選びやすいように、児童文学コーナーにはさまざまな工夫があります。たとえば、私が勤務していた図書館では、作家別の見出しにまじって続きものの案内を本棚に加えていました。続きが何冊もある場合は、順番がわかるように各巻のタイトル一覧を添えたりします。子どもたちの目に留まるように、主人公が目立つポップをつくることもあります。

さらに対象をしぼった特別な本棚もつくっています。「はじめてのものがたりコーナー」といった看板が立っているのは、いわゆる幼年文学を集めた本棚です。絵本をたっぷり楽しんだ子どもたちが、「読んでもらう読書」から「自分で読む読書」へと移行する時期に、なにを選べばよいのか迷子になってしまうことがあります。そこで「絵本は小さい子のものだよ。自分はもう大きいんだもん」という子どもの気持ちに応えるために、選りすぐりの楽しい本をセレクトした本棚が必要です。そこには絵本とはちがうかたちと大きさで、それなりの厚さもあって、でも字は大きくて程よく挿絵がついている幼年文学が並びます。こうした棚づくりを、図書館用語では「別置《べっち》」と呼びます。見学にやって来た小学生に紹介した本や、学校を訪問しておこなったブックトークの本の展示も「別置《べっち》」の一環です。児童コーナーに、こまごまとした工夫を加えるのは児童図書館員の大切な仕事です。

本と出会う子どもたち

では子どもたちは、図書館の本棚から自分にぴったりの本を見つけることができているでしょうか。たくさんの来館者が利用する公共図書館では、貸し出された本が実際にどのように読まれたのか、子どもたちの感想や気持ちを詳しく知るのはむずかしいことです。自分から話しかけてくれる常連さんはいますが、多くの場合は一期一会です。自由な意思で利用できる場所だからこそ、心の領域に踏みこんで感想などを聞き出すことはしません。けれど、児童コーナーの本棚に目をこらしていると見えてくることがあります。

図書館にやってくる子どもたちのなかには「一直線型」と呼べるような利用スタイルの子がいます。このタイプの子どもに、ためらいはありません。お目当てのシリーズがあり、続きの本を探すことに集中しています。好きなジャンルや作家が決まっているときもその本棚に直行し、さっと本を選びます。一方「すっぽり型」の場合は時間がかかります。自分なりに居心地のよい場所で（それは必ずしも閲覧席ではなく）、本棚の空きスペースなどにすっぽりはまりこんで本を読み出すタイプです。家族で来館し、「五時にカウンター前で集合よ」などと約束して、お母さんは自分の本を選びに一般書コーナーへ、子どもは児童文学の本棚へと分かれます。このタイプの子は物語に夢中になっていて時間を忘れがちですから、家族ともめる姿がよく見られます。借りる本を先に選んでから、おもむろに本を読み始めるきっちりさんもいますが。

カウンター周辺での親子の会話にも発見はあります。あるとき、お父さんといっしょにやってきた六年生くらいの女の子。貸出カウンターの上に、『ムーミン谷の仲間たち』などのムーミンシリーズを六冊びしっと並べました。差し出された私が一瞬ひるんでいると、すかさずお父さんも「そんなに読めるの〜?‌?‌?」と疑いの声を発します。すると彼女はきっぱり「だいじょうぶ」とひとこと。彼女のなかで、ムーミンとのなにかが起こっているのだと気づいたおとなふたりは、黙ってうなずいたのでした。

書庫の本も現役

本が並ぶのは公開スペースだけではありません。ほとんどの図書館には「書庫」と呼ばれるバックヤードがあり、保存のために本がしまわれています。利用が減ったけれども、時代を代表するようになった歴史的な作品。絶版になったことで本としての新たな価値をもったタイトル。責任をもってそれらの本を保存し次の世代につなぐのは、図書館の大切な役割のひとつです。子どもの本は、二〇年、三〇年と読み継がれてロングセラーになる作品が多く、図書館は基本書として大切にします。読み継がれている児童文学には、新装版や改訂版が刊行されることが多く、新しい翻訳者を得て再刊される外国作品もあります。本を選ぶときに表紙や見た目の印象を重視する子どもたちに配慮して、出版社も工夫を重ねます。新版が出ると図書館は、旧版を書庫に移す「書庫入れ」作業で対応します。けれど書庫に入っても、けっして引退しないところが公共図書館の蔵書です。

あるとき、本棚に返却本を返す作業をしていたときのこと、七〇歳くらいの女性に「石井桃子訳の本を探しているんだけど……」と声をかけられました。じつはレファレンスカウンターにいるときよりも、声をかけられやすいのがフロアでの作業中です。「とてもきれいな鳥の本なの。チェコの作者の」と話される目には、その本の姿がくっきりと映っている感じです。あっと思い出したのは、カストールおじさんのシリーズ『かわせみのマルタン』でした。長く品切でしたが、版元を変えた新版が出ていたので本棚からとり出してみると、作者のリダ・フォシェはチェコ出身と書いてありました。ただ、このかたが読んだのは旧版です。それは少し古びてはいましたが、ちゃんと書庫にしまってありました。保存のためには貸し出しをしない扱いにする場合もありますが、第一線で利用される公共図書館の書庫には、貸し出され続けることで価値をもつ本が多くあるのです。

「これ、お父さんが小学生のとき大好きだった本だよ！」と、『エルマーのぼうけん』が並んでいる本棚の前で、若いお父さんが娘さんに声をかけているのに遭遇したことがあります。そのひとことに女の子はなんだかまぶしそうな表情でお父さんと本を見比べ、親子の楽しいおしゃべりが弾んでいました。お父さんが子どものころなんて子どもにとっては「だいぶ昔」のことなのに、そのころに読んだ本がいまもあるなんてびっくりです。しかもお父さんが大好きだった物語です。図書館には、本を通じたこんな会話が日常のひとこまとして存在しています。

最近のこと、子どものころの本の記憶について《いっしょに楽しんだという状況さえもが、ひとつの思い出になっている》と、話してくれた大学生がいました。おとなになって子どもの本からは遠ざかっていたけれど、ひとたび本を開けば、読んでくれた人のことやすすめてくれた場面までを合わせて、くっきりと思い出してきたというのです。利用されて読まれて、だれかといっしょに楽しんでいる時間が、図書館の本には積み重なっていくのだなあ、と感じました。そして、図書館の本棚に並んでいる見えないものの大きさを、あらためて考えます。

（元横浜市立図書館司書）

レポートの書きかた

——川端有子（かわばた・ありこ）

「『○○』について論じなさい」という課題が出たとき、どのように書けばいいでしょうか。

①なにを書くべきか

文学作品について論じるというのは、あらすじを書くのでもなく、感想文を書くのでもありません。『○○』の××について論じなさい」とレポートのテーマが指定されていない限り、「××」のところは自分で設定しなければならない、ということです。

『○○』という作品の魅力／人気の秘密、読み継がれている理由といったものは、あまりテーマにふさわしくありません。当然の、あるいはあまりにも茫漠とした結論しか出ないことが多いからです。『○○』という作品で作者がいいたかったことというのも、やめたほうがいい論点です。作者の意図を探るのは、文学を読解する／解釈するのとはちがいます。作者が考えもしなかったことでも、それを読みとることは可能だし、そのほうがクリエイティブな読みかたといえます。

なにを書くべきかに困ったら、その作品にもどって精読しましょう。そのときは、自分が本を読むときの視点に自意識的になり、なにが書かれているかと同時に、それが「どう書かれているか」に注目するのも、手がかりになります。

②注目すべき点

なにが書かれているか、なにが中心的なテーマになっているかは、わりあいわかりやすいものです。

しかし、それが「どう書かれているか」「とりわけこの作品ではどのような手法を使って表現されているか」というところにこそ、もっと注意するべきです。

物語はだれの視点から書かれているか、一人称か、三人称か、そのことの効果はどうであるか。

物語のなかで明らかに変化をとげる登場人物は、だれとだれか。最初から最後まで変化せず、脇役である登場人物はだれか。筋のなかでのその役割はなにか。

背景やさりげない描写のなかに、重要な読解のキー・ポイントが隠されていないか。

筋には関係がないのに書きこまれている事象に、隠れた背後の意味がないか。

③参考文献

同じ作者のちがう作品を読むと、作者の傾向がわかってきます。

その作者についての情報（伝記、評伝、またはそういった内容の雑誌記事）は、読解の手がかりになりえます。ただし、作者の経験や履歴がそのまま作品に直接反映されていると考えるのは安易です。たとえ経験がもとになっている場合でも、それがどのように作品として構築されているかを考えるべきです。

有名な作品なら、その作品についてのこれまでの研究が蓄積されています。いろいろな研究の歴史を知っておくのは大切なことです。また、児童文学史のなかでどのような位置づけがされているかも、たしかめておく必要があります。そうした過去の研究の結果をふまえたうえで、自分の見解を述べるのが望ましいかたちです。

それほど有名でない作品では、作品論が見つからないこともあります。そのときも、どういう時代に書かれたか、同時代にはどんな作品があるかをたしかめるのは有効です。

作者や作品についての情報を得たら、再び作品にもどってもう一度読み直しましょう。これをくり返すうちに、「××」の部分が浮かんでくるでしょう。

④やってはいけないこと

引用元の書誌情報（題名、著者名、出版社、出版年、ページ数）を示すことなく人の見解を紹介する、または自分の意見のように書くことは、剽窃《ひょうせつ》といって道義的に非常に問題がある行為です。

裏づけもなしに推測だけでなにかを述べても説得力がありません（よくある例が、「子どもにはわからないのではないか」とか、「ふつうはこうこうであるはずだ」と、たしかめもせず自分の経験だけで断言してしまう。または「こうなのではないか／なのかもしれない」と推測だけで終わるなど）。

感想文ではないのだから、「わたしは、〇〇と思う／悲しかった／おもしろかった」といった、主観的で裏づけのない表現、感情を述べるのは避けましょう。

インターネットの情報は、糸口を見つけるためにだけ利用し、そのあとは書物でたしかめましょう。ネット上の情報は玉石混交で、単なる私人の感想文や無責任な放言から公式な見解までが入り交ざっていて、その質を見分けるのが困難です。その点、書物は多くの人の目をとおして吟味されたのちに出版されたものなので、ネット情報よりは信頼度が高いといえます。ただし、著者がちゃんとした研究をして書いた本かどうかは、たしかめる必要があります。

外からの情報にばかりたよらず、「自分がどうとらえたか」をしっかり中心に据え、子どもがどう読むかとか、子どもにどういう影響があるかとか、調査をせずにはわからないことはさしあたり触れず、「自分が読者として主体的にどう読んだか」をまず考えましょう。

あらすじを最初から最後まで書く必要はありません。レポートの冒頭で簡単に、この作品はだれのどういうものかを数行で説明してから論に入り、そのあとはレポートの展開上必要なときだけ書きます。

⑤構成を考えること

①〜③をおこなって書くことが決まっても、いきなり書き出し、勢いで最後までいくといった無計画な書きかたはよくありません。構成を考え、どうすれば理論的に説得力のある展開から結論にもっていけるか、全体の見取り図をつくってから、ここには本文から引用を入れる、ここには参考文献から引用を入れる、といった効果的な書きかたを練ります。

短いレポートでも長い論文でも、「はじめに」でどのような作品をどう読むつもりかを紹介し、三部構成くらいを目安に自論を展開し、「結論」で「はじめに」の問題提起に答えて終わり、そのあとに参考文献を列記します。引用元の書誌情報は、文章のなかに（　）で入れこんでもいいし、註をつけて最後にまとめて書いてもいいのですが、レポート出題者からの指示があれば、それにしたがいます。

⑥あたりまえではあるが確認すること

常体と敬体を混合して書いてはいけません。レポートは、「だ・である」といった常体で書くのがふつうです。主語と述語はきちんと対応しているか、文章が長すぎて、途中で主語が変わってしまっていないかにも注意します。「……ではないだろうか」といった半疑問形は多用しないこと。原則として、疑問文は使いません。口語的表現や体言止めも使わないよう注意してください。

句読点が読み手にとってわかりやすい位置にきちんと打たれているかを確認し、最終的には通して読み直し、重複や抜け落ちがないか、漢字使いや仮名使いの統一性などをたしかめます。

指示がなくても、レポートを鉛筆書きで提出してはいけません。鉛筆は下書き用です。人に読んでもらうものは、パソコンの文章作成ソフトで作成するのでなければ、ペン書きにしましょう。

タイトル索引

・ブックリスト・註をのぞく本文およびコラム中の書名・シリーズ名・雑誌名・作品名（創作・昔話・評論・漫画・映像）などのタイトルを収録した。
・配列は、タイトルの五十音順とした。
・たびたび出てくるタイトルについては、おもな説明のあるページのみを採った。

あ行

か行

さ行

た行

な行

は行

ま行

や行

ら行／わ行

人名索引

・ブックリスト・註をのぞく本文およびコラム中の著者・画家・被伝者などの人名を収録した。
・配列は、姓の五十音順、次に名の五十音順とした。
・たびたび出てくる人名については、おもな説明のあるページのみを採った。

あ行

か行

●人名索引

さ行

た行

な行

は行

ま行

や行

ら行

わ行

著者──川端有子（かわばた　ありこ）

日本女子大学家政学部児童学科教授。神戸大学文学部卒業、関西学院大学大学院博士課程を経てローハンプトン大学にてPh.D.取得。英語圏の児童文学を研究している。著書に『少女小説から世界が見える』『図説　ヴィクトリア朝の女性と暮らし』（いずれも河出書房新社）、『写真家ジュリア・マーガレット・キャメロン』『小説家フランシス・ホジソン・バーネット』（いずれも玉川大学出版部）、『映画になった児童文学』（玉川大学出版部、共著）、訳書に『絵本の「言葉と絵」を読む』（玉川大学出版部）などがある。

装画：むらかみひとみ
装丁：オーノリュウスケ（Factory701）
協力：中山義幸（Studio GICO）
編集・制作：本作り空Sola
https://solabook.com

児童文学《じどうぶんがく》の教科書《きょうかしょ》　改訂新版

2013年2月25日　初版第1刷発行
2025年3月1日　改訂新版第1刷発行

著　者────川端有子
発行者────小原芳明
発行所────玉川大学出版部
〒194-8610　東京都町田市玉川学園6-1-1
TEL 042-739-8935　FAX 042-739-8940
www.tamagawa-up.jp
振替：00180-7-26665
印刷・製本──モリモト印刷株式会社

乱丁・落丁本はお取り替えいたします。

ISBN978-4-472-40643-0 C0090 / NDC909